公事宿事件書留帳三

拷問蔵

澤 田 ふじ 子

幻冬舎時代小説文庫

公事宿事件書留帳三　拷問蔵

目次

拷問蔵

一

初冬の風が、店の土間を冷えびえとさせていた。

公事宿《くじやど》「鯉屋《こいや》」の帳場では、主《あるじ》の源十郎が無用になった町奉行所からの差紙《さしがみ》（出頭命令書）や目安（訴状）に、一つひとつ目を通し、整理にいそがしかった。

公事宿はいまでいえば弁護士事務所。公事訴訟人の旅籠《はたご》もかね、依頼人が所司代や町奉行所に出頭するときには、介添えとして同道する。また訴訟処理を円滑にするため、公事宿仲間（組合）は毎日、町奉行所に詰番を一人ずつ出し、六角牢屋敷に収監される被疑者に、牢《ろう》扶持《ぶち》（弁当）の仕出しまでまかされていた。

江戸時代、公許のもと司法制度の一端につらなる重要な〈商い〉だったのである。

源十郎のそばには、手代《てだい》の喜六《きろく》が神妙な顔で坐り、源十郎が別に置いた書類を紐でくくり、整理の手伝いをしていた。

「喜六、こうして古い目安やお奉行所への請願書を見ていると、いまではすっかり忘れてしもうてたいろいろな事件を思い出すなあ。どれもこれも金や色、人間の強欲にからんだものばっかりで、わたしらの商いもそれに添うていかなあかんさかい、どうしても見とうもない人間の姿まで見てしまう。つくづく因業《いんごう》な家業やと思わされるわいな」

源十郎はどこか哀しげな口調でいった。

「旦那はん、何を気弱いうてはりますのやな。旦那はんが気弱にならはったら、商売がしていかれしまへんがな」

喜六は冗談っぽく源十郎を諭《さと》した。

「おまえにそんなふうに取られたら、わたしが困るわい。喜六、わたしは鯉屋の家業を厭《いと》うてるわけやないのやで。ただ人間の表も裏も見てしまうというたまでや。親父《おやじ》の宗琳《そうりん》（武市《ぶいち》）のあとを継いで二代目。人さまから二代目と侮《あなど》られんよう、わたしはこれからも一生懸命やっていくわいな。世間さまから少々やりすぎやと悪口をきかれたかて、わたしは鯉屋を頼ってきた客の事件を有利にするためやったら、どんな手でもつくしますえ。それが商売繁昌のこつ、同業者にも負けてられしまへん」

鯉屋は京都・二条城の南、東西両町奉行所が重い屋根を光らせ、いかめしい門構えをみせる近くの、大宮通り姉小路に店を構えていた。

御池《おいけ》通りから姉小路、三条通りにかけては公事宿が軒をつらねており、商売仇《がたき》も少なかった。

手代の喜六はまだ二十四歳と若いだけに、鯉屋で公事訴訟の経験を積み、将来、できれば渡世株を入手、公事宿を開けたいと考えている。

「改めて旦那さんにそないにいわれますと、うちかて心強うなります。是非ともその調子でいておくんなはれ」

「どうせおまえもこの生業《なりわい》を、死ぬまでやってこうと決めてるのやろうし、わたしの後盾《うしろだて》が欲しいと思うてるはずやさかいなあ」

「それ、図星どすわ」

「けどどんな商いでも勉強が肝心や。すんでしもうた差紙や目安でも、こうして大事に取っておき、暇があるとき目を通さなあかん。わたしも親父からよういわれました」

「へえ——」

喜六は源十郎に軽くうなずいた。

公事宿では、番頭に相当する下代《げだい》と主が、どこでもおもに公事の処理に当る。

二人の下に一般の商家と同じく手代、小僧、丁稚《でっち》がおり、鯉屋の下代は吉左衛門といった。

「喜六、その綴り物（書類）をしばる前に、ちょっと店の表戸を閉めてきてくれへんか。さすがに表戸を開けたままでは、なんや寒うなってきたがな」

主の源十郎にいわれ、喜六は店の大きな腰板障子を閉めるため、土間の草履《ぞうり》をひろった。

下代の吉左衛門は今日は公事宿仲間の詰番として、丁稚の鶴太《つるた》をつれ、月番の東町奉行所に出かけており、小僧の佐之助は六角牢屋敷まで用足《ようた》しに行っていた。

奥の台所では、源十郎の女房お多佳《たか》が小女《こおんな》のお杉に手伝わせ、昼御飯の仕度にかかっている気配だった。

居候《いそうろう》の田村菊太郎《きくたろう》は、自分の居間にあてがわれた離れで、火鉢にでも当りながら書見にふけっていることだろう。

喜六が表戸に近づき、戸を閉めかけた。

そのとき、「公事宿　鯉屋」と白く染めぬいた黒暖簾《くろのれん》をかかげ、若い女が姿をのぞかせ、喜六の目と彼女のそれがかち合った。

若い女が一瞬、顔に怯《ひる》みを浮べた。

現在でも一般の人々は、裁判所や弁護士事務所など、司法関係の建物を敬遠するが、それと同じであった。

「おいでやす。どうぞ気を楽にして入っとくれやす」

喜六はすかさず彼女に柔らかく誘いをかけた。

相談ごとを持ちこんでくる客に、柔らかい言葉をかけるのは、公事宿稼業の基本の一つとされていた。

「は、はい。おおきに――」

若い女は伏し目がちにいい、ちらっと喜六の顔を眺め上げた。

涼しい目許《めもと》とぐっと結んだ口許《くちもと》が、容易ならぬ決意を示していた。

器量は十人並み以上、年は二十《はたち》をすぎたばかり。服装《みなり》は中以下、どこかの商家で女中奉公をしている風体《ふうてい》であった。

二人のやり取りに気付き、源十郎が帳場から土間に視線を移した。

「喜六、遠慮なく部屋に上ってもらいなはれ。どうぞそうしておくれやす。なんや滅法《めっぽう》、寒うなってきましたなあ」

かれは相手の緊張をほぐすため、時候にふれた。

今年文化十一年（一八一四）、諸国は大旱魃《だいかんばつ》に襲われた。秋になり不作が伝えられ、米価が高騰《こうとう》していた。

若い女が相談ごとを持ってきた。

どんな事件でも、若いだけに彼女が人目を気にするのは当然であり、源十郎は手代の喜六に、すぐ部屋に上っていただけと命じたのである。

「主がさようにもうしておりますさかい、どうぞ上っとくれやす」

喜六は丁重に彼女を導き、帳場のよこの部屋に案内した。

磨きこまれた店の床に上ったとき、彼女は両膝をつき、土間に脱いだ履物《はきもの》をきちんとそろえた。

きれいな踵《かかと》と足裏が、源十郎の視線をひいた。

「喜六、お多佳かお杉にお茶を運ばしなはれ」

かれは喜六にいい、彼女から用件をきくため、帳場から立ち上った。

彼女が案内されたのは、公事を依頼にきた客から事情をきくための部屋。襖《ふすま》はなく、長暖簾が下げられている。

源十郎が声をかけ部屋に入ると、若い女は入り口のそばに坐り、両手をついて低頭した。

「まあそう堅うならんと、座布団でも当てておくれやす。わたしが公事宿鯉屋の主、源十郎ともうします。ここへおいでやしたからには、なんでも気楽に相談しておくれやす。きっと力にならせていただきますさかい」

「はい、おおきに。わたくしは四条東洞院《ひがしのとういん》の商家に奉公しております八重ともうします。家は下京の梅小路諏訪町の裏店《うらだな》。父親は駕籠《かご》かきをしております——」

「ああそうどすか。名前はお八重はん」

梅小路諏訪町の南には、東本願寺が大きな伽藍《がらん》をそびえさせている。

「はい、八重ともうします」

「お八重はんとは結構なお名前どすなあ。うちの女房はお多佳いいますねん」

源十郎はお茶を持ってきた妻のお多佳を眺め、お八重に引き合わせた。

「鯉屋の多佳ともうします。どうぞ気楽にしとくれやすな」

彼女はお八重の膝許に、湯気のたつ湯呑み茶碗をすすめ、軽く挨拶した。

「お多佳、おまえもここにいて、お八重はんの相談ごとをきいてあげなはれ」

お多佳の同席が、お八重の口をなめらかにするだろう。

事実、お八重の顔に、ほっとした表情が浮んできた。

彼女が奉公先の名前を伏せているのは、奉公先に迷惑をかけない配慮からで、心得のよさが源十郎にははっきりと感じ取れた。

「おまえさま、よければそうさせていただきます」

「ところで、菊太郎さまはどないされてるねん」

「へえ、先ほど台所をのぞかはり、銚子をつけてくれといわはりますさかい、お杉に一本運ばせました」

「なんや真っ昼間からかいな――」

「田村の若旦那さまには、昼も夜もあらしまへん。おまえさまが苦情をいわはるほどのことちがいまっしゃろ」

「そらそうやけど。いやこれは失礼をいたしました。お八重はん、田村の若旦那さまともうしますのは、町奉行所と深い関わりのあるお人でございましてな。困ったことに、この鯉屋で居候をしてはりますねん。けったいなお人どすわ」

源十郎はお八重の緊張をほぐすため、お多佳に菊太郎はどうしているかをたずねたつもりだった。だがなぜか彼女は、一旦ゆるめた表情を再びきっと堅くさせた。

「お八重はん、どうしはりました。うちにいてはる田村の若旦那さまをご存じなんどすか——」

源十郎と顔を見合わせ、お多佳がたずねた。だがお八重は小さく首をよこに振った。

しかしその緊張ぶりが、夫婦の不審をつのらせた。

町奉行所といったとき、彼女の表情が変った。それとこうしてやってきた相談とが、どこかで関連していそうだった。

「安心しなはれ、お八重はん。ここは公事宿どすえ。相談にきはったお人の味方になるところどすさかい、悪いようにはせえしまへん」

お多佳にいわれ、お八重はふうっと深い吐息をついた。

「ところで、うちにきはった相談ごとをきかせとくれやすか」

源十郎が単刀直入にずばっとたずねた。

「はい、お助けしてほしい人がいてはるのでございます。うちみたいな力のない若い女子《おなご》の手では、もうどうにもならしまへん。困りぬいた末のご相談でございます」

よほど切迫しているのか、最初わたくしといっていた言葉が、京ことばのうちに変り、語尾が震えをおびていた。

「助けてほしい人がいてはるとは、いったいどういうことどす。筋道をたてて説明してくんなはれ。若い女子はんの手ではどうにもならんでも、この鯉屋なら助けてあげられんでもおまへん」

源十郎は彼女を安心させるため、右手で自分の胸を軽く叩いた。

「お八重はん、そのお人、いまどこにいてはりますねん。きかせておくれやす」

お多佳にうながされ、一瞬、お八重はまじまじと彼女の顔をみつめ、生唾をごくりと飲みこんだ。

「はい、六角牢屋敷に捕われてはります。そやさかい――」

彼女はここでうっと声をつまらせ、美しい顔を両手でおおった。

切羽《せっぱ》詰まったすえ、公事宿を訪れた彼女の困り工合《ぐあい》が、夫婦二人の胸をじんとさせた。

おそらく相手は、彼女が心から慕っている男なのだろう。そう考えなければ、彼女の嗚咽《おえつ》が理解できなかった。

「そなた、いま独り泣いているときではあるまい。当の相手が六角牢屋敷に捕われているのであれば、一刻の猶予《ゆうよ》もならぬはずじゃ。さあ、早く事情をもうすのじゃ」

源十郎とお多佳の背後から、いきなり菊太郎の声が起った。

かれはお多佳にもう一本銚子をせがもうと、離れから台所にむかう途中、控《ひか》え部屋からきこえてくる会話を耳に入れたのである。

右手に空いた銚子をぶら下げている姿が、緊張したこの場にはいかにも不似合い。しかしかえってこうした姿が、両手を顔から離したお八重をあきれさせ、かれに対する親しみをわかせた。

自分の前にぬっと立っているのが、言葉つきから、町奉行所と関わりがあるときいた人物に相違ない。

一見、すらりとして脆弱《ぜいじゃく》に見えるが、それは鞭《むち》や竹に似たしなやかさで、強靭《きょうじん》なものを秘めた姿だと、お八重の目にははっきり映った。

「泣いたりしてもうしわけございまへん」

「うむ、それでよい。それでよいのじゃ」

菊太郎は立ったまま、独り大きくうなずいた。

「田村の若旦那さま、まあここにお坐りやして、お八重はんの話をいっしょにきいてあげとくれやす」

　お多佳が腰を浮かせ、代りに菊太郎が坐った。

「もう一本、今度は熱燗《あつかん》で頼みたい」

　銚子をうけ取って去りかけるお多佳の背に、菊太郎が注文の声を浴びせかけた。

「されば改めてたずねるが、その男、なにゆえ六角牢屋敷に捕われているのじゃ。その事情をわしらにきかせてもらいたい」

　菊太郎はぐっとお八重を見すえた。

「人殺しをしたとの疑いをうけ、いまにも、お裁きの始末が下されるようすなのでございます。吉松《よしまつ》はんは、決して人を殺《あや》めたりするようなお人ではございまへん」

　お八重の目が菊太郎に取りすがった。

「そなた、その吉松に惚《ほ》れているのじゃな」

　返事はないが、急にまた涙をあふれさせてきた彼女の目が、そうだと答えていた。

「これは難渋《なんじゅう》な、吟味物（刑事訴訟事件）でございますな——」

「源十郎、吟味物も出入物《でいりもの》（民事訴訟事件）もあるまい。わしはこの女子の必死さから、吉松とやらは無実だと信じてやりたい。罪のない人間に罪をきせ、仕置きなどいたせば、町奉行所の名折れになる。仕置きのあとで、人の命は復《ふく》せまい。だいたい町奉行所の連中は、鉄《てっ》蔵《ぞう》の奴をふくめて木節《きぶし》の目ばかりじゃ。連中に活《かつ》を入れてやらねばならぬ」

鋏蔵とは菊太郎の異母弟。家職としてきた同心組頭《くみがしら》の家を弟に継がせるため、菊太郎は遊蕩児をよそおって廃嫡《はいちゃく》された。そしていまは鯉屋の居候になっているのである。

だが京都所司代や東西両町奉行所は、難事件に遭遇するたび、なにかと助けてくれる田村菊太郎に敬意を表している。特別な役職を設け、かれを迎えようとしているが、菊太郎は頑としてそれを拒んでいた。

吟味物は、捕《と》り方《かた》の手で逮捕され、吟味のうえ判決をうける事件をいう。出入物は目安で相手を訴え、双方がお白洲《しらす》に召し出され、対決（口頭弁論）と糺《ただし》（審理）を重ねて裁許《さいきょ》（判決）をうける民事訴訟事件を指した。

公事宿はこの民事事件を専門とし、吟味物に関わるのは、よほどの場合にかぎられていた。

菊太郎は鋏蔵や奉行所の名を挙げ、悪態を吐《つ》いたが、かれの口振りに嫌味は感じられなかった。

「あ、ありがとうございます。おおきに――」

お八重が両手をつくのを見下ろし、菊太郎は仔細《しさい》をきかせてもらおうと冷ややかにうながした。

台所のほうから、粗炊《あらだ》き大根の匂いがふとただよってきた。

二

――あれはわしの悪いくせや。一旦、考えはじめると、自分でもどうしても思いとどまれへん。あの夜もそうやったんやわ。ちょっとしたことが、えらい難儀になってしもうて。わしはもう駄目や。ここから決して出られへん。せやけどお八重はんは、わしをどない思うてるやろ。

吉松は饐《す》えた匂いを嗅《か》ぎ、頑丈な牢格子《ろうごうし》を眺め上げた。

数間先で牢番が六尺棒をにぎり、こちらをうかがっている。牢間《はざま》でかすかな明りがゆらめいていた。

雑居牢《ざつきよ》からは人のいびきや歯ぎしりの音が、吉松が閉じこめられた独牢にきこえてきた。

拷問にかけられた背中が、ひりひりと痛んだ。かれが厚い石壁にもたれ、両脚を投げ出しているのは、算木《さんぎ》の上に正座させられ、重い石を抱かされたからである。

「何もかも、正直に白状するのじゃ。何事もおぬしの態度次第。お上《かみ》にもお慈悲はある。ありのままを、さあもうせ」

東町奉行所吟味方の同心が、調べ牢の土間で、吉松の吟味をはじめた。

「いいえ、わしは何もしてしまへん。越後屋の七兵衛はんは、家が近うおすさかい知ってますけど、わしが殺したやなんて、とんでもないいいがかりどす。第一、殺す理由がわしにはございまへん」

吉松は吟味方同心の藤森平四郎に対して、必死に抗弁した。

越後屋七兵衛は、梅小路諏訪町に近い、太鼓番屋町で数珠《じゅず》商を営んでいた。

年は五十三、実直な商人であった。

「ばかをもうせ。おぬしは七兵衛が殺されたとき、東洞院通り太鼓番屋町の町辻で、人にその姿を確かに見られておる。梅小路諏訪町と太鼓番屋町は近いとはもうせ、真夜中の丑《うし》の刻(午前二時)、おぬしそこになんの用があったのじゃ。七兵衛の悲鳴をきいた住人が、急いで表に出てみると、おぬしがあわてて立ち去る姿を見たともうす。こっそり後をつけ、おぬしの住む裏店を見極めたと証言いたせば、もはやいい抜けはできまい」

その時刻、確かに吉松は太鼓番屋町に出かけた。

だが十数間先で、提灯《ちょうちん》をかかげてこちらに歩いてくる人物に何者かがいきなり飛びかかり、悲鳴が発せられるのをきき、狼狽《ろうばい》して身をひるがえしたのであった。

「ご吟味役さま、たびたびもうしあげてますように、わしはあのとき、奉公先の中京・伊勢屋町の桶《おけ》屋で、仕事の不始末を起し、むしゃくしゃするさかい、店の主に嘘《うそ》をいい、一晩、長屋にもどらせてもろうてたんどす」

仕事の不始末とは、桐桶の寸法採りをまちがえたのだ。

寸法をまちがえて指図したのは、年配の職人。相手がその非を認めなかったため、吉松と口争いになった。

「それはすでにおぬしの奉公先、桶富《おけとみ》の主富蔵や、職人頭の利吉からきいておる。おぬしは自分には、越後屋七兵衛を殺す理由がないともうしたてているが、わしがそれを解いてやればこうなる。おぬしは利吉と喧嘩《けんか》し、むしゃくしゃして裏店へもどってきた。ところがどうしても気持が癒《い》えず、かっかとした頭の熱でも冷やそうと、太鼓番屋町のほうへ外歩きに出かけたのであろう。そこで越後屋と偶然、出会った。おそらくささいな揉《も》めごとがそのとき生じ、かっとした頭のまま、七兵衛を刺し殺したに相違ない。七兵衛は心の臓を鑿《のみ》のようなもので一突きにされ、哀れにもあの世行きじゃ。おぬしが七兵衛殺しに用いた凶器は、まだ見つかっておらぬが、いったいそれをどこに棄《す》てた。さあもうすのじゃ。重ねていいきかせるが、お上にもお慈悲はあるぞよ」

藤森平四郎は吉松を脅《おど》したりすかしたりしながら、かれが犯行におよんだ経過を推理してみせた。

桶富の職人頭利吉は、寸法採りのまちがいは、自分に原因があったとすでに詫《わ》びていた。

吉松は二十二歳。だがかれが桶富へ職人として、東本願寺の口利《くちき》きで奉公するまでの経歴が調べられるにつれ、奉公先を三度も替えた落ちつきのない生活が浮び上ってきた。

かれの父親は為助《いすけ》といい、若いころから東本願寺の下働きをつとめ、母親はかれと妹がまだ幼いとき死亡、吉松は極貧のなかで育っていた。

また三回も職を替えた奉公先での吉松の評判は、決してよくなかった。

人付き合いが悪くて陰気、口数が少ない。給金の前借りはたびたび、思いつめる性格で、かっとすれば何をするかわからないなどと、誰もが陳述していた。

「ご吟味役さま——」

吉松は調べ牢の土間の堅い土に、両膝で地団太《じだんだ》を踏んだ。両手は後ろで縛られていた。

「なんじゃ。やっと正直に白状する気になったのじゃな」

「いいえ、桶富の利吉はんと口喧嘩をしてかっとなり、長屋にはもどってきましたけど、わしは決して越後屋の旦那さまを殺したりしてしまへん。ご吟味役さまのもうされるのは、でたらめでございます」

「なんだと。犯行を見た者がいるともうすに、おぬしはまだわしに白《しら》を切るつもりか——」

「はい、殺してもないもんを、白状するわけにはいかしまへん。最初からもうし上げました通り、真夜中、わしが太鼓番屋町へ行ったのは、ほんまに石を蹴るためだけでございます」

「たびたびばからしいいいわけをもうすな。おぬしも二十二歳。大の大人が、蹴ろうと思うて蹴らずにきた石を蹴りに、真夜中わざわざ起き、太鼓番屋町まで出かけたなどと、人がきいて納得すると思うのか。こ奴、どうしても白状いたさぬとあれば、当方にも覚悟がある。吐かせて極刑にしてくれるわい」

吉松の訊問をしてきた藤森平四郎もさすがに苛立《いらだ》ち、かれの後ろにひかえる小者に顎《あご》をしゃくった。

拷問にかけろと指図したのである。

小者の手で、吉松の上半身が裸にむかれた。

先を簓《ささら》にした竹の棒が、かれの背に幾度も振るわれた。

悲鳴が調べ牢の土間にひびき、平四郎の顔をしかめさせた。

「吉松、どうじゃ。これでも正直に白状いたさぬか――」

かれは小者に拷問の手を止めさせ、吉松に再びただした。

荒い息が平四郎の耳にもとどいてきた。

吉松は頭や顔をくしゃくしゃにさせ、ぜいぜい息を吐いている。

背中が割れ、鮮血がしたたっていた。

「ご、ご吟味役さま、ど、どれだけ痛めつけられたかて、越後屋の旦那を殺したのは、わ、わしではございまへん」

「おぬし、さような強情を、それでもまだ張るつもりか――」

ひと呼吸ついた平四郎は、吉松の答えでさらに立腹し、再び小者に拷問をうながした。

自分で吉松を叩きのめしたい衝動にさえかられた。

かれは吟味役について一年目の同心。独身で二十七歳。人生に一度の挫折もなく、悩みや懐疑とは無縁。幾分、傲慢なところがあり、腕自慢でもあった。

竹の篦がうなりを生じて吉松の背中や肩で爆《は》じけ、悲鳴が調べ牢から外にまでもれひびいた。

「ご吟味役さまにもうしあげぬか」

「これでもなお強情を張るのじゃな。いい加減に白状せい。往生際の悪い奴じゃ。この野郎――」

人は誰でも本質的に、他人に対して嗜虐《しぎゃく》的な性質をもっている。意に反すれば、嗜虐的行為は激しさを増し、相手の苦悶《くもん》がさらに行為を過激にさせ、やがてこれは快楽に化していく。

吉松を拷問する二人の小者は、そんな心理状態にあり、かれの悲鳴が快かった。

「わ、わしは、わしは――」

吉松は大声で叫び、ぎゃあと悲鳴を奔《はし》らせ失神した。

「ご吟味役さま、こ奴、気を失いましてございます」

息をあえがせ、小者が吉松の身体を右足で蹴った。

「全くしぶとい奴じゃ。失神したとなれば仕方がない。水でもかけ、牢に運んでやれ。創《きず》がうずけば、白状する気にもなろう。わしとてもはや甘くはないわい」

藤森平四郎は、唾を吐きかけたい気持で吉松を見下ろし、調べ牢から立ち上った。

「ひどい仕打ちをするやんか。何もこれほど痛めつけることはあらへんがな」

両脇から牢屋同心にかかえられ、気息奄々《きそくえんえん》の体《てい》で大牢に運ばれてきた吉松を迎え入れ、牢内から非難の声があがった。

「やかましい。ご吟味役どののなされように苦情をもうすのであれば、そのままお伝えしてやるぞよ。こいつは人殺し、吟味に文句があるのか。つべこべぬかさんと、おまえらで介抱してやれ」

牢屋同心から一喝《いっかつ》され、大牢の中はしんとなった。

翌日、また吉松の訊問が、今度は「拷問蔵」ではじまった。

いきなり石を抱かされたのである。

牢問いは条理をつくした説得を旨《むね》とするが、被疑者が白状しない場合、厳しい吟味となり、笞《むち》打ち、石抱き、海老《えび》責め、釣《つり》責めなどが行なわれる。

石抱きは三角形をした算木の上に、被疑者を後手に縛ったまま、背中を後ろの柱にくくりつけ正座させる。そして縦四尺、横一尺、厚さ三寸、重さ十二貫の平らな石を、その膝に乗せるのである。

石を一枚二枚と積み重ね、自白を迫る。

被疑者がなお白状しなければ、さらに枚数を増やしていく。膝骨が三角形をした算木にくいこみ、その疼痛《とうつう》は相当なものだった。

吉松は石を四枚抱かされたとき悶絶した。

「七兵衛殺しを目撃されながら、全くしたたかな奴じゃ。明日もまたくり返さねばならぬ。わしも難儀な下手人を預けられたものよ」

藤森平四郎は、拷問蔵から大牢に、戸板に載せられ運ばれる吉松を見送りつぶやいた。

徳川幕府の御定書百箇条では、罪状が明白でも当人の自白がなければ、処刑はすべきでない。どんなに酷《むご》い拷問によってでも自白を引き出し、処刑すべきと規定されていた。

死刑に対して、それなりな人道的配慮がなされていたのだ。

しかし被疑者がどうしても自白しない場合は、「察度詰《さっとづめ》」といい、犯罪の証拠を理由に処刑の沙汰を下した。

吉松についていえば、かれには利害関係のない歴《れっき》とした目撃者がいるだけに、当然、町奉行所によって死刑の裁きがいい渡されるはずであった。

——吉松の犯行は明らか。だがどうして奴は自白しないのだ。強情というよりほかに理由はない。

藤森平四郎は、吉松や父親為助の履歴書、ならびに何人もから徴した陳述書を幾度も読み、七兵衛殺しは吉松の犯行と確信し、なんの疑問も抱かなかった。

吉松は真夜中、太鼓番屋町へ出かけたのは、昼間、蹴ろうとして蹴らずに帰ってきた小石のことが気にかかり、どうしても寝つけないため、それを蹴りに行ったのだと、自分の詮議《せんぎ》に答えていた。

だがそんな子供騙《だま》しが、奉行所の吟味役に通用するはずがない。自分はもちろん、誰一人吉松のいいわけに納得しないだろう。

吉松の父親為助と死んだ母親は無宿人。東本願寺の庇護をうけ、梅小路諏訪町の長屋に住まわされ、同寺の下働きとして最低の生活を送っていた。

吉松が市中へ奉公に出されたのは、東本願寺僧の特別な慈悲で、やがて妹とともに正民に帰すためであった。

「東本願寺さまがどのようにお計らいくだされたとて、根性のひんまがった奴に、そのお心くばりは通じないのじゃ」

藤森平四郎は、貧しいみじめな暮しが、吉松の性格や根性をゆがめたと考えた。そして目撃者の証言や周辺のききこみを総合すれば、吉松がそのゆがんだ性格から、あれこれいい逃れをしているとしか、どうしても思えなかった。

自分は笞打ち、石抱きもたびたび行ない、自白を迫ってきた。だがこうなれば、吟味方与力組頭・伊波《いば》又右衛門にも相談し、「察度詰」として処刑の沙汰を仰ぐほかなかろう。

いま吉松は、大牢から独牢に移されている。

これは裁許（判決）の下される日が、近いことを意味していた。

大きないびきや歯ぎしりの音が、またきこえてきた。

吉松は石壁にもたれ、投げ出したままの両脚の脛《すね》をそっと撫《な》でた。

大きな平石を四枚も抱かされたときには、激痛が稲妻のように脛から全身に走り、かれは大声で叫び気絶した。

――わしはやっぱり、人殺しとして首を斬《き》られるのやろなあ。何もかもわしには不利なことばっかしや。昼間、蹴ろうとした小石を、ほんまに蹴りに出かけただけやけど、そんなもん誰も信用してくれへんわ。わしを詮議してはる吟味役さまだけやのうて、ほかの人たちもどうせ同じこっちゃろなあ。

当日、桶富の利吉と口喧嘩をして、店を出てきた吉松は、鴨川の河原をぶらっと歩き、七条河原から堤に上り、高瀬川筋を上《かみ》にのぼった。

太鼓番屋町を西に歩いて、梅小路諏訪町の長屋にもどるつもりだった。

太鼓番屋町とは妙な名前だが、同町南は東本願寺隠居屋敷（現・枳殻邸《きこくてい》）に接しており、同寺に仕える太鼓番衆が集住していたため、この名前がつけられたのだという。

「畜生、桐桶の寸法採りのまちがいを、わしのせいにしてからに。無宿人、貧乏人の子供やさかい、どこでも変な目で見られる。なにかにつけ分《ぶ》の悪いこっちゃ」

吉松は両腕を組み、胸の中でつぶやき、太鼓番屋町を西にゆっくり歩いていた。

桶富から飛び出した怒りは、次第に薄れていたが、何気なく足許に目をやると、白い石が二つ、道端に転がっていた。

一瞬、吉松はそれを蹴ろうか蹴るまいかと迷った。

だが小石を一つ二つ蹴ったところで、いままでの怒りがすべて収まるわけでもなく、かれは蹴るのをふと思いとどまり、長屋にまっすぐもどってきたのである。

長屋でかれはふて寝を決めこんだ。

父親の為助は、東本願寺での御用がすまないのか、夜が更けてもまだ帰ってこなかった。

吉松は自分が記憶をたどれるようになった幼いころからの出来事を、あれこれ脳裏に思い浮べた。

考えるにつけ、無宿人の子供として生れたため、人から不当に扱われたことなどの口惜しさがこみ上げてきた。

かれは思いつめると一途《いちず》になる性質を持っていた。

あの小石を思いっきり蹴ってくればよかった。一旦、こう考えはじめると、頭の中に白い石がどうしても浮び上り、もう寝つけなかった。

薄布団から吉松は急に起き出した。

遠くから丑の刻の太鼓がきこえてほどがない。東本願寺の太鼓番衆が、大太鼓を叩いているのだ。

長屋の外では、夜空に月が皓々《こうこう》と輝いていた。

白い小石はその光をあび、道端でひそっとしているだろう。

かれは胸のつかえを除くため、急ぎ足で夜の町辻に姿を現わしたのである。

思いがけない事件に巻きこまれることになるなど、全く考えもしなかった。

「くそっ、いびきがうるさくて眠れへんがな。どうにかならんのかいな——」

大牢のほうから、濁《にご》った声がとどいてきた。

明日もまた拷問蔵に引き出されるのだろうか。それともお白洲で、お奉行さまから裁許をもうし渡されるのだろうか。不安で胸が騒いだ。

吉松は両脛の疼きを、またそっと撫でてなだめた。

牢間の火皿に牢番が油を足している。

薄い火がぽっと大きくなった。

三

「寒うなってまいりましたけど、お家のみなさまにはお変りございまへんか」

お信は、三条木屋町（樵木町《こりき》）の料理茶屋「重阿弥《じゅうあみ》」の座敷にゆったり坐った田村銕蔵に、前掛けをとり、両手をついて挨拶したあとたずねかけた。

かれの妻奈々《なな》や父次右衛門《じえもん》、母政江《まさえ》について、きいたつもりだった。

「お陰さまで、父を除いてみんな息災にいたしております。お信どのもお達者なごようすで祝着《しゅうちゃく》にございまする」

「おおきに――」

「いや、お礼をもうさねばならぬのは当方。兄上どのが、さぞかしお信どのにご迷惑をおかけしているであろうと思うと、胸が痛みまする」

「迷惑やなんてとんでもない。うちのほうこそ菊太郎さまに甘えてばっかりで、お家のみなさまにもご心痛をおかけしてすんまへん」

お信は鋏蔵の膝許に茶をすすめて低頭した。

彼女と田村菊太郎の仲は、依然として即《つ》かず離れずの関係を保っていた。そのくせ菊太郎は、三条大橋東詰め、法林寺脇の長屋に住むお信の許にときどき泊ってくる。

町奉行所の要職たちが、正式に仕官を要請してもうなずかないばかりか、鯉屋の源十郎・お多佳夫婦が、お信と世帯をもったらと勧《すす》めても、かれは言葉を濁して動かなかった。

東町奉行所吟味方同心組頭の田村鋏蔵が、料理茶屋で働く仲居のお信に、丁重な口を利くのは、彼女が異腹兄菊太郎の〈妻〉にひとしい女性だからであった。

二人の関係は、町奉行所のほか、身辺すべての人々の間で周知となっている。病で臥《ふせ》ったままの父次右衛門も気をもんでいた。

妻奈々の実家は、錦小路《にしきこうじ》で海産物問屋を営んでいる。義父の「播磨屋《はりま》」助左衛門は、重阿弥を客の接待に用いることから、主の彦兵衛にお信に目をかけてやってほしいと頼んだ。その結果、この店で彼女がそれなりに優遇されているのが、鋏蔵には唯一のなぐさめだった。

「お信どのはいつもそのように遠慮いたされる。ところで娘御のお清どのも、お達者でございましょうか」

鋏蔵は七歳になる彼女の娘の消息にもふれた。

「ありがとうございます。近ごろは菊太郎さまのお指図で、毎日、三条御幸町の寺子屋へまいり、手習いや素読にはげんでおります。ことのほか上達が早いと、お師匠さまからお褒《ほ》めのお言葉をたまわり、親がもうしてはなんでございますけど、当人も勉学にいそしみ、うちは女学者になるともうしておりまする」

お信は寺子屋に通いはじめてから、娘の性格が明るく変ったのを思い浮べ、うれしげな表情で鋏蔵に伝えた。

どんな待遇であれ、菊太郎が町奉行所に召し出され、二人が正式に夫婦になれればいいに決っている。だが菊太郎が自分との関係を曖昧《あいまい》なままにしているのは、それなりな考えがあってに相違ない。堅苦しい仕官は、気儘《きまま》に過してきたかれには不向きなのであろう。

それよりかれが娘のお清を寺子屋へ行かせ、教育をうけさせようと考えてくれた処置が、女親として何よりもうれしかった。

「兄上どのが、お清どのを寺子屋にお入れ召されましたか。それははなはだもって重畳《ちょうじょう》、わたくしもこれで一つ安心ができました」

鋏蔵はにこやかにお信に笑いかけた。

鉄は熱いうちに打つにかぎり、教育も幼いころから馴染《なじ》ませるのがよい。有為転変《ういてんぺん》は人の世の常。どんな身分の誰の子として生れても、人間は自分の人生をまっすぐに生き、状況の囚人となってはならないのである。

教育こそ人生への大きな開眼を果してくれる。

「女学者とはいかにもお清どのらしい。さればわたくしも、お清どのにお祝いをいたさねばなりませぬな――」

「銕蔵さまからお祝いなど、とんでもない」

二人は互いに顔を見合わせて笑った。

「ところで銕蔵さま、今日はここでどなたさまかとお待ち合わせでございましょうか」

お信は顔付きを改めてかれにたずねた。

「はい、兄上どのとお約束をいたしております。もうそろそろここにまいられましょう。本日は鯉屋のご用で、六角牢屋敷をちょっとのぞきにまいられましたが、昼をいっしょにしたいとのお言葉でございました」

なぜか銕蔵は困惑した表情を見せた。

「銕蔵さま、お困りのことでもおできになったのでございまするか――」

「困ったことといえば困ったこと。昨日、兄上どのに鯉屋へ呼ばれ、あれこれただされたうえ、強いお叱りをうけました。しかし御用の筋についてでございますれば、お信どのが案じられるにはおよびませぬ」

お信は鋏蔵から説明をうけ、軽くうなずいた。

昨日の夕刻、菊太郎は数日ぶりに、法林寺脇の長屋に姿をのぞかせた。

「菊太郎のおじさん、うち桶屋のおっちゃんとこへ行ってくるわ」

お清は気を利《き》かせたつもりか、こまっしゃくれた口調でいい、文机《ふづくえ》の前から立ち上った。

近頃、彼女は菊太郎に、菊太郎のおっちゃんとはいわない。菊太郎のおじさんと呼ぶようになっていたのである。

「いや、お清、どこに出かけずともよい。おじさんも今夜はそなたといっしょに、夕御飯を食べてから勉強じゃ。急いで読まねばならぬものがあるでなあ」

かれはお清の肩を押えてとどまらせ、小脇にかかえてきた風呂敷包みから、紙縒《こよ》りで綴《と》じた数組の冊子を取り出し、お清のそばに坐った。そして銚子は要《い》らぬとお信を制した。

常の菊太郎とはちがっていた。

「はい、かしこまりました」

お信はおだやかな声で答え、いつも早帰りするとき、重阿弥からお清にと持たされる馳走をくわえて、三人分の夕仕度をととのえ、三人で卓袱台《ちゃぶだい》を囲んだ。

そのあと菊太郎はお清の文机を使い、持参した冊子を読みながら、別のものと較べていた。

お清は卓袱台を用い、筆で文字の練習を行ない、お信は菊太郎に着せる冬の袷《あわせ》を縫いにかかった。

菊太郎が読みふけっているのは、町奉行所から特別に借り出してきた事件の調書にちがいない。吟味方調書、陳述書などの文字が、ちらっと見えたからだ。

かれは相当、深刻な顔でそれらを読んでいた。

「こんなばかげたことがあるものか。石一つを蹴って拷問、果ては打ち首とは酷すぎる」

「どのような生れ育ちでも、人を最初から偏見で見てはならぬ。はなから決められて糺されたら、かなわぬなあ。これはたまらぬぞ——」

独り言をつぶやき冊子に目をこらしていた。

かれのつぶやきをきき、お清が習字の手を止め、母親の顔を不審そうにうかがった。

そのたびにお信は、微笑してやさしく首をよこに振った。

お清に、心配することはない、菊太郎のおじさんは調べものをしておられるだけだと、安心させたのだ。

貧乏でも毎晩、こんな光景がここにあればどれだけよかろう。親子三人が平穏に暮している。それが実現されるのなら、どんな苦労にでも耐えられるとお信は思った。

夜更けまで冊子を読んでいた菊太郎は、やがてわしにも布団を敷いてもらいたいといい、先に臥ったお清のかたわらに横たわった。

かれをまん中に挟み、母娘は川の字になって眠り、翌朝の今日、菊太郎は長屋をあとにしたのであった。

昨夜、菊太郎が耽読していた書類は、おそらくかれが銕蔵に命じて、奉行所から届けさせたものであろう。

お信には菊太郎の動きのそれぞれが、辻褄《つじつま》が合ってみえた。

当の菊太郎が重阿弥に現われたのは、お信が台所にもどり、二人の酒肴を仕度しはじめてすぐだった。

「おや、田村の若旦那さま、その恰好はまたなんちゅうことどすな」

主彦兵衛の驚いた声が、彼女を玄関に走らせた。

びっくりしたことに、菊太郎は着流し姿の上に、鯉屋の印袢纏《しるしばんてん》を着て立っていた。

「彦兵衛どの、弟の銕蔵がきているはずだが」

「へえ、先刻からお待ちでございますえ。それにしても——」

「鯉屋のこの印袢纏か。なにちょっと確かめておきたい人物を見るため、牢扶持を届ける体を装い、六角牢屋敷へ行ってきたのじゃ。これでもわしは、鯉屋の奉公人のつもりでおる。まあ銕蔵の許に案内してくれ」

菊太郎は鯉屋の印袢纏を着たまま、土間に履物をぬいだ。

「お信はん、若旦那さまをお願いしますえ」

「はい、かしこまりました」

彦兵衛の言葉に、お信は床に膝をついてうなずいた。

彼女に導かれ、菊太郎は二階への階段をのぼり、銕蔵が待つ部屋に通る。

「兄上どの——」

銕蔵は菊太郎の印袢纏を眺め、やはりあきれた顔でつぶやいた。

「銕蔵、いま六角牢屋敷へ行ってきたわい。そして吟味方与力組頭・伊波又右衛門どのに案内され、吉松のようすをうかがってまいった。それにしても吉松、吟味方同心の藤森平四郎に、ひどく痛めつけられたものじゃな。たびたび拷問蔵に引きたてられ、簓竹で叩きのめされたうえ、石まで抱かされたともうすではないか。今日はついに熱を出し、大牢に移され、同囚の者たちから看護をうけておった。拷問をいたさねばならぬ場合もあろうが、およそ吟味役の巧者は、相手をなだめすかしたり、またときには脅したりして、自白を迫るものじゃ。拷問するにしたところで、事前に獄医を招いておき、被疑者が気絶いたさぬ程度にとどめる。もし気絶いたせば、即座に気付け薬をあたえるくらいの用意はしておかねばならぬ。牢屋同心からきいたところによれば、吟味方同心の平四郎は、獄医はもうすにおよばず、気付け薬の仕度もしておらなんだそうじゃ。功をあせるのもよいが、何事も是非を確かめたうえ、ほどほどにいたさねばならぬぞ。過度の拷問はもってのほかじゃ。吉松が越後屋七兵衛を殺したとの証拠は、奴の後ろ姿を見かけた一人の目撃者だけ。しかも証人は、殺した現場を見てはおらぬ。このほか相当な確証があるわけでもあるまい。おぬしを責めてもどうにもならぬが、吟味方与力組頭の伊波又右衛門どのも、吉松のむごたらしい拷問の傷を確かめられ、苦虫をかみつぶした顔をしておられた。そもそも奉行所は、詮議のいろはを忘れているのではないのかな――」

詮議のいろはとは、被害者や被疑者、目撃者などの徹底した身辺捜査を指していた。

「兄上どの、もうしわけございませぬ。伊波さまもお目が行き届かなかったのでございましょう。ともかくまずはお坐りなされませ」

「ああ、坐るが、目撃者の証言のみを真《ま》にうけ、一人の人間にあれほどの拷問をいたすのは、京の市民はおちおち安心して暮しておられぬことになるぞよ。その伝《でん》でわしがもうせば、わしは、吉松は人殺しではないと鯉屋に助勢を頼んできた幼馴染み、お八重の言葉を信じたい。吉松とは夫婦約束を交しているともうすお八重は、きっちりした娘。通い奉公をいたす店に迷惑をかけてはならぬと、自分の奉公先だけは、わしにも鯉屋の源十郎にも、どうしても明かさぬ始末じゃ。住まう長屋でたずねたら、すぐわかるのになあ」

菊太郎は銕蔵の膝許に置かれていた湯呑みをつかみ取り、喉《のど》をうるおした。

二日前、いきなり鯉屋にやってきたお八重は、自分が通い奉公に出かけようとしたとき、奉行所の捕り方が長屋を取り囲み、無理矢理、吉松を引きたてていったと涙ながらに語った。

菊太郎たちが一部始終をきいたあと、この事件を冤罪《えんざい》だと証拠だてるには相当の金子《きんす》がかかると、源十郎がぼそりとつぶやいた。

「それくらい、うちかてわかってのお願いどす。貧乏人やさかい、吉松はんは小さな時分から、いつもいじめられてきはりました。くやしくても、どないにもならしまへん。それをまぎらすため、吉松はんが道の石を蹴り、心のつかえを払うてはるのを、小さいころからうちはよう見かけてきました。うちかて同じどした。祇園《ぎおん》や北野はんの遊女茶屋へ身売り奉公してでも、お金ぐらい作ってみせます」

彼女は強《きつ》い目で、菊太郎と源十郎をにらみつけたのである。

「兄上どのがもうされること、一つひとつごもっともでございまする」

昨日、銕蔵は菊太郎に呼ばれ、鯉屋に出かけた。

そして越後屋七兵衛殺しに関する調書の一切を読みたいといわれ、奉行所からそれを届けたのである。

かれの目前でざっとそれに目を通した菊太郎は、口をあんぐりさせて幾度もうなずいてみせ、つぎに何もいわず、銕蔵の顔をじっと眺めた。

「いかが召されました、兄上どの――」

銕蔵がたずねると、かれは何冊かの調書をかれの前に叩きつけた。

「これを読んで一目瞭然にわかるのは、吉松に対して、両親が無宿人、さらには当人が奉公先を転々と替えた不埒《ふらち》者との先入観で、はじめから調べが行なわれている事実じゃ。吉松の両親《ふたおや》は、何も好んで無宿人になったわけではあるまいよ。東本願寺僧に目をかけられ、寺の下働きとして使われてきたのは、それだけ人柄を信頼されてに相違なかろう。正民になるため、吉松は町屋へ奉公に出されたとはいえ、他人はその生れや育ちを何かというわなあ。卑怯な人間ほど、強い者には弱く、弱い者には強く出るものじゃ。たび重なる吉松の奉公替えも、こんないじめが原因にちがいなかろう。人間が不真面目ゆえではあるまいと、わしはにらんだ。ともかくどんな面構《つらがま》えの若者か、わしは一目見たい。それから考えることになろうが、本当の下手人は意外なところにいるのではあるまいかな。それが事実となれば、吉松があまりにも不憫《ふびん》じゃ」

昨日から今日にかけ、お八重の依頼をうけ、こうしたやり取りが交されてきたのであった。

公事宿鯉屋の印袢纏を着たまま、銕蔵の前に現われた菊太郎は、すでに詮議改めを、吟味方与力組頭の伊波又右衛門に進言してきた。

かれの態度には、それがはっきりうかがわれた。

「ごめんくださりませ――」

菊太郎が湯呑みを銕蔵の膝許に返したとき、襖障子のむこうからお信の声がひびいてきた。

彼女は部屋の中がしんと静まっているのを、妙に感じたとみえ、かけてきた声に不審が匂っていた。

「お信どのか、銕蔵への用はあらかたすんだ。銕蔵と酒を飲むのは久しぶり、さっそく酒と肴《さかな》を運んでもらいたい。そのうち、鯉屋の源十郎もやってまいろう」

かれの声とともに、部屋の襖障子が開かれた。

敷居際にお盆を置き、お信がひかえていた。

四

東本願寺の隠居屋敷の中に、大きな銀杏《いちょう》の樹がそびえている。

風が吹くたび、黄色になった銀杏の葉が舞い、それは風にあおられ、遠くにひるがえっていった。

――わしも子供のころ、親父から叱られたあと、憤懣《ふんまん》やるかたなく外に出かけ、よく石を蹴って憂《う》さをはらしたわい。

田村菊太郎は、足許に散り敷いた銀杏の葉の間から小石を見つけると、草履をはいた足でそれを思いっきり蹴りつけた。

越後屋七兵衛殺しの探索は、きのうから急転直下、東町奉行所の威信をかけ、改めて進んでいた。

今日の昼になり、銕蔵輩下の同心岡田仁兵衛が、敏腕の曲垣《まがき》染九郎とともに鯉屋にきて、七兵衛には若い女がいたと知らせてきた。

「それはどのような女じゃ――」

「組頭の兄上どの、その女子はつい半年ほど前まで、祇園の辰巳《たつみ》新地《しんち》の茶屋で働いておりましたが、七兵衛に見初《みそ》められ、一軒構えさせられておりました。家は東洞院通り綾小路東の路地を入った場所、名前はおきぬともうしまする」

「されば数珠商の七兵衛は、不埒にも妾《めかけ》を囲うていたわけじゃな。いや、わしは七兵衛を咎《とが》めているのではない。不埒とは男の妬《ねた》み、あやかりたいともうしているまでじゃ」

「菊太郎どの、ご冗談はなりませぬ」

銕蔵輩下の同心のなかで、最も思慮深い岡田仁兵衛が、年長者としてかれをたしなめた。

「仁兵衛どの、つい軽口が出てもうしわけない。それでその女子、いまはいかがしている」

「組頭さまのお指図にしたがい、ただいま福田林太郎と小島左馬之介の両人が、吟味方与力の松坂佐内さまと見張っておりまする」

福田林太郎は無類の酒好き、小島左馬之介は、菊太郎に傾倒している。

一概に吟味方と呼ばれるが、この中には探索方もふくまれ、吟味方同心組頭の田村銕蔵は、この探索方を受けもっていた。

輩下の下っ引き（岡っ引き）をくわえて十二人だった。

「まことに都合のいいことを調べてきてくれたものじゃ。松坂どののご出馬は、与力組頭伊波さまのお指図だろうな」

「いかにもさようでございまする。伊波さまは吟味方与力組頭として、同心藤森平四郎どのに、一時、吉松吟味の停止をいい渡されましたそうな」

「平四郎の奴、さぞかし立腹したであろう」

「糺書を書き終え、組頭を通じてそれをお奉行さまに差し出す寸前でもあり、それがしの取り調べに決して落度はございませぬと、組頭の伊波さまに食ってかかったともうしまする」

「その勢いと知恵を、ほかにむけてもらいたいものじゃ」

「話がほかにそれましたが、七兵衛の妾おきぬには、どうやら深い関わりのある男がいるそうでございまする」

岡田仁兵衛が、菊太郎と林太郎の話を制した。

「な、なに、なんだと。それをなぜ早くわしにもうさぬ」

「急いで報告いたさぬでも、この男、料理人の音蔵とかもうすこ奴にも、すでに調べの手を入れてございます。おきぬが働いていた茶屋の女将《おかみ》の口から、音蔵が浮んでまいりました」

「鋏蔵輩下だけあり、調べが早いわい」

「いやこれも、菊太郎どののご炯眼《けいがん》によるものでございまする」

岡田仁兵衛はさすがに菊太郎をたたえた。

いまごろ、かれらがおきぬや音蔵の身辺を探り、事件の顚末《てんまつ》を本来の方向に発展させているはずであった。

七兵衛殺しの図式が、だいたい読めてきた。

音蔵は馴染みのおきぬを越後屋七兵衛に奪われ、おきぬは七兵衛の妾になった。

越後屋は東本願寺にも出入りを許されているほどの数珠商。おきぬは一介の料理人にすぎない音蔵から、金持ちの七兵衛に鞍替えし、贅沢三昧《ぜいたくざんまい》の生活をはじめたのだろう。

そして七兵衛の仕打ちを怨んだ音蔵が、おきぬの家から店にもどる七兵衛の後をつけ、太鼓番屋町まできたとき、かれを刺し殺したのだ。

運悪く、そこへ吉松が来合わせた。

音蔵の犯行を目前に見た吉松は、狼狽して長屋に駆けもどる。

憤りをはらすため、小石を蹴るどころではなかった。

目撃者は、七兵衛を殺害した後あわてて東に逃げ去る音蔵を見損ない、西に身をひるがえした吉松だけを認め、その後をつけたのである。

目撃者の証言にしたがい、下手人は簡単に吉松と断定され、さらに身分的偏見がかれを窮地に陥《おとしい》れたのだろう。

不埒にも、最初から詮議のいろはが等閑視されていた。

だが田村菊太郎は、一応の結着を想定しながら、どこかしっくりしないものを感じてならなかった。

「若旦那、それはあんまり簡単に事件の真相がつかめてきたせいとちがいますか。こうなれば、七兵衛殺しは料理人の音蔵の犯行に決ってますがな。好きな女子を金持ちの男に横取りされた音蔵のくやしさを考えれば、すぐわかることどすわ。お八重はんよろこばはりまっせ」

鯉屋の源十郎は、事件の解決を目前にして、気楽になっていた。

「いや源十郎、わしはその簡単なところがどうも気にかかってならぬのじゃ。音蔵の奴はなんでもない顔をして、長年勤める四条染殿《そめどの》地蔵尊脇の料理屋で働いているそうな。奴を引っくくり、拷問蔵で海老責めにでもいたせば、事件の真相はすぐ判明いたそう。だが伊波さまは、吉松の拷問がすぎたせいもあり、音蔵の奴をもう少し泳がせ、はっきりした証拠をつかんでからお縄にしたいともうされておる。ちょっとだけだが、吉松の拷問の痕を見たわしも、それが一番だと思うている」

菊太郎はまだ誰にももらしていなかったが、越後屋七兵衛が殺されてから二カ月近く、妾のおきぬがそのままの家で暮しているのにも、疑惑を感じていた。

当然、七兵衛の死は、彼女の耳にも届いているはずだ。それにもかかわらず、おきぬは暇があれば三味線を爪弾《つまび》き、真っ昼間から町風呂にも出かけていた。

七兵衛の死を嘆きもしないどころか、知らぬ顔で恬《てん》としているのが不審だった。

音蔵がかれを殺したと推察し、下手に騒げば累《るい》が自分におよぶとして、平静を装っているのだろうか。

それにしたところで、妾暮しは金がかかる。月々の手当てをくれる七兵衛に死なれた以上、やがては暮しに困るのが目に見えており、普通ならあわてるはずだ。

音蔵の奴に殺される前、越後屋七兵衛がおきぬに何百両か、当分困らないだけの金をあたえていたのかもしれない。それなら落ちついているのも理解できた。

おそらく後者にちがいなかろう。

菊太郎はそんな察しをつけ、ともかく殺された七兵衛の店が、いまどう商いをつづけているかを自分の目で確かめようと、鯉屋を出てきたのである。

胸にわだかまったままのもやっとした気持を、どうにかしてすっきりさせたかった。

先ほど、草履で蹴った小石を探し、かれはまた蹴った。

東本願寺の隠居屋敷の長い築地塀《ついじべい》がきれ、南北に通じる東洞院通りが見えてきた。

——御数珠商　越後屋

金文字の大きな彫り木看板が、東洞院通りを目前にした菊太郎の目に映った。

店は太鼓番屋町筋の南側、行く手に東本願寺の壮大な伽藍《がらん》がのぞいた。

越後屋七兵衛には、二十七歳になる息子と二十二歳の娘の二人がおり、店の商いは息子の千五郎が継いでいるときいていた。

やがて菊太郎は越後屋の前にさしかかった。

間口が二十間余り、奥行きもかなりありありそうな大店《おおだな》だった。

七兵衛の非業の死から二カ月近く。いつまでも悲しんでおられないのか、店は一見するかぎり、何事もなかったように商いをつづけ、人の出入りも見られた。

「まいどおおきに。またきとくれやす」

いくつかの声に送られ、町筋に客の姿が現われ、ついで大きな風呂敷包みを背負った小僧が、手代の供につき店から出てきた。

店内《みせうち》の工合をちらっとうかがい、菊太郎は一旦、越後屋の前を通りすぎた。

広い土間、磨きこまれた床、小引き出しがずらっと並ぶ立派な数珠簞笥《たんす》の脇に、帳場が見えた。

そこに三十歳前後の男が坐っている。

かれが亡父のあとを継いだ千五郎なのだろう。

菊太郎は急いで踵《きびす》を返し、越後屋の暖簾をくぐった。

遠くから眺めてもわかる千五郎の皮膚の薄い冷酷そうな顔つきに、ふと興味をかきたてられたからであった。

——何か、もっと別なことがありそうじゃ。

菊太郎の勘が、かれの足を急がせたのである。

「ここが越後屋か、許せよ」

かれは偉風《いふう》をつくり、土間に立った。

「おいでやす。どなたさまでございまっしゃろ」

千五郎は帳場から菊太郎にちらっと目を投げただけで、床の左手から番頭らしい初老の男が、小腰を折りかれに近づいてきた。

「わしはどなたさまでもない。ただの浪人じゃ。数珠を一つ買い求めたいまでよ」

「これは失礼をつかまつりました。どんなお品がようございまっしゃろ」

「おぬしは越後屋の番頭か――」

「へえ、善助ともうします」

「されば番頭の善助、わしはただの浪人ともうしたが、ただの浪人にもさまざまあってなあ。帳場に主がおりながら、相手にもなってもらえぬほど、尾羽《おは》打ち枯らしてはおらぬつもりだが、いかがじゃ」

菊太郎は番頭の善助にではなく、帳場の千五郎に目をむけたまま、静かな言葉で皮肉った。

「これはこれはお武家さま、なにやら番頭が失礼をいたしましたようで――」

千五郎が剣呑《けんのん》な菊太郎の気配を察し、揉み手をしながら帳場から立ち上ってきた。

「おぬしが越後屋の主じゃな」

「さようでございます。越後屋千五郎ともうします。何卒《なにとぞ》、お見知りおきくださりませ」

千五郎は名乗りを告げながら、番頭の善助にむこうに行きなはれと右手を小さく振った。

冷酷なうえ、如才なさそうだった。

菊太郎は胸裏で、一瞬のうちに吉松の姿を思い浮べ、まだ見てもいないおきぬや音蔵の顔を想像した。

だが二人がどれだけ狐《きつね》の皮をかぶっていても、千五郎ほどではなかろう。さまざまな人と人生を見てきた菊太郎は、絹物のきものにくるまれた千五郎の身体から、人間の腐臭が放たれるのをはっきり嗅ぎとっていた。

「わしは田村菊太郎ともうす」

「よくおこしくださいました。どんなお数珠がよろしゅうおすやろ。番頭はん、お武家さまにお茶をお出ししなはれ」

千五郎は善助にいい、まあ上っとくれやすと菊太郎をうながした。

「いや、わしはこのままでよい。数珠はどのような品がよかろうかな。実はなあ越後屋千五郎、わしの父親が二カ月ほど前、辻斬りに殺されてな。供養は大変だったが、思わぬ金が転げこんでまいったのよ」

菊太郎は一か八か、際どい鎌《かま》かけの一閃《いっせん》を、千五郎にむけて放った。

「お、お武家さま、な、なんのおつもりでさようなお戯れをおいいやすのどす」

千五郎のあわてぶりには、明らかに実父を殺された息子の感傷とは異なる狼狽がうかがわれた。

「これ、千五郎、それは嘘ではない。もっとも、おぬしほどではないがなあ」

目に微笑を浮べ、菊太郎はかれを見すえた。

「じょ、冗談はやめとくれやす。とんでもない。あのおきぬの奴、お武家さまとつるんでいたんどすかいな。親父が近くに住む吉松の奴に殺されましたさかい、縁切りのつもりで、百両もの大金を渡しましたけど、それではまだ不足やといわはりますのやな」

次第に千五郎の声は小さくなっていた。

菊太郎は笑みを浮べたまま、黙ってかれを見すえつづけた。

父親の七兵衛がおきぬに入れ上げている。

もし彼女が懐妊でもすれば、老父の盲愛から、越後屋の身代《しんだい》が彼女母子に持っていかれる事態が起りかねない。身代の全部は自分のものである。

冷酷で吝嗇《りんしょく》そうなかれが、百両もの大金を、なんの代償もなく妾のおきぬに払うはずがなかった。

七兵衛殺しは息子の千五郎の仕業。際どい鎌かけの一閃が、菊太郎にも予期せぬ効果を生み出させた。

――だが、こ奴を白状させるのは容易ではあるまい。

吉松を痛めつけた陰惨な拷問蔵が胸裏に浮んできた。

菊太郎の前で、千五郎がひたいにびっしょり脂汗をにじませている。

こ奴からすべてを吐かせるときには、吉松の無念に応え、自分が拷問に立ち会ってやる。

そうでもしなければ、理不尽な扱いをうけてきた吉松やお八重の口惜しさが無になる。
越後屋の土間で、一葉、銀杏の葉が寂しく舞っていた。

京の女狐

一

鉛色の空から雪がちらついている。

「傘をお持ちになりまへんか——」

昨夜、田村菊太郎は三条大橋東詰め法林寺脇の長屋に泊った。

かれは裏店《うらだな》の腰板障子を開け空を眺め上げていたが、お信が台所から暖簾《のれん》を分けて現われ気遣いすると、微笑して首をよこに振った。

「いや、たいした降りにはならぬようじゃ。塗り笠もあり、雪に降られて鯉屋《こいや》へ朝帰りいたすのもまた風流。だがいっそひどく降って積もれば、重阿弥《じゅうあみ》に出かけて雪見でもいたせるものを。ともかく傘は無用じゃ」

かれはお信が手にした傘を断わった。

「このまま重阿弥においでくださいましたら、うちはうれしゅうございます」

「きのうからずっとそなたの許《もと》ですごしてきた。鯉屋にもどってやらねば、源十郎の奴が心配いたす。もっとも、どうせそなたの許でのらりくらりとしているぐらい察していようが」

昨日、お信が働く三条木屋町（樵木町《こりき》）の料理茶屋「重阿弥」は、月一度の休日に当った。

菊太郎とお信、それにお清の三人は、一日を親子水入らずですごした。そして夜遅くまでかれに〈語り本〉の朗読をせがんでいたお清は、すでに五つ半（午前九時）をすぎたというのに、奥の部屋でまだぐっすり眠りこんでいる。

近ごろ、お清から読まされているのは、『日本霊異記』『今昔物語』、さらに平康頼《たいらのやすより》が記した『宝物集』といった仏教説話ばかりであった。

平易《へいい》に書かれたそれらを、お清は目を輝かせてきいていた。

日本の説話文学では、しばしば阿弥陀如来や地蔵尊などの諸仏が、乞食《こつじき》や身体に障害をもった人物となり、人々の前に登場してくる。

かれらに接した貴紳《きしん》や庶民の反応は実にさまざまだ。その対応ぶりにしたがい、仮の業病《ごうびょう》者《しゃ》、身体に障害をそなえた人物となって現われた尊仏は、相手にそれなりの因果応報、報いをあたえる。

日本では昭和の初めごろまで、こうした仏教説話が社会の各層に浸透して、身体の不自由な人に対して、いじめに類する行為は少なかった。それらの人々を、神仏がこの世につかわされた人として眺め、かれらにあたたかく接し喜捨《きしゃ》することで、自らに神仏の施《ほどこ》しがあると考えた。庶民でも一文二文の銭やわずかな食べ物をあたえ、それぞれかれらをいたわったのである。

日本人から信仰心が薄れ、仏教説話に接する機会が失われてから、かれらへの賤視がはじまったといえよう。

説話文学は健全な社会と精神を構築するうえで、意外な役割を果していたのであり、その喪失が、いたわりに欠けたいまの社会を、一面においてつくり出したといっても過言ではない。

「お清、身体の不自由な人々は、諸仏が仮の姿となってわしらの前に現われ、わしらをお試しになっておいでになると思うのじゃな。決していじめたり、蔑《さげす》んだりしてはならぬ。尊いものとしていたわらねばならぬのだぞ」

一話読み終えるたびいいきかせる菊太郎の言葉に、お清はうんと力強くうなずいた。

「お清に黙って出かけるが、よろしく伝えておいてくれ。本日、お清は確か三条御幸町の寺子屋へまいる日であったな」

「はい、さようでございます。あの子は寺子屋へ出かけるのを楽しみにしております。あなたさまに懐《なつ》くようになってから、ころっと人柄が変りました」

前の男との間に生れたお清が、菊太郎を慕い、学問に興味を抱いている。お信にはそれが何よりうれしいことであった。

「ではわしは出かけるが、またすぐここへ泊りにまいる」

菊太郎はお信の肩をそっと抱きよせ、白い耳朶《じだ》にささやいた。

昨夜《ゆうべ》、お清の寝息をうかがい、ひそやかに抱かれた悦《よろこ》びの記憶が、お信の全身に再びよみがえり、全身がぶるっと震えた。

「行っておいでなされませ――」

彼女は潤《うる》みをおびた声でいい、ときおり雪が舞う外に、菊太郎を送り出したのであった。

かれが長屋の木戸門を出ると、法林寺から阿弥陀経を唱える声がきこえてきた。

法林寺は三条通りに南面している。

朝陽山と号し、浄土宗。『京羽二重《きようはぶたえ》』は、「三条大橋東詰上ル。俗にだんのと云」と記している。

〈だんの〉は檀王、もとは天台宗蓮華蔵寺と号して、聖護院《しようごいん》蓮華蔵町に営まれていたが、文永五年(一二六八)、亀山院が僧道光に勅《ちよく》して現在地に移転、浄土宗悟真《ごしん》寺と改めた。応仁の乱や鴨川の氾濫などで荒廃し、市中に移っていたが、慶長年間(一五九六~一六一五)、僧袋中《たいちゆう》が再建して梅《ばい》檀王院と称したのである。

菊太郎は法林寺西の鴨川沿いの道をわずかに南に下り、三条大橋を西にわたった。

北を眺めると、鞍馬《くらま》寺辺りの山々が白く彩《いろど》られ、北東にそびえる比叡山《ひえいざん》の頂《いただき》も雪をかぶっていた。

かれがお信の長屋から、東町奉行所に近い大宮通り姉小路上ルに店を構える公事宿《くじやど》「鯉屋」にむかう道筋は、行きも戻りもだいたい決っている。三条通りをまっすぐずっと西にたどり、大宮通りを北に上るか、それとも三条通りの途中、御幸町、麩屋《ふや》町、富小路——といった南北に通じる道を、姉小路まで一筋随意に上り、つぎに西にむかうのであった。

その日菊太郎は、新町までできて道を右に折れ、姉小路に入った。

新町姉小路は、平安京の坊条でいえば左京三条三坊、平安中期以降は三条坊門町町尻《まちじり》小路といわれた。北西角に「神明社《じんみょうしゃ》」が小さな社《やしろ》を置き、近くには両替商や諸国絹問屋などが、立派な店構えを見せている。それでいながら、朝夕のにぎわい時がすぎると、閑静な町並みにもどった。

法林寺脇の長屋を出たとき、ちらちら降っていた雪は、この頃にはだいぶひどい降り足となってきた。塗り笠をかぶってはいるものの、菊太郎はお信が仕立ててくれたきものの両肩に積もる雪を、ときどき手ではたいた。

神明社を右にみて数間歩き、かれは南沿いに瀟洒《しょうしゃ》な門を構える高塀のわきで足を止め、塗り笠をぬいだ。

丁度、塀から張り出した大きな松の木が、雪の庇《ひさし》となっていたのだ。

両肩や袖に降り積んだ雪を落すためだった。

このとき、乾いた鼓《つづみ》の音が、かれの耳に快くひびいてきた。気合いのこもった小さな掛け声が、寒気をふるわせた。

——おお、この家なあ。どんな身分の女どもが住むやら、ここだけは見るにつけきくにつけ、いつ通っても雅《みや》びた雰囲気じゃ。世間の俗塵《ぞくじん》からまるで離れて裕福に暮しているらしく、結構なことじゃ。

この一年ほどのうち、菊太郎は同家の前を再々通っていた。

髪をきっちり整え、豪華な櫛《くし》をさした五十歳すぎの品のいい女主《あるじ》が、瀟洒な門から出てくるのを見た日もあれば、彼女が美しいきものを着た娘二人と、家にもどってくるのにも出会《でくわ》した。

初老の女主は品をそなえたうえ、まだ男を惑《まど》わせる老艶をただよわせ、二十《はたち》前後の娘二人の器量も並みではなかった。

女主は暇にあかし、昵懇《じっこん》に茶湯《ちゃのゆ》でも教えているとみえ、これも服装《みなり》のいい老若の男たちが、慇懃《いんぎん》な物腰で桟格子《さんごうし》の表戸を開け、敷石を打った路地の奥に消えていく姿も、幾度か目にしていた。

いずれしかるべき公家《くげ》にでも関わる母子か、裕福な商人の別宅だろう。

——がさがさしたわしらみたいな身分の者とは、およそ縁のない人の暮しがここにはある。

菊太郎は鼓の音をきき、改めてこう思った。

塗り笠の雪をはたき落し、高塀から張り出した松を見上げ、ごほんと咳を一つうった。

路地に通じる小さな萱葺《かやぶ》き門がひそっと開き、唐桟《とうざん》のきものにそろいの羽織りを着た若者が出てきたのに気付き、かれは塗り笠をかぶりかけた。

「たくさんお土産をいただき、ありがとうございました。お母さまが大変よろこんではりました」

姿は見えないが、萱葺き門の内側で、娘の一人が若い男に礼をいっている。

「なにをおいいやす。あんなもんで大仰《おおぎょう》に礼などいわれたら、こっちが恥しゅうなりますがな。今度お訪ねするときは、もっとええもんを持参させてもらいますさかいなあ。芝居見物に行き、もどりには円山《えんざん》の左阿弥か春阿弥でご馳走を食べ、雪見もよろしおすなあ」

若い男は娘に追従《ついしょう》する口調でいった。

「芝居見物をして円山で雪見、うれしい。豊次郎さま、是非連れていっておくれやす」

娘の声がにわかにはしゃいできこえた。

「そんなことぐらいで、お母さんやお藤はんによろこんでもらえたら、うちもうれしゅうおす。この雪、昼からにでももっと本降りになったらよろしいなあ。この傘も返しにこなあきまへんさかい」

かれはお藤と呼んだ娘に、ではといい、紅色の蛇の目傘をばりばりと開いた。

そしてかたわらに立つ菊太郎に、油断のならない目で一瞥《いちべつ》をあたえ、姉小路通りを東に遠ざかっていった。

萱葺き門の格子戸がひっそり閉じられ、駒下駄《こまげた》の音が、こつこつ奥に消えていった。

「芝居見物をして、円山の左阿弥か春阿弥で雪見の馳走か。なかなか豪勢なもんじゃな。道楽者のわしでもおよびがつかぬわい。もっとも、銕蔵《てつぞう》の女房奈々《なな》の親父《おやじ》どの、錦小路の播磨屋助左衛門どのにせがめば、一席ぐらいかなえられようが――」

菊太郎は本降りになった雪のひらを目で追い、胸の中でつぶやいた。

円山は、円山公園の東端に伽藍《がらん》を置いた円山・安養寺の山号にもとづき、江戸中期以降、こうくだいて呼ばれはじめた。

安養寺は時宗の寺。塔頭《たっちゅう》として多蔵庵春阿弥、延寿庵連阿弥、長寿院左阿弥などの六阿弥坊があった。

当時、円山から南の霊山《りょうぜん》にかけての時宗寺院は、宗教活動の場から転じて、広い伽藍を遊興施設として用いさせ、料亭と化していた。

延宝期（一六七三～八一）の姿を『出来斎京土産《できさいきょうみやげ》』は、「霊山、双林寺、長楽寺、丸山（安養寺）、今はみな遊覧酒宴の宿になりて座敷ひろくしつらひ、遊人の旅館出して業とす。寺家いずれもおなじく尼と法師と夫婦にて住けり」と伝えている。

なかでも左阿弥は、「醬《ひしお》、梅諸《うめづけ》、欠餅《かきもち》」が名物として知られ、現在見られる円山《まるやま》公園のにぎわいや、旅館、料理屋の伝統は、こんなところに源を発していたのである。

「菊太郎の若旦那さま。若旦那、なんべん呼んだらきこえますのやな」

かれははっと気付いたが、それは鯉屋の下代《げだい》（番頭）吉左衛門の声であった。

「なんだ、おぬしは吉左衛門ではないか――」

「吉左衛門ではないかではおまへん。こんなところにぼうっと立ち、なにをしてはりますねん。若旦那さまとなんべんいうても、こっちをむかはらしまへん。腑抜《ふぬ》けみたいに見えましたえ」

吉左衛門はちらっと萱葺き門に目を這《は》わせ揶揄《やゆ》した。

「いや、そんなはずはないが――」

「いやではありまへん。確かにそうどした。ゆうべはお留守みたいどしたけど、お信はんのところにお泊りどしたんやろ」

「いかにも、お信の長屋に泊めてもらった」

「それやったらかましまへんけど、まさかこの家で泊らはったんとちがいますやろなあ」

吉左衛門は高塀の家を目顔で指した。

「この家でわしが泊ったのではないかだと――」

「へえ、この家には品がよく色気のあるご母堂さまと、それはきれいな娘はん二人が住んではるぐらい、わたしかてなんとなくきいてますわいな。金持ちで暇があり、それぞれ芸事が達者、しかもみんなきれいで上品とくれば、男ならたまりまへんわなあ。砂糖に蟻《あり》がたかるみたいなもんどすがな」

「この家が砂糖で、男が蟻となってたかるともうすのか」

「若旦那さまがもしそうどしたら、お信はんが嘆かはりまっせ」

「吉左衛門、いきなりなにをもうすのじゃ。わしはこの家の女子《おなご》どもについてなど、なにも知らぬぞ。たまたまここを通りかかり、笠をぬいで雪を払うていたまでじゃ。早合点をいたすではない」

菊太郎は迷惑げな表情でかれに否定してみせた。

「なら勝手に推量してすんまへんどした。ところで若旦那さまは、これから鯉屋にもどらはりますのやろ。それどしたら相合傘で道行きといきまひょうな。ほんまにええところでお出会いいたしました」

吉左衛門は右手にした番傘を菊太郎にさしかけ、二人は西に歩き出した。

「お信の長屋を出るとき、雪はちらちら降っていただけで、傘は無用と断わってまいったが、これほどの降りになるとは思わなんだ」

　菊太郎はお信をかばう気持で説明した。

「京の冬空は気儘《きまま》者どすわ。下京で晴れていても、上京では雪や雨。九条の東寺《とうじ》（教王護国寺）はんの五重塔の天《てっ》ぺんと、千本釈迦《しゃか》堂《どう》（大報恩寺）の大屋根の高さが、いっしょやといいますさかいなあ」

　二人の行く手に二条城が見えてきた。

　本来なら京のどこからでも、五層の天守閣が望めるはずだが、その天守閣はいまから六十四年前の寛延三年（一七五〇）八月二十六日、雷火で焼失し、以後、再建されなかった。

「二条城の天守閣に雷が落ちたのは、わしが七歳のときであった。子供のときに見たあの光景、わしはいまでもはっきり覚えておる。五層の天守閣が巨大な炎となって、天に燃え上っていた。消すにしても手のほどこしようがなく、所司代や町奉行所は大混乱、ただあれよあれよと騒ぐほか仕方がなかった。雷が落ちたのは夕刻、しかし夜になっても燃えつづけ、京の町は巨大な蠟燭《ろうそく》の火で照らし出された工合《ぐあい》よ。どこでも昼間の明るさであったというわい」

　中風《ちゅうふう》をわずらって役職から退《の》き、同心組屋敷で寝ついている父の次右衛門が、おりにふれいっていた。

当時、江戸の徳川幕府から京に配されていた武士たちは、幕府の没落を示す天の啓示ではないかと案じた。

だが京の町衆たちは、無骨で目ざわりな建物がきれいさっぱりなくなってようなった、これで愛宕《あたご》はんがすっきり拝めるがなと、ひそかによろこんだそうである。

菊太郎と吉左衛門の二人は、やがて堀川の橋を渡った。

「ところで吉左衛門、ちょっとたずねるが、そなた先ほどわしが雪をさけていた高塀の家について、なにやら随分くわしいみたいじゃな」

菊太郎は自分の右を歩く吉左衛門に問いかけた。

「若旦那さま、そんなことにわたしはくわしくなんかありまへんえ。わたしが知っているのは、きれいな女子はんが三人、裕福に暮してはるのと、噂《うわさ》によればご母堂さまのほうは、なんでも五、六年前に亡くならはった五摂家《ごせっけ》さまの一人の思い人やったといいます。それだけどすわ」

「五摂家ともうせば近衛、九条、二条、一条、鷹司《たかつかさ》の五家。そのいずれじゃ」

「五家のどれかまで、わたしは存じまへん。それもただの噂で、真偽のほどはわかりまへんわいな」

「なるほど。そなたが深い仔細《しさい》を知らぬにもせよ、わしがちらっと見た初老の女子の品は、なかなかのものであった。泥中の蓮とは、まさにあの女子どもを指しての言葉かもしれぬ」

「若旦那さま、泥中の蓮などと、なにをたわけた寝言をいうてはりますねん。泥中の蓮とは、お信はんみたいなお人をいうのとちがいますか」

吉左衛門にいわれ、菊太郎もうなずいた。

前方に公事宿「鯉屋」の看板が見えてきた。

二

油揚げに大根のうまそうな匂いがした。

大きな釜で二つがぐつぐつ煮えている。

「うちにもくんなはれ――」

「わしのはまだかいな。十文の銭、先にもう払ったるがな」

いくつも並んだ大釜のまわりで、大勢の人々がやいのやいのと騒いでいる。

十二月七日と八日、上京・千本釈迦堂の境内《けいだい》で毎年見られる光景であった。

――大根焚《だいこだ》き
千本釈迦堂のこれを食べれば、一年、無病息災ですごせ、諸病封じになるという。

この大根焚きは、ほかでは俗に鳴滝《なるたき》の大根焚きといわれ、右京・了徳寺でも行なわれていた。

建長四年（一二五二）、この地を訪れた親鸞上人《しんらんしょうにん》に、村人が大根の塩煮を献じた故事にちなむといい、現在、親鸞真影に供える分だけ古例の塩煮とし、ほかは醬油で焚かれている。

千本釈迦堂のこれは、鎌倉期、同寺三世の慈禅が、成道会で大根の切口に梵字《ぼんじ》を書き、厄《やく》除《よ》け祈願をしたのにはじまるといい、檀信徒が奉納した聖護院大根に梵字を記し、祈禱法要したあと煮るのである。

恒例の大根焚きとあり、広い千本釈迦堂の境内はごった返していた。

正面五間、側面六間、入母屋《いりも》造《やづくり》檜皮《ひわだ》葺《ぶ》きの本堂に、参拝者がひしめき、「南無釈迦牟尼仏」と唱える大念仏がひびき、雪こそちらついていないものの、おりからの寒さも忘れるほどの熱気であった。

菊太郎の供で千本釈迦堂にやってきた小僧の佐之助は、かれから小銭をにぎらされ、大釜のまわりで手をのばしていた。

「順番に並んでくんなはれ。竈《へっつい》のそばで揉《も》み合うてはったら、危のうおすがな――」

奉仕の檀信徒が叫んでいる。

いくつも並んだ釜で、つぎつぎと大根が焚き上げられ、集まった人々に、皿に盛られ配られていた。

　群衆の中から佐之助が、両手に一皿ずつを持ち、手の熱さをこらえた顔で、菊太郎が待つ床几《しょうぎ》にもどってきた。

　皿には大根が二切れと、小さな油揚げが一枚そえられていた。

「なんじゃ、たったこれだけか」

　菊太郎は輪切り半分の大根と佐之助の顔を、交互に眺めた。

「若旦那さま、たったこれだけかと仰せどすけど、大根焚きはこれぐらいのもんどすわ。贅《ぜい》沢《たく》いわはったら、罰《ばち》が当りまっせ」

　小僧とはいえ、さすがに公事宿の奉公人だけに、かれはませた口を利《き》き、自分は立ったまま油揚げに嚙《か》みついた。

　かれは十五歳、油揚げはご馳走である。

「佐之助、わしの分も食え」

　菊太郎は箸で油揚げをつまみ上げ、床几から腰を浮かせ佐之助の皿に載せてやった。

「そんなん若旦那さま——」

　佐之助は口をもぐもぐさせ、目を白黒させた。

「おまえはまだ子供、狐《きつね》ではないが、油揚げはうまかろう。わしの分も食うがよい」

「おおきに若旦那さま、ほんならいただかせてもらいますわ」

こっくりうなずき、かれはまたすぐさま油揚げを頬張った。

「佐之助――」

「へえ、なんどす」

「今日は主の源十郎に命じられ、わしのお供で千本釈迦堂にまいったのじゃ。もどりはゆっくりして、どこぞで鱈腹《たらふく》、うまい物でも食うていこか。わしが馳走してつかわす」

かれの言葉に、佐之助はぱっと顔を輝かせた。

奉公人に人情味のある鯉屋でも、それは所詮、他人の許での奉公。口はませているものの、佐之助もなにかと辛い思いを抱いているにちがいなかった。

太鼓番屋町の数珠《じゅず》商「越後屋」七兵衛殺しの一件で、息子の千五郎が新しく容疑者として捕えられたあと、菊太郎は手代《てだい》の喜六にではなく、この佐之助にしばしば何かと用を頼んできた。

六角牢屋敷の大牢に収容される吉松に、牢扶持《ろうぶち》を届けさせたり、お八重の許への連絡は、もっぱら佐之助の役目とされた。

菊太郎は越後屋の息子千五郎について、吟味方与力組頭・伊波又右衛門に願い出て、直接、吟味に立ち会わせてもらった。

笞《むち》打ちの間、千五郎は父親殺しには堅く口をとざしていたが、「拷問蔵」で石抱きに処せられると、あたりをゆるがすほどの号泣を発してついに白状した。

かれの犯行は、越後屋の財産を独り占めにしたかったからで、自分がその手で父親を殺したと、涙ながらに明かした。

「親父がおきぬはんにうつつをぬかしているのをはたから眺め、この分やったら、うちの取り分が少のうなる。おきぬはんに子供でも生れたらえらいこっちゃと思いました。そう考えると、いてもたってもおられしまへん。いっそ親父が死んでくれたらとさえ願い、あげく自分で始末をつけなしようがないと考え、親父の帰りを待ち伏せ、犯行におよんだのでございます」

「父親の七兵衛を隠居させ、一軒あたえておきぬと暮させることを、どうして思案せなんだのじゃ。その銭さえ惜しかったのか」

藤森平四郎の訊問に、千五郎は首をうなだれさせた。

父親を殺害したあと、千五郎はおきぬの許を訪れ、親切めかした顔で百両の金を彼女に差し出した。親父が近くの町内の不埒《ふらち》者の手で殺された。あとの身の振り方をこれで考えてくれとのべ、おきぬに感謝されたという。

七兵衛の死にもかかわらず、彼女が落ちついて暮していたのは、こんな事情からであった。

かれの自白により、六角牢屋敷に収容されていた吉松は、当然、即刻釈放された。

ただしこれについて、菊太郎は伊波又右衛門に一つの条件を出した。

それは東町奉行佐野肥後守庸貞《つねさだ》の手で、吉松の身分を正民につけることであった。

「若旦那、事件の相談にきたお八重はんから、銭をとるわけにもいかしまへんし、これは鯉屋の大損になりますなあ。若旦那のしはることは、いつもこんなんどすわ」

源十郎はぼやいたが、数日後、京都所司代酒井讃岐守忠進《ただのぶ》と東町奉行佐野庸貞からの使いが、褒美として金十両を鯉屋にとどけてきた。

親殺しは天下第一の大罪。千五郎はこの日の昼前、粟田口《あわたぐち》の刑場で処刑、晒者《さらしもの》にされたのである。

この刑場では、古くは安倍貞任《さだとう》の首級が掲げられ、山崎の合戦で敗れた明智光秀、斎藤利三《としみつ》の首と胴も晒された。また『諸式留帳』（京大法制史研究室蔵）には、『天和《てんな》三年（一六八三）亥《い》十一月、からす丸四条下る大きやうし（経師）、さん、茂兵衛、下女、右三人、町御引渡し、粟田口にて（中略）磔《はりつけ》さん、茂兵衛、獄門下女」と記されている。

「千五郎処刑には、洛中洛外から大勢の者が見物に集まり、五日間、晒されることに相なった」

褒美の金をとどけにきた町奉行佐野庸貞の用人は、三方《さんぼう》にかぶせた紫色の覆《おお》いを除いて説明した。

鯉屋の信用が、この一件でさらに高まったのはもちろんであった。

「粟田口の刑場で露と消えた千五郎も、おそらく一度や二度ぐらい、この千本釈迦堂で厄除け諸病封じの大根を食べたであろうに、おのれが心得ちがいをいたしては、なんにもならぬわなあ」

佐之助は菊太郎が、なにゆえ自分を千本釈迦堂へ供に連れてきたのか十分に察していた。

自分の労をねぎらうために相違なかった。

「若旦那さま、ほんまにそうどっせ。身代《しんだい》がどれだけあったかて、それを持ちこたえるには相当の分別が要《い》りますわなあ。欲もほどほどにせなあきまへん。死んだらそれっきりどすがな」

かれが最後の大根を食べ終えて答えた。

そのとき、混雑する本堂の前で、わっと人の騒ぎ声がわいた。

「あれはなんやな——」

「賽銭《さいせん》泥棒でも捕まったんとちがうか」

「阿呆《あほ》いいないな。こんな人目の多いなかで、誰がお賽銭をくすねられるねん」

騒ぎ声は一層大きくなっている。

「け、喧嘩《けんか》じゃ、喧嘩じゃ」

「いや、掏摸《すり》がとっ捕まったんじゃ」

喧嘩にしろ掏摸にしろ、騒ぎはさらにひどくなり、人が左右に激しく動いている。

ぎゃあとか、わあとかの叫び声も上っていた。

「佐之助、わしはちょっとのぞいてまいる。そなたここで待っておれ」

「若旦那さま、うちも連れてっておくれやす。これでも公事宿の奉公人どっせ。何事も修業のうちどすがな」

佐之助はあわてて皿を床几に置き、差し料をつかみ走り出した菊太郎のあとにつづいた。

本堂のほうから人が逃げてくる。

さっと身をよけ、騒ぎを見守る男たちもいた。

「のけのけ、道をあけろ」

菊太郎は左手に握った差し料を高くかかげ、大音声《だいおんじょう》で叫び、騒動のなかに割って入った。

人垣に囲まれ、数人の男たちが揉み合っていた。

一人が相手を撲《なぐ》り、もう一人が別の相手を蹴り上げる。倒れた男が急いで立ち上り、撲った男にむしゃぶりついた。

喧嘩は二人対三人。いずれも一見して、ならず者とわかる男たちであった。

「なんだ、地廻りたちの喧嘩か。参拝者に迷惑な。釈迦堂のご本尊もあきれ果てておられよう」

菊太郎は立ったままつぶやいたが、本堂の中から「南無釈迦牟尼仏、南無釈迦牟尼仏」と唱える大念仏の声は絶えなかった。

「おぬしたち、いい加減にいたさぬか。今日をなんの日だと心得ておる」

数瞬、かれらの乱闘を見ていた菊太郎は、しびれをきらし、一喝《いっかつ》を浴びせつけた。

「な、なんやと。しゃらくさい。てめえ助太刀にきやがったんやな。この阿呆たれ——」

頬に切り傷をもつ若い男が、いきなり懐《ふところ》から匕首《あいくち》を抜き出し、菊太郎に突っかかってきた。

「阿呆たれとはおぬしのことじゃ」

菊太郎はさっと右に飛び退き、空《くう》を突いた相手の後腰を、足で蹴りつけた。

「ぎゃあ、こ、この野郎——」

若い男は悲鳴を上げ、地面に叩きつけられた。

だが弱音を吐くどころか、手を突いてくるりと身をひるがえし、菊太郎に罵声を飛ばした。

「かまうことはねえ。やってしまえ」

かれの仲間二人は、一瞬、怯《ひる》みを生じさせたが、年嵩《としかさ》の一人がこれも同じく懐中から匕首を抜き出し、凶悪な面で身構えた。

かれらが喧嘩の相手としていた二人組の男は、あっけにとられた表情で、菊太郎とそれにむかい合う男たちを眺めていた。

菊太郎は二人組の男のうち、一人の若い男を目の隅に入れ、胸の中でおやっと思った。

それが姉小路新町の高塀の家から、娘に送り出されてきた豊次郎と呼ばれていた男だったからである。

裕福な女世帯、五摂家さまの誰かの息がかかっていると、下代の吉左衛門はいっていた。

しかしあのとき服装のよかった当の豊次郎は、濃茶色に黒の棒縞のきものに、短羽織《みじかばおり》を着ている。誰の目にもいっぱしのならず者にしか見えなかった。

——いったいこれはいかなるわけじゃ。

菊太郎は自分に突きつけられた長めの匕首を、油断なくにらみながら、豊次郎の気配をさぐった。

かれは全く菊太郎を見覚えていないようすだった。

「やい、さんぴん。どこの公家侍か寺侍か知らねえが、俺は蝮《まむし》の蔵六、この界隈ではちょっとは人さまに知られた男や。怪我《けが》をしたくなかったら、とっとと失せやがれ」

年嵩の男が目を怒らせて恫喝《どうかつ》した。

菊太郎はじりじり迫ってくる相手を恐れる気配をみせ、二、三歩後退した。

後ろから佐之助の荒い息遣いがきこえてきた。

「佐之助、なにも恐れることはない。こ奴らの喧嘩の相手、黒の棒縞のきものを着た男に、わしは用がある。わしがこ奴らを叩きのめしているうち、もし奴が逃げ出したら後をつけ、住居をしっかり確かめてくるのじゃ」

「へえ若旦那、かしこまりました」

「そなたへの馳走は、またの日にいたしてくれ」

二人の会話は、二組の男たちはもちろん、おそらく見物の群衆にもきこえなかっただろう。

菊太郎は佐之助にそれだけいい終えると、相手にむかいぐっと踏み出した。

「おぬしの目に、わしは公家侍か寺侍ぐらいにしか映らぬのか。わしを優男《やさおとこ》と見て甘くかかってはならぬぞ」

「なにをぬかす。わしの名前をきき、大勢の前で引っこみがつかへんのやろ」

「蝮の蔵六、この界隈で人に知られた男だともうすのであれば、人に相当の迷惑をかけているのじゃな」

「知った口を利かんとけや。くそっ——」

かれの動きにつれ、菊太郎がいつのまにか腰に帯びた刀を鞘走《さやばし》らせた。

かれは目にも止まらぬ速さで相手の横に廻り、匕首を峰打ちで叩き落すと、返す刀で蔵六の髻《もとどり》を斬《き》って棄《す》てた。

多めの髪がばさっと両肩に垂れた。

「わ、わあっ——」

右手首を押え、かれは絶叫した。

だが菊太郎は、さらに一閃《いっせん》を振るった。

今度は相手の腰帯を見事に斬り裂いたのである。

きものの前がさっとはだけ、小汚い男の褌《ふんどし》がのぞいた。

かれの仲間は、菊太郎の一瞬の動きに目をみはり、足をすくませ呆然《ぼうぜん》と立っている。

「やい蝮の蔵六、わしを弱腰の公家侍か寺侍とみたのがおぬしの誤りよ。わしはなあ、愛宕山から千本釈迦堂の大根焚きを食いにきた烏天狗の化身なのよ。これからそのざんばら髪の毛を、この刀で一本一本そぎ、臍《へそ》の穴の垢までほじくり出してやる。烏天狗の威力はおそろしいぞよ。さあ仲間二人もわしの前にきて並べ。早くいたさぬか」

かれらとやり合っていた二人組の男は、素速く逃げ、佐之助の姿も菊太郎の後ろから消え失せていた。

「ご勘弁、勘弁しておくれやす」

二人の仲間が、へっぴり腰で菊太郎に哀願した。

「今日、わしは虫の居所が悪いのじゃ。おぬしたち、手に持った物騒な物をそこに置けい。そしてなあ、本堂の釈迦如来さまにむかい、境内をお騒がせしてもうしわけありませんでしたと、両手をついて詫《わ》びるのじゃ。しかれば釈迦如来さまのご威光にしたがい、わしもおぬしたちを許してやらぬでもない」

「そ、そんな殺生《せっしょう》な――」

「殺生もくそもあるものか。もうしきかせた通りにいたさねば、愛宕の天狗は容赦せぬ定めよ」

再び菊太郎の刀が一閃し、二つの髻が宙に飛び、二人が地面にへたへたと坐りこんだ。

「さあ、釈迦如来さまとご参拝の方々にお詫びをいたせ」

菊太郎の言葉で、見物の人々の間からわっと歓声が上った。

三

「若旦那、きのう千本釈迦堂に、愛宕山の烏天狗が出たそうどすなあ――」

朝起きて顔を洗った菊太郎は、甘えた声で足許にすり寄ってきた猫のお百《ひゃく》を抱き上げ、頬ずりをしていた。

するとと主の源十郎が、座敷のほうから声をかけてきた。

公事宿では奉行所から公事訴訟人の身柄を託されたとき、宿預《やどあず》けとして当人を座敷牢に入れておく。いま鯉屋の座敷牢には、京紅の材料となる〈紅花餅《べにばなもち》〉の売買をめぐって起された訴訟の相手が、収容されていた。

「源十郎、そうだってなあ。だが愛宕山の天狗とは大袈裟《おおげさ》じゃ」

「ご冗談ばっかりしてからに。ちょっとこっちにおいでなはれ。ほんまにしょうもない」

源十郎は不機嫌な顔で、かれを離れの部屋に招いた。

菊太郎はお百を抱いたまま、かれの後ろにしたがった。

顎《あご》を撫《な》でられ、お百がごろごろ喉《のど》を鳴らしている。

お百はかなりの老猫だった。

「朝寝坊はけっこうどすけど、起きたら寝床ぐらいいたたみなはれ。ご自分でたたむのがお嫌どしたら、お杉にでもいいつけておくれやす。男やもめに蛆《うじ》がわくといいますけど、なんや蛆臭うおすがな」

「源十郎、そなたはわしの顔を見るたび、よくもそうそう嫌味がいえるなあ。わしには年寄りの愚痴《ぐち》にもきこえるぞよ。ほどほどにいたさぬか」

「へえっ、これが若旦那には嫌味にきこえますのかいな。本当の嫌味いうのんは、もっとじわっと迫るもんどっせ。それが京の流儀どすわ。鯉屋の誰が若旦那に嫌味なんぞいいますかいな。嫌味なのは、若旦那のほうとちがいますか。きのうお奉行さまの佐野肥後守さまにお目通りいたしましたけど、お奉行さまも若旦那のことを口にいたされ、わしが田村銕蔵を介して登用をもちかけても、菊太郎の奴は木で鼻をくくったような返事しかいたさぬ、嫌味な奴じゃと、もうされておいでどした」

「東町奉行佐野肥後守庸貞か。あいつ、切れるか切れぬかわからぬ肥後守じゃ」

「ばかばかしい、変な駄洒落《だじゃれ》はやめときやす。わたしはそれが嫌味やいうてるんどっせ」

「わかったわかった。とにかく居候《いそうろう》は辛いものじゃて」

「ほなお信はんとさっさと祝言を挙げなはれな。そしたらこの源十郎が、よろこんで仲人をさせていただきますと、いつももうし上げてますがな」

「お信を出されると、わしは辛くなる」

「辛いいうたかて、ご自分が仕出かさはったことどっしゃろ」

「それはそうだが、お信の奴がそなたに何かもうしてきたのか」

「いいえ、お信はんは賢いお人どすさかい、そないなこと口の端にものぼらさはりますかいな」

「そうだろう。お信はさような女子じゃ」

「何を自惚《うぬぼ》れてはりますのやな。そんなことはともかく、愛宕山の烏天狗、あれはなんどしたんや。わたしはきのう仲間（組合）の集まりで、店には遅う帰ってきましたけど、若旦那も大根焚きの供につけた佐之助も、夜になり別々にもどってきたと、吉左衛門がいうてました。いったい何があったのか、わたしにもきかせとくれやす。佐之助はいま店の表を掃《は》いてますけど、わたしが何があったんやとたずねても、若旦那のお許しがなければもうし上げられしまへんと、店の旦那のわたしにも事情を明かさしまへん。小僧のくせしてからに佐之助の奴、誰にお給金をもろうてるつもりでおりますのやろ」

源十郎は、菊太郎の居間に当てられる離れの火の気のない火鉢のそばに坐り愚痴った。

かれがすでに命じていたのか、襷《たすき》姿のお杉が、すぐ赤い炭火を十能《じゅうのう》にのせ運んできた。

彼女はちょっとすんまへんと断わり、素速く菊太郎の布団を押し入れに片付けた。

布団の左側の下から、短い鎧通《よろいどお》しが出てきた。

菊太郎は安穏《あんのん》と寝ているようだが、いつ誰に襲われても、左手でそれを探り取り、相手に対抗するだけの心得は怠《おこた》っていなかった。

お杉は素知らぬ顔でそれを床の隅に置き、障子戸を閉めていった。

源十郎の顔がいつも通り、きびしくなっている。千本釈迦堂の騒ぎが、事件に関わることだと察しをつけていたからである。

「源十郎、佐之助が主のそなたにも明かせられぬともうすのは、小僧ながらあっぱれじゃ。公事宿に奉公するかぎり、場合によっては、誰に対しても口が堅くなければならぬでなあ。主のそなたを決して軽んじているわけではないぞよ」

「若旦那、それくらいわたしでもわかってますわいな」

「昨日、わしは千本釈迦堂の境内で、妙な奴が三人のならず者と喧嘩をしているのに出会い、その妙な奴を佐之助につけさせた」

「妙な奴でございますと——」

「ああ、豊次郎とかもうしていたが、そ奴もならず者に劣らぬ悪党であろう。もっとも、ならず者や悪党さえ手玉にとられる場合とてないではない」

「ならず者や悪党を手玉にとるとは、よくよくの輩《やから》でございますな」

「それがよくよくの悪人面をしていないだけに難儀じゃ。世の中には、優しく品のいい面をした極上の悪党もいる」

「うちの商いにはならん話みたいどすけど、喧嘩の次第をきかせとくれやすか」

「そなたは二口《ふたくち》めには商い商いともうす。そもそも公事宿とは、幕府の許しを得て公事訴訟の解決に当り、治安安定の一助をなす稼業ではないのか。先の越後屋七兵衛殺しの一件では、所司代と奉行所から、十両の金を褒美としていただいておる」

「若旦那にかかったらたまりまへんなあ」

「源十郎、まあともかくわしの話をきけ——」

菊太郎はかれのため息を制して、昨日の経緯《いきさつ》を語りはじめた。

蝮の蔵六たちは、菊太郎に強要され、千本釈迦堂の本堂に手をついて詫びたあと、見物人たちにもざんばら髪を垂れさせ、騒ぎを起して勘弁しとくれやすと頭を下げた。

日ごろ、肩で風を切り、いばって暮しているならず者だけに、その屈辱のほどが菊太郎にはありありと察せられた。

「さあ蝮の蔵六、それがすんだら立つのじゃ。髪のない頭ぐらい、手拭いをかぶれば隠せる。少したずねたいことがあるほどに、わしと仲直りをかね、上《かみ》七軒の料理茶屋で一献《いっこん》いかがじゃ。なに、勘定はわしが持つ。まあ遠慮いたすな。仲直りともうしたであろう」

一変して愛想のいい顔でさそう菊太郎を眺め、蝮の蔵六たちは戸惑った。

だが相手の要求にこたえねば、また何をされるかわからない。愛宕山の烏天狗との名乗りは戯《たわむ》れに決っているが、けたはずれに強い侍が何者かわからないだけに、かれらは尻込みした。

「わしはおぬしたちを取って食うとはもうしておらぬ。さあまいるのじゃ」

菊太郎はかれらをうながし、千本釈迦堂の境内から表に出た。五辻通りを西にむかい、上七軒の料理茶屋の暖簾をくぐった。

頬かむりをした三人をしたがえ、料理茶屋の一室に坐った菊太郎は、三人の風体《ふうてい》に驚く仲居に、それがしの友じゃといって小銭をにぎらせた。そして酒と肴をもうしつけた。

すぐお造りや煮物が運ばれてきた。

「蝮の蔵六、まあ仲直りの盃をうけてくれ」

床柱を背にして、菊太郎は銚子に手をのばした。

「旦那、蝮の蔵六と呼ぶのはやめとくれやすか。千本釈迦堂の境内では、大それた啖呵《たんか》をきりましたけど、あれはその場のなりゆきどしたんやわ。あの界隈で、わしなんか知ってる者はあんまりいいしまへん。伏見に住んでますさかい」

「おぬし、伏見に住んでいるのか」

「へえ。旦那の目にはならず者に見えまっしゃろけど、わしもこいつらも、伏見から大坂に通う三十石船の船頭どすねん。蝮とは口からの出まかせどすわ」

三人は髷を失った髪を、すでに後ろで束ねていた。

「蝮の蔵六の正体は、三十石の船頭か――」

「へえ、すんまへん」

「わしは久助いいます」

「わしは亀吉どすねん」

蔵六の仲間の二人が、ぺこんと頭を下げ、菊太郎に名乗った。

「わしとて、愛宕の烏天狗でも鞍馬の小天狗でもないわい。田村菊太郎ともうし、いまは大宮通り姉小路の公事宿鯉屋の居候にすぎぬ」

「公事宿の鯉屋、するとお侍さまは公事宿の用心棒どすかいな」

やっぱりといった表情で蔵六がうなずいた。

三十石船とは、江戸時代、京の伏見から大坂の八軒家まで淀川を上り下りした河船である。上りはときに船頭や手伝いが岸にあがり、綱で船を曳《ひ》き、下りは宇治川から淀川に入り、ゆったり川を下っていくことになる。

——鍵屋浦にはいかりはいらぬ。三味や太鼓で船とめる。

三十石船歌の一つで、枚方《ひらかた》には船宿「鍵屋」があった。

「蔵六に久助、それに亀吉か。いわれてみれば、みんな河船の船頭らしい名前じゃな。身体つきもそれなりにしっかりしておる。蔵六の腕など、なかなかたいしたものじゃ」

「旦那、ご冗談を。旦那の腕は細うても、筋金が入ってますわいな。わしらみたいな見掛け倒しの腕では、とてもかないまへん。まあお近づきのしるしに一つうけとくれやす」

蔵六が膝で菊太郎に近づき、両手で銚子を持ち、お世辞笑いを浮べた。

「こう寒いと熱燗《あつかん》が腹にしみるわい」

なみなみと注がれた盃をぐっとあおり、菊太郎は返盃した。

「おおきに、いただかせてもらいまっさ」

「おぬしたちにも注いでやろう。じゃんじゃん飲んでくれ」

かれは久助と亀吉にも盃を取らせ、三人の盃につぎつぎと酒を注いだ。

「旦那のいわはる通り、腹にぐっと熱燗がこたえますわいな」

「ついつい勢いにまかせ、おぬしたちの髻を斬ってすまなんだ。許してくれ。わしも軽はずみであった。いまは悔《く》いておる」

「何をいわはりますねん。首を斬り飛ばされず、手加減してもらいおおきにさんどした。首を斬られてたら、いまごろ、こうして旦那と酒飲んでおられしまへんさかいなあ」

「ちがいねえ。酒が血首の斬り口からもれてくるわいな」

蔵六の言葉に、髭《ひげ》面の亀吉がつづけた。

「血首の酒とは酷《むご》たらしい。ところで蔵六に亀吉、おぬしたちが派手に喧嘩をしていた相手は、どこのどいつじゃ。ありていにもうせば、あの二人連れのうち、苦みばしった優男の正体を、わしは知りたいのじゃ。実はなあ、ちょっと気にかかることがあってな」

「苦みばしった優男、それなら豊次郎どっしゃろ」

「うむ、確か豊次郎とかもうしていた」

「あの豊次郎の奴どしたら、わしらの古い仲間どすわ。京橋塩屋町の町内で、餓鬼《がき》の時分からいっしょに遊んだ仲どしたけど、あいつだけは京の下駄屋へ奉公に行きよりました。その後小さな下駄屋を持ち、一時は羽振りようやってましたけど、博打《ばくち》に手を染めよりまして、店も世帯もぱあどすがな。それがこの一年ぐらい前どしたかいなあ。ええ金儲《かねもう》けの仕事があるさかい出資せえ、仕事があんじょういったら金は山分けやといわれ、わしら三人、あっちこっちから金を借り集め、十二両も出したんどすわ。ところがその金儲けが、なんやらうやむやになってしまい、豊次郎の奴、行方をくらませてしまいましてん」

蔵六が舌打ちをし、菊太郎に説明した。

「その豊次郎に、釈迦堂でばったり出会うたともうすのじゃな」

「へえ、旦那がおっしゃる通りどすわ」

久助がくやしそうな顔で力説した。

「三人とも案ずるまい。逃げ去った豊次郎の後を、わしの供につけさせておいた。どこに住んでいるか、次第によっては教えてつかわす」

「へえっ、そりゃあありがたい。さすがに公事宿で用心棒をしてはるだけのことはございますなあ」

手を叩かんばかりにして、蔵六がよろこんだ。

「下手なお世辞をもうすではない。豊次郎に貸したのは、三人で十二両とかもうしたな」

「へえ、正確にお伝えすれば、三人で十二両二分。ぼちぼちにしたところで、淀川下りの船頭ごときがこさえるのは大変どしたわいな。変な欲に目をくらませたとはいえ、この久助なんぞ、小汚い一軒どすがそれを抵当《かた》にして三両をつくり、わしは船頭仲間に借金だらけどすわ」

蔵六が深いため息をもらした。

「おぬしたち、豊次郎の居所がわかったら、その金、公事にいたして取りもどす気はないか——」

「と、とんでもございまへん。後ろ暗い欲からの出資、公事宿を通してでも、町奉行所に訴え出たりすれば、こっちの手が後ろに廻りかねまへん。旦那、妙にけしかけんとくれやす」

仲間とうなずき合い、亀吉がはっきり断わった。

「蔵六、やはりわしが思うた通りじゃ」

「思うた通りとは、何がどす。きかせとくれやす」

「おぬしたちは豊次郎の口車に乗せられ、姉小路新町に小奇麗な家を構える母娘三人に、目をつけたのであろう」

「だ、旦那、旦那は何もかもお見通しでございましたんかいな」

「お見通しもなにもない。ただあの小奇麗な家の前を幾度も通りかかり、ついこの間、たまたま豊次郎を見かけただけじゃ。そのときの豊次郎は、まるで大店《おおだな》の若旦那といった風情であった。同家の女子と、やれ芝居見物に出かけるの、やれ円山で雪見をいたすのと、たいした羽振りをきかせておった。今日見た豊次郎とは大違い。わしとて、これが同一人物かとわが目を疑ったほどじゃ」

「それそれ、その姉小路の家どすわ。豊次郎の奴、伏見のさる大店の息子だといい、母娘三人の家に出入りし、やがてはごっそり有り金を頂戴するか、入り婿になってみせるとぬかしてましてん。そやけど母娘三人に上手に貢《みつ》がされるだけで、ちょっとも埒があきまへん。とうとう恰好をつける資金がきれ、その果てにとんずらどすねんやわ。あの母娘三人、五摂家さまに関わりがあるとか、またさるご大家の楽隠居とかきかされましたけど、いったい全体何者どっしゃろ。わしら、豊次郎を伏見の大店の若旦那に仕立て上げるため、あいつのお供で参上したといい、一度だけ家の中に上げてもらいました。あの母娘三人、上品でべっぴん、もの言いも雅びて、茶湯だの鼓だのとそれは優雅に見えてました。そやけど今になって考えると、あれは見せかけだけで、本当のところは色や物欲に目をくらませた男たちを上手にたぶらかし、貢がせて食うてたのとちがうかと思えてなりまへん。あの家に出入りしていた男は、豊次郎だけではないようどした」

　今度は蔵六が菊太郎にまくしたてた。

「美しい母娘三人が、海千山千の男どもを手玉にとる。妙な話だが、あり得ぬでもない。相手がどうあろうとも、男は思いこみが強いと、どうしても結果は貢ぐことになるからなあ。はっきりもうせば、おぬしたちも豊次郎を通じて、あの母娘にたぶらかされたのかもしれぬ。いやおそらくそうじゃ。一言の無心ももうさずに、相手をして勝手に貢がせる。そんな女狐も世の中にはおろう」

　菊太郎の言葉を、蔵六たちはしゅんとした顔できいていた。

　いまかれの奇妙な話を、鯉屋の源十郎も同じ表情できき、深い吐息をふうっと一つもらした。

「どうじゃ源十郎、この話、そなたの頭で上手になぞえるか――」

「若旦那、上手になぞえるかどうかわかりまへんけど、およその察しぐらいならつけられんこともおへん。相手が勝手に思いこみ、せがまんでも貢いでくれるんどしたら、そら工合がよろしゅうおますわなあ。訴えられても罪にはならしまへん。いろいろな下心を持ち、母娘三人に近づいて貢いだ男どもが、やがておぼろげながら相手の正体に気付き、足を遠のかせる。どれだけ金や物を貢がされても、世間体の悪い下心からだけに、誰にも訴えられしまへんわなあ。母娘三人はつぎつぎに男をたらしこみ、誰が遠ざかっても、のうのうと裕福に暮している。そやけど、ほんまにそないなことがありますのかいなあ」

さすが源十郎もあきれ顔になった。

「されば佐之助を呼んで、豊次郎の居所をたずねてみる。源十郎、わしが母娘三人の餌となり、少しようすをうかがうのも悪くはあるまい」

「ば、ばかなことをいわんときやす。若旦那がきれいな女狐に化かされたら、わたしがお信はんにいいわけができしまへんがな。ここは鋏蔵さまにお委せしておいたらええのとちがいますか――」

源十郎は苦笑していい、佐之助をここによこしなはれと、障子戸を開けて叫んだ。

離れの庭に雪がおちていた。

四

その日から毎日、雪が降った。

師走《しわす》二十一日、東寺は「終い弘法《こうぼう》」でにぎわい、京の町は年の瀬一色に塗りつぶされていた。

ここ数日、田村菊太郎は三条木屋町の重阿弥に居坐り、夜はお信の長屋に泊り、鯉屋にはもどらなかった。

姉小路新町に住む母娘三人の身許は、銕蔵輩下の下っ引きが、二日の早さでさぐってきた。

「兄上どの、あの姉小路新町のしゃれた路地奥の家は、西陣松屋町の機屋《はたや》・泉屋がもつ借家。老女の名は松乃《まつの》、娘二人は姉がお里、妹がお藤ともうすそうでございます。三人が住みはじめたのは三年半前。死んだ泉屋の隠居が、家賃永代年銀五匁《もんめ》で貸すとの証文を入れて、住まわせたそうでございます」

「あれだけの家が年銀五匁だと。それは月のまちがいではないのか」

「いいえ、年に銀五匁に相違ございませぬ」

銀は六十匁で一両に換算され、だいたい米一石が五十三匁から七十二匁。年間家賃五匁とは、ただ同然の金額であった。

「阿呆らしい。その泉屋の隠居、松乃とやらもうす老女に惑わされ、さような証文を書きおったのじゃな」

「死人に口なし、どんなやり取りが二人の間にあったのやらと、家業を継いだおとなしい主が嘆いておりました」

「借家があっても無きがごとしとなれば、そうであろう。それで母娘の身許はいかがじゃ」

「今更いうまでもなく、鯉屋の吉左衛門がもうすように、五摂家さまとも、市中のどこの大店とも関わりはございません。ただ意外なことがわかりましてございます」

「意外なことじゃと。早くもうせ——」

「松乃は若いころ、島原の遊廓で働いておりましたところ、嵯峨野《さがの》の大寺、法蔵寺の僧に身請けされ、長く嵯峨野大覚寺のかたわらに住んでいたともうします。松乃を身請けした僧が、寺内で高位にのぼるにつれ、松乃は茶湯、謡《うたい》、鼓、花道と学ばされ、つづけて産んだお里とお藤も、やがて母親についてさまざまな遊芸を身につけました」

嵯峨野の法蔵寺といえば、京では指折りの大寺。塔頭は十五ほど、寺僧も数百人いた。

法蔵寺の修行はきびしいことで知られ、それだけ寺僧への市民の信頼も厚かった。

だがきびしい精神の緊張は、なかなか持続できない。寺僧にもときには大幅な弛緩《しかん》が必要とされ、緩急を心得た修行が大切なのである。

歳月がすぎ、松乃を〈権妻《ごんさい》〉としていた法蔵寺の僧は、さらに高位につき、次第に老《お》いていった。

かれの死は突如訪れ、松乃は立派に成人した娘二人と遠くから、高僧とあがめられた男の盛大な葬儀を目にした。

三日後、法蔵寺から数人の所化《しょけ》が住居にやってきた。

わずかな金をあたえられ、大覚寺のかたわらから追われたのであった。

当時、松乃は四十九歳、男の弱点を知りつくしており、女が生きていく武器を十全に用い、家賃永代銀五匁で、泉屋の隠居から姉小路新町の家を借りたのであろう。

金と暇をかけて磨きぬかれた彼女の物腰や雅びた言葉遣いが、二人の娘とともに、観劇や茶湯の席で男たちの目を集めた。

彼女は外出するとき、自分はもちろんだが、娘たちにも最高の装いをさせた。

幸い、お里もお藤も美しく育っていた。

彼女が信玄袋を持ち、美しい娘たちを連れて歩く姿は、人目をそばだたせ、自《おの》ずと勝手な噂が人々によってつくられていった。

「この間、知恩院はんの献茶の席でお会いした、お家はんではございまへんか――」

外に出かければ、下心をもつ男が言葉をかけてくる。

一見して寡婦《かふ》とわかる服装での外出だけに、老いたとはいえ、彼女の美しさは男心を誘った。

呉服や小間物を買うときなど、当人もだいたい目星をつけ、店の暖簾をかき分けた。

「おきれいな娘はんどすなあ。お見立てどしたら、うちに委せとくれやす。お支払いのほうはご心配させしまへん」

男たちは自ら松乃の一家に貢いだ。

姉小路新町の家に訪れ、彼女が茶湯や鼓をたしなむと知ると、老若の男たちは稽古をつけてくれといい、昵懇になりたがった。

母娘の歓心を買うため、金品を勝手に置いていく男まで現われた。

「こないご親切にしていただき、うちどないしていいかわからしまへん。旦那さま、どうぞやめとくれやす。女世帯で寂しゅうしてますさかい、旦那さまみたいなありがたいお人にお目をかけていただきますと、なんや他人さまとは思われしまへん」

触れなば落ちん風情で彼女たちにいわれれば、どの男もついほろりとなり、自分だけが母娘の庇護者の気持にもなってくる。

「困ったことがあったら、どんな相談でもかけとくれやす。お力にならせてもらいますさかいなあ」

商いで辣腕《らつわん》を振るう男でさえ、松乃から匂いたってくる雅びた色香に惑わされ、鼻の下を長くさせた。

彼女には天性、こうした資質がそなわっているのか、家で男たちが出会しても、それを巧みにさばき、かれらに疑いを抱かせなかった。

出自をたずねられると、いつも曖昧《あいまい》に答え、五摂家との関わりをきかれたときには、肯定も否定もしなかった。

噂は自在に肥大して独り歩きをはじめた。

だがやがて男たちも、下心が満たされないまま、松乃母娘の態度に不満を抱き、一人離れ二人去っていく。だが甘いものにたかる蟻はひきも切らないどころか、遠退いた男たちも世間体を気にして、母娘に明らさまに非難の声をあびせなかった。

「おまえたちも知っての通り、世間に名前こそ出せまへんけど、おまえたちの父親は、しかるべき身分の坊さまどした。母親のうちとしては、おまえたちを食いはぐれのない男はんの許に、どうしても嫁がせななりまへん。できたら母娘三人が、楽に暮せる身代をお持ちのところにどす。男の武器は金銭や身分、女子の武器が何かぐらい、お里にもお藤にもようわかってますやろ」

松乃は従順にうなずく二人の娘に、甘い笑みを浮べいつもいいきかせていた。

博打で下駄屋を店仕舞いした豊次郎は、松乃母娘が裕福に暮しているものと勝手に思いこみ、一家に近づいたのである。

かれは上京の本隆寺裏の長屋に住んでいた。

その日暮しのかれは、松乃母娘をまるめこみ、彼女たちの身代をそっくり騙《だま》し取るつもりで、蔵六や亀吉に金の相談をもちかけ、ひと芝居うったのだ。

しかし松乃も姉妹も、のらりくらりとして豊次郎を手こずらせた。

他人に貢がせることがすっかり身にしみついた彼女たちは、場数を踏んできたかれの手にも余り、蔵六たちに無理をさせた資金も底をついたのであった。

「なるほど、松乃という女子、きけばきくほどしたたかじゃなあ。源十郎の奴が、きれいな女狐に化かされてはならぬともうしていたが、このわしでも甘い一声でころりとやられそうじゃわい。それにしても、さすがに東町奉行所の探索方じゃ。たった二日でそれだけのことを調べ上げてくるとはたいしたものよ」

菊太郎は酒びたりの顔であきれ返った。

「兄上どの、感心いたされている場合ではございませぬ。本日、豊次郎を挙動不審のかどで、同心の曲垣染九郎に捕えさせてまいりましたが、あとのお指図をうけたまわりとうございまする」

「かわいそうに豊次郎の奴、取らぬ狸の皮算用、女狐に鉄砲を撃ちそこね、おのれは奉行所に捕えられたか。されど銕蔵、おぬしに指図をといわれたとて、わしもそれは困る」

「しかしながら、これは兄上どのがわたくしに探索を命じてこられました一件。松乃母娘に貢いだ男どもから、訴えがはっきり出ておらぬかぎり、奉行所としてはどうにもなりませぬぞ」

「おぬしはどうにもならぬでも扶持はもらえるが、源十郎の居候たるわしこそ、一文になるではなし、それこそどうにもならぬわい。だが女狐をそのまま京の町に放っておくのもいまいましい。いまに首をくくって死ぬ奴が現われぬともかぎらぬでなあ。いや、すでに一家離散のうえ、入水《じゅすい》でもして死んだ男もおるかもしれぬ。では、かようにいたそう。おぬしとわしとで引っくくった豊次郎を連れ、松乃の家にまいり、町奉行所を甘く見てはならぬと、引導を渡してやるといたすか。場合によれば、金目の品を豊次郎に返させてやる。男どもを惑わせずに、真面目に働いて暮せと意見をくわえてやるのじゃ。いやいや、やはり母親の松乃だけでも尼といたさせねばならぬ。あの老艶、少々惜しい気はいたすが、五十になれば五十の縁ありとももうす。源十郎の奴にでも迷われては、わしが困るでなあ」

菊太郎は両の掌で顔の脂をぐいと拭い、座布団から立ち上った。

「お出かけなされませ――」

重阿弥の式台に手をつき、お信が兄弟二人を見送る。

松乃母娘もきっとこうして自分たちを迎えるにちがいないと胸裏に思い描くと、背筋がぞくっと寒くなってきた。

菊太郎は大きなくしゃみを二つつづけてうった。

お岩の最期

一

「銭《ぜに》返せ、銭返しておくれやすな——」

京の大仏で知られる方広寺脇の六軒長屋で、大きな声が荒々しく爆《は》じけていた。

年老いた女のしわがれ声である。

長屋の木戸門のまわりに人がたかり、真ん中に溝板《どぶいた》をはさんだ寒々しい左右の家並みの一つに、みんなが興味深げな目を這《は》わせていた。

長屋ではどの家も表戸を堅く閉《とざ》し、しんと静まり返り、老女の相手になる家はなかった。

「年末の大晦日《おおみそか》には、全部わしに返すというてたくせしてからに。それを返しもせんと、この大嘘《おおうそ》つき。今日はもう一月の十五日なんやで。いったいどないにしてくれるんじゃ。この年取ったばばから、一両もの金を借りておきながら、それをうまいことというてからに、返さへんのかいな。表戸をはよう開けてんか。いつまでも開けへんかったら、井戸端の柿の木で首くくったるで。それとも奉行所に訴えてやるわいな。それでええのんか」

頭を茶筅髷《ちゃせんまげ》に結った小柄な老婆が、一軒の腰板戸を拳《こぶし》でどんどん叩き、おめき散らしている。

黒縞のきものに茶色の帯、綿入れのでんちを着て、小さな信玄袋を下げていた。

「あのおばば、ほざくことが一つひとつえげつないなあ。いくら銭を借りてる負い目があっても、あれでは人聞きが悪くて、借金している者《もん》も、近所に顔むけできへんがな。あの強突《ごうつ》くばばはいったいどこの誰やねん」

木戸門の柵から、長屋の中をのぞきこんでいた職人風の男が、肩を並べるお店者《たなもの》らしい男にたずねかけた。

「あれはお岩いうて、土手町通り清水《しみず》町に住んでる金貸しのばばさまどすわ。一《ひと》月二《ふた》月期限の〈日なし金〉のほか、その日暮しの日傭《ひようと》取りや小商人《こあきんど》に〈烏金《からすがね》〉を貸し、毎日あの姿で足達者にも一軒一軒取り立てに歩いてはります。少しでも相手の払いが滞《とどこお》ると、相手を口汚くののしって悪口雑言《あっこうぞうごん》、えぞくろしゅう（いやらしい）て端《はた》できいてられしまへんわ」

お店者はあちこちでお岩のあざとい取り立てぶりを見聞きしているのか、小声で職人風の男にささやいた。

烏金——とは、一昼夜を期限とした金銭の貸借をいう。

夜明けの烏が鳴くのを合図に、前日に借りた金を返済するとの約束から、誰からともなくこの名前がつけられた。

普通〈日なし金〉は、元金二両に対して、利息は月一分（一割二分五厘）が標準とされていた。烏金はこれよりさらに高利で、日雇い人や小さな飲食店などの小商人が、当日入用の資金を借り、翌朝、元金と利息を返済する仕組みになっていた。

もちろんこれにも仲間（組合）があり、両替屋銭屋仲間の管轄に入れられ、烏金とはいえ、仲間株がなければ勝手に商いを行なえなかった。

同業者が仲間を構成するのは、ほかからの営業侵害を防ぎ、仲間の利益を守るためだった。職分の固定は、大きな見地からいえば、幕藩体制の堅持とも関わっていたのである。

「そやけど、あのお岩のばばさまがおめき散らしているのをほんまとすれば、年末の大晦日に返すと約束しておきながら、今年に入っても返さんほうにも難《なん》があるわなあ。表戸を閉めて家にも入れなんだら、ばばさまかて大声で怒鳴らなしょうがないがな。それなりに対応せんほうも悪いのとちがうか。騙《だま》されて金を借りさせられたわけではなし、ちょっとぐらい誠意をみせなあかんわなあ」

小僧に風呂敷包みを背負わせた番頭風の男が、かれなりの分別をまわりの見物人にのべた。

「ちょっとちょっとそこの番頭はん、ようういうてくれはりましたなあ。わしは人に嫌われる烏金を貸して暮してます。そやけど人に金を借りる者は、そのときはこのばばにむかい、仏さまを拝むようにぺこぺこと頭を下げ、いざ返してもらおうとすると、こっちをまるで鬼みたいにいい、そら勝手なもんどすわ。元金と利息をきちんともらわな、こっちもおまんまが食べていかれしまへんのえ」

お岩はかれの言葉がとどいたのか、見物人にむかい、自分の立場を説明した。

「ちえっ、あのくそばば、七十近いというのに、口どころか耳まで達者やんか」

お岩が信玄袋を両手で後腰に当て、再びもとの場所にもどったあと、その後ろ姿を眺め、誰かが木戸門に数歩近づき、憎々しげにつぶやいた。

「さあ源七はん、わしに借りた銭をどうしてくれますねん。わしはつぎの家にも、銭を返してもらいに行かなならん。こんなところで足止めされてたら、その分、また損がいきますねんで。居留守をつこうているのは、わしにはようわかってますわいな。わしを年寄りのばばやと思うてたら、ひどいめにあいますえ。早う表戸の錠《じょう》をはずしなはれ。戸を開けへんと、この戸を破ってでも入らせてもらいますえ。あんたはほんまに性悪《しょうわる》の男はんどすなあ」

それでも源七が表戸を開けないらしく、お岩は腰板戸の上部に「貸し本屋」と書いた戸を、どんと足で蹴りつけた。

源七は小さな貸し本屋を営んでいた。

かれら貸し本屋は、大風呂敷に各種の本を包み、高く背負って、市中の顧客《こきゃく》の許《もと》に三日に一度ぐらいのわりで足を運んだ。

貸し本の内容は洒落本《しゃれ》、滑稽本、人情本、絵草子などをはじめとして、業者によっては中国の古典まで扱った。また客層は、京都に藩邸を置く諸藩の武士から遊女まで、多岐にわたっていた。

貸し賃は新板（新刊）は一冊が見料《けんりょう》二十四文、古本は十六文。『守貞漫稿』は、「この見銭を、貸し賃、あるいは損料とも云」と記している。

江戸時代、京都庶民の識字率は老若男女合わせておよそ八割。かれらはくずし字もだいたい平気で読みこなし、現在とは比較にならないほど字をよく知っていた。寺子屋や貸し本屋の功績は大であった。

昨文化十一年（一八一四）十二月、江戸で滝沢馬琴《たきざわばきん》の『南総里見八犬伝第一輯《しゅう》』、つづいて葛飾北斎《かつしかほくさい》の『北斎漫画初篇』が刊行され、それらは早くも京の貸し本屋にとどいていた。

貸し本屋の源七は、これら新刊のほか、大坂で刊行された上中下巻そろいの春本数種を買いこむため、「日なし金」をお岩から借りたのである。

滝沢馬琴の八犬伝第一輯は、読者に人気があるとにらみ、かれは同じ本を五冊、春本はそろいを二組仕入れた。

ところが、昨年の諸国大旱魃《だいかんばつ》がたたって諸式が高くなり、貸し本など真っ先に節約の対象にされてしまった。

お岩から借りた一両の金は、期限のうちどころか、全く返済不能に陥ったのである。

「やい、源七はん、わしは一両の金を貸しても、証文こそ書いてもろうたが、抵当の品は何もとらへんかったで。せめて利息だけでも入れてくれたら、わしかてしょうもない無理取りせえへんわいな。こうなれば、よっしゃわかった」

お岩は大声で叫び、歯のない口をぐっと嚙《か》みしめ、下顎《したあご》を突き出した。

「お岩のおばば、よっしゃわかったとは、最初にいうてた通り、井戸端の柿の木で当てこすりに首でもくくるんかいな。そうしたらいっそ、銭々といわんでもすむさかい、楽になるかもしれへんで。わしらがよう見てたるさかい、そないにしたらどうやねん」

木戸門の見物人のなかから野次が飛ばされた。

「烏金のおばばが首をくくるいうのやったら、わしが手伝うて足を引っぱってやるでえ——」

軽薄な若い男がその野次にすぐ乗り、お岩の耳にきこえよがしにつづけた。

二つの言葉をきき、お岩がきっとした態度で木戸門にきつい目をむけた。

「阿呆《あほ》ったれ。わしの足を引っぱったるいうてんのは、煙草売りの安吉やな。困ったとき、わしを拝み倒して銭を借りておきながら、いま商いが調子ようぃっとるからといい、その口の利《き》きようはなんやいな。ええい、もうわしは人間にもこの世にも愛想《あいそ》がつき果てた。生きていとうもないわい。おまえらがいうように、柿の木で首をくくったるさかい、性根を据えてわしの足を引っぱるのやで、ええなあ。さあこっちに入ってきてんか」

お岩は、引き出しがいくつもついた小簞笥《こだんす》を背にした煙草売りの安吉を、目ざとく見つけ出し、木戸門に近づいた。

刻み煙草の値段は十匁《もんめ》が八文。安吉は行商をはじめたとき、お岩から一両二分の金を借り、いまはどうやら商いを成功させていた。

鴨川西の土手町に住みながら、お岩は主に東山・方広寺界隈の裏店の人々に烏金を貸していた。

安吉は人からの伝えぎきで、お岩に借金をもうしこんだ。取り立てに町辻を歩いている彼女を呼び止め、店や家にきてもらい、手をついて頼む者もいた。

「やい安吉、小簞笥の鐶《かん》を鳴らして逃げよるなよ。いまからわしが首をくくったるさかい、しっかり足を引っぱるんじゃぞ」

お岩は痩《や》せて骨ばった右手を懐《ふところ》にさしこみ、下着の紐を解くと、それをぐいっと抜き出した。

彼女の目は憎悪をむき出しにして、安吉をにらみつけている。

「わ、わしは、知らんがな。お岩のおばば、わ、わしはほんの冗談のつもりでいうただけやがな」

安吉は狼狽《ろうばい》し、誰かに助けを求める表情で、まわりを見廻した。

小僧に風呂敷包みを背負わせた番頭風の男は、いつの間にか木戸門脇から姿を消していた。

お岩が安吉をにらみつけ近づいてくる。

安吉は怯《おび》えた表情になり、おろおろと顔をゆすった。

蛇に見入られた蛙に似ていた。

「さあ安吉、さっさとこっちにくるんじゃ。もう一人の男も一緒にきたらどないやねん。わしはみんなの前で首くくったるわいな。ぼちぼち貯めた小金を、人に助けてくれといわれて貸し、どうしてこうもわしが悪口をいわれ、蔑《さげす》まれないかんねん。銭を借りた者より貸した者が悪いとは、ほんまに道理に合わん話や。わしが首をくくって死ぬのを見たら、みんな、どないに困ったかて、金輪際、人から銭なんか借りるなよ。ふん、烏金のおばばで悪かったなあ」

お岩は長屋の木戸門を入った左側の井戸端に近づき、手にした下着の紐を、ひょいと太い枝に投げわたした。

「さあこっちにこんかい、安吉。金貸しのお岩はなあ、源七、おまえが居留守を使うて家の中にも入れんさかい、なりゆきから首をくくって死ななならんようになってしもうたわい。わしが死んだら、もう銭は返してくれんでもええさかい、安物の棺桶《かんおけ》を一つととのえ、どこその寺にでも運ぶんじゃなあ。それでおまえの借金は帳消しにしたるさかい――」

長屋中にとどろきわたれとばかり、お岩のしわがれた声がひびいた。

彼女の行動が脅《おど》しの一種なのか、それとも本心からなのか、長屋の木戸門に群がった見物人には全くわからなかった。

冗談や脅しとすれば、度がすぎている。

お岩は井戸端の近くにきょろきょろ目をやり、首をくるための足場を探している。その姿から、彼女の言動が口から出まかせ、嘘とは、一概に思われなかった。

「お、お岩のおばば、か、勘弁してくれや」

空箱をみつけ、太い柿の枝の下にそれを運ぶ彼女を見て、安吉が怯えた声で哀願した。

「いや、わしは勘弁なんかせえへんでえ。そんな甘っちょろい人情を持ってたら、烏金を人に貸してこられるかいな。わしがおまえに足を引っぱられて死んだら、金貸しから銭を借りてる京中の連中が、少しはびりっとして、金貸しを侮《あなど》らんようになるやろ。そしたらわしは金貸しの鑑《かがみ》になるわけじゃや。煙草売りの安吉、さっさとこっちにこんかい」

彼女の声はいよいよ過激になってきた。

表戸をぴったり閉じていた数軒が、がたぴし音をひびかせて戸を開け、各自が怯えた顔をのぞかせた。

「お岩のおばば、わしが首くくりの足を引っぱったら、わしは人殺しになってしまうがな」

「そらそうやわな。けどおまえはそれを承知で、わしの足を引っぱるいうたんやろ。そやけどなあ、自分で首くくる人間の足を引っぱったくらいで、打ち首にはならへんさかい、まあ安心してわしの足を引っぱるこっちゃ。烏金のお岩、首をくって死んだとて、おまえの面に粗相《そそう》なんかさせへんわい」

お岩は睡を飛ばしていい、安吉を招いた。

誰かが止めるのを期待しての行動とは、もう微塵《みじん》も思われなかった。

むしろ見物人から罵倒をうけ、人でなしと蔑まれて死ぬ自分に、快感すらおぼえている節が感じられないでもなかった。

「おばば、どうぞわしを許してくれ。冗談いうただけのことやさかい。な、なんとか死なんといてくれや」

「なんやと、許してくれじゃと。いまさらそんなことができるかいな。百両二百両の金を即刻、わしの前に積んだら、わしも考えてやるわいな。軽々しく金や人の命についていうないな」

お岩の言葉や啖呵《たんか》のきりようには、人間の裏をしっかりのぞいてきた者の毒がうかがわれた。

相手が狼狽し、どう始末をつけるかを、愉《たの》しんでいる気配すら感じられた。

このとき、「貸し本屋」と書いた源七の家の表戸が、がらっと開いた。

お岩は冷たい目で、表に飛び出し溝板の上にへたへたと坐りこんだかれを一瞥《いちべつ》した。

老若男女、十数人が粛然《しゅくぜん》となった。

「金貸しのお岩のおばば、ばかなことをいたすまい。首をくくって死んでどうなる。当てこすりにもせよ、人騒がせなことをいたすではない――」

このとき、突然みんなの背後から制止の声がかかった。

市中見廻りのため、長屋の木戸門にさしかかった東町奉行所同心の曲垣染九郎だった。

かれはつかつかと木戸門をくぐり、お岩が柿の木の下に置いた木箱を、激しく右足で蹴り飛ばした。

「お侍はん、なにをしはりますねん」

「おばば、年甲斐もないことをいたすではない。わしは東町奉行所の同心じゃ」

染九郎はお岩の顔を見すえて名乗った。

「町奉行所の同心やと。それがどうしたんじゃ。わしは何も悪いことなんかしとらへんわい。町同心が恐《こわ》くて、金貸しがやれるかいな。若いくせしてからに、余分な口出しなんぞせんほうがええのとちがうか。わしが死んでくれたらどれだけええかと思うてる奴は、あっちにもこっちにも仰山《ぎょうさん》いるわいな。それどころか、借りた銭も返さんと、いっそ殺したいと思うてる奴さえいてるありさまじゃ。下手に止めだてしたら、おまえがそいつに怨まれるぞ。わしの勝手にさせてくれや」

お岩は、目を剝《む》いて自分を眺める曲垣染九郎に、憎まれ口をたたいた。

「おばば、おまえの気持、わしにもわからぬではない。誰でもおのれに都合の悪い人間は、いっそ死んでくれたらと考えたりいたすものじゃ。金や色がからめばましてであろう。されど、銭を素直に返してもらえぬ腹いせに、首をくくって死ぬなど、おばばらしくもない」

染九郎はお岩の悪評をあちこちで耳にしていた。

よほどの事情がないかぎり、金は貸してくれるが、取り立てはきびしい。一日でも返済が遅れれば、利息分にさらにわずかな利息でもつけさせる。遅滞《ちたい》が重なれば、外聞もはばからず、毒々しい大声で罵倒をあびせかける。借金の取り立てが不可能とわかると、容赦なく金目の家財道具を運び出すときいていた。

本当か嘘かまでは確かめていないが、金を貸していた小店の娘が、奇麗なきものを着ているのを認め、人前でそれを剝《は》いだとさえきいた。

「ふん、首をくくって死ぬのが、わしらしくもないといわれたら、そんな気持にならんでもないなあ。しかしお侍、わしが死ぬのを止めたかぎり、それだけの帳尻を合わせてもらわなかなわんで。ええなあ――」

彼女は居丈高《いたけだか》になり染九郎に迫った。

「お岩のおばば、わしにどういたせともうすのじゃ」

「なんじゃ、何もわからんくせしてからに。そんなもん、借金の取り立ての相談に決ってるやろな。金を借りるときは仏さま、返してもらいに行くときは鬼やと罵られ、わしもつくづく嫌になってしまうがな。わしにいわせたら、銭を借りた奴こそみんな鬼ばかりじゃ。こんな年寄りをいじめくさってからに――」

彼女は腹立たしげにつぶやいた。

「みんなここから散れ。見世物ではないぞよ」

染九郎は見物人に一喝《いっかつ》をあびせ、長屋の木戸門から去らせた。

そしておばばでも手こずる借り手がいるのかと、真剣な表情でたずねた。

「そんな面の皮の厚い人間、わんさといるわいな。金貸しとはみじめで哀しい仕事やわいな。それでもわしは、これを生業《なりわい》としてやらねばならぬのじゃ。お侍、どうすれば借金の取り立てができるか、まじめに相談に乗ってくれへんか――」

お岩の顔付きが改まっていた。

「そういわれたとて、町奉行所の同心とはもうせ、わしには相談の乗りようがない」

町奉行所同心が主として当るのは刑事事件。原則として、民事には不介入の態度をとっている。

だが貸した金が取り立て不能に陥った場合、これを民事訴訟事件、すなわち〈出入物《でいりもの》〉とすれば、目安（訴状）で相手を訴え、借金の取り立てができる。

染九郎の胸裏に「鯉屋《こいや》」の暖簾《のれん》がちらつき、組頭の異腹兄田村菊太郎や、源十郎の姿が浮んできた。

「お岩のおばば、いっそ公事宿《くじやど》に頼み、金を返済いたさぬ借り主を、まとめて目安で訴えてみたらいかがじゃ。わしが昵懇《じっこん》にいたす公事宿があるゆえ、そこの主《あるじ》に頼んでつかわそう」

「けっ、公事宿をつかって、お上に借金の取り立てを頼むとな。金貸しのほとんどが、困るとそうしているわいな。わしも考えんわけではないけど、公事宿を通してお奉行さまに頼むのは、どうもわしの気性に合わんのじゃ」

なぜか彼女は乗り気でなさそうだった。

「公事宿に相談するかどうかはともかく、取り立てに難儀いたしておる相手の名前と住所、それに商いと金額を書いて、ともかくわしに渡さぬか。どうするかはそれからじゃ」

二人が話をしているうち、溝板の上にへたりこんでいた源七は、家の中にこそっと消えていた。

寒風が数枚残っていた柿の葉を、ひらっと木戸門の外へ持っていった。

二

昨夜、田村菊太郎は公事宿鯉屋の離れで、曲垣染九郎が主の源十郎に持ってきた一枚の紙切れを眺めていた。

十二人の名前、住所、職種、それに借りた金額が記されてあった。

烏金を人に貸すお岩のおばばをせっつき、染九郎が書き上げさせたもので、すべてが烏金でなく、日なし金も多かった。

十二人の借金を合計すれば三百七十二両にもおよんだ。

「染九郎どのが言葉をつくして説いても、お岩のおばばはどうしても、公事宿に出入物として借金の取り立てを頼みたくないと、頑固にいうてるそうでございます。三百七十二両の大金、公事宿に払う銭が惜しいとも思われしまへん。とにかくけったいなおばばどすなあ。若旦那、ちょっと考えておいとくれやすか」

染九郎から相談をうけた鯉屋の主源十郎は、炬燵《こたつ》に足をつっこみ、書見にふけっていた菊太郎の許に、その紙切れを置いていった。

のか。

　――お岩のおばばはこれほどの金額を、どうして法的手段に訴えてとりもどそうとしない
　十二人の名前と三百七十二両の合計金額をいくら眺めても、菊太郎にもわからなかった。

　朝になり、かれは小僧の佐之助を、曲垣染九郎の同心組屋敷へ使いに走らせた。

　今日、かれは非番、ぶらっとわしに付き合わぬかと伝えさせたのである。

「非番だともうすに呼び出し、迷惑をかける」

　時刻通り、鯉屋にやってきた染九郎を迎え、菊太郎はまず詫《わ》びた。

　そしてちょっと出かけると下代《げだい》の吉左衛門にいい、店の表に足を運んだ。

「いいえ、菊太郎さまからお声をかけていただき、かえってほっといたしました。非番で組屋敷にいたとて、子供のお守りをさせられ、ゆっくり休養もできませぬほどに」

　かれは肩を軽くゆすって微笑した。

「なるほど、昨年の秋、ご妻女が第二子となる女の子を産まれたときいていた。腕白のご嫡男どのに手をやかされるのは、嫌だともうされるのじゃな」

「無責任な父親とお思いかもしれませぬが、もうされる通りでございます」

「ご嫡男どのはおいくつになられる」

「はい、四歳に相なりまする」

「それはそれは、手におえぬ年だわなあ。非番のほうがむしろ疲れる」

「ご理解いただけましょうか」

「ああ、染九郎どのの胸中、よくわかりもうす」

　菊太郎はお信の娘、お清の顔をちらっと胸に思い浮べうなずいた。

「ときに菊太郎さま、改めてわたくしをお呼び出しなされましたのは、いかなるご用でございまする」

　染九郎は苦笑を痩せた頬にただよわせ、姉小路を東に歩き、ついで堀川沿いを北に上る菊太郎に問いかけた。

「染九郎どの、わしはこれから、土手町通りに住むお岩のおばばに会うてみようと思うのじゃ。源十郎によれば、お岩のおばばは相当あこぎに稼いできた欲の深い金貸しだという。だがその強欲のおばばが、三百七十両余もの大金を、どうして奉行所に訴えてでも積極的に取り立てようとしないのか、そこのところがなんとしても解《げ》せぬのじゃ。それゆえ、おばばに直接会い、確かめたいのよ。三百七十両余の金子《きんす》、これは気性に合う合わぬぐらいですむ金高ではあるまい。お岩のおばばが人前で、娘の着ているきものまで剝ぎ取った話が本当なら、わしにはますます不審に思われてくる。そなたがおばばに書き出させた金子の貸し先には、大藩の京屋敷、供応《きょうおう》役の名前さえある。おばばがそれを取り立てない理由がどこにあるのか、わしはそれが知りたいのじゃ。そなたからきのうの様子をもっとくわしくききたいが、それは土手町に行く途中、たずねるといいたそう。さてそのお岩のおばばは、貧之人に烏金を貸し、自分は小女《こおんな》の一人も雇い、贅沢《ぜいたく》な家でさぞかし安穏《あんのん》と暮しているのであろうな。土手町通りの清水町には、以前、山城淀《よど》藩の藩邸があり、一帯は近衛家の所有地。眺めがよく由緒のある土地として、有徳者（金持ち）たちが隠居所を構えている。悪辣《あくらつ》な人間どもは、素知らぬ顔で粋に暮しているものだわい。そんな手合いをわしは多く見てきた」

「わたくしとてそれは同じでございまする。ちょっと解せぬところはございますが、あの手の金貸しは金だけが生き甲斐、金のためならどのようなあこぎもいたす金の亡者《もうじゃ》。されど金など、あの世に持参できませぬのになあ」

染九郎は北山の空に目をやり、大きなため息をついた。

空気が冷えており、まばらに髭《ひげ》の生えた口から吐く息が白かった。

かれがちょっと解せぬところがあるといったのは、金を請求にきたお岩のおばばが、本当に柿の木で首をくくろうとしていた態度であり、彼女が吐いた言葉の数々のなかに、金言とすべき片々《へんぺん》を感じたことであった。

死へのあの態度は、見せかけや脅しでできるものではない。また彼女の悪態には、それなりに筋が通っていた。

やがて二人は道を右に折れ、丸太町通りを東に歩き出した。

行く先は寺町通り、南北に大小の寺院がずらっと甍《いらか》を並べている。

そのむこうに河原町通り、さらに中町通りが短くのび、土手町通りはもう一つ東の町筋。すぐ東に鴨川が流れていた。

『坊目誌《ぼうもくし》』は、「中昔此地《このち》に池水あり。極めて清涼也。町名之《これ》に起る。池水の跡は法雲寺本坊の跡と云伝ふ」と記し、『京羽二重』には、目医者の法雲寺郭翁《かくおう》、風呂屋の「清水」、古道具、石塔、醬油、塩味噌、煎茶の諸職人が居住していたと書かれている。

菊太郎と染九郎は、寺町通りの路地をぬけ、河原町通りと中町通りを横切り、土手町通りに着いた。

「清水町はこの界隈じゃな——」

「いかにも、この辺りでございまする」

染九郎はまわりの家並みに視線をめぐらした。

二人が立つ町辻の南に、大きな空地が広がっていた。二十七年前の天明八年（一七八八）一月三十日、京都では町の大半を焼失、禁裏《きんり》や二条城まで炎上させた〈天明の大火〉が起った。

広い空地にはかつて、真宗高田派の別院本誓寺《ほんせいじ》が、巨大な伽藍《がらん》といくつもの塔頭《たっちゅう》をそびえさせていた。

だがこの折、豊臣秀吉が北政所の化粧殿を移築、改造したといわれる本堂が、飛び火をうけてまず炎上し、堂内を壮厳にしていた狩野永徳《かのうえいとく》筆の襖障子絵《へだてえ》もことごとく燃え、伽藍と塔頭は焼け失せてしまった。

本誓寺の跡地の一部には、いま小さな寺院がいくつかと、町屋が建ち並んでいる。

「天明の大火は、わしが四つのときであったと親父《おやじ》からきかされていたが、二十七年もすぎれば、このように変っていくものじゃな。町も人も変る。昔と変らぬのは鴨川の流れだけ。人の世のうたかたを映し、鴨川は知らぬ顔で流れておる」

水の匂いが、二人の鼻に濃くただよってきた。

清水町の路地のむこうに、鴨川の水面が冷たくのぞき、そこから吹いてくる川風が、菊太郎のきものの裾をひるがえした。

普請《ふしん》のしっかりした店や家が並び、間口は狭いが、小さな萱葺《かやぶ》き門をそなえ、石敷きの路地を奥にのばす構えもみられた。

「染九郎どの、どこかの店で、お岩のおばばの家をたずねてみるか」

辺りを眺めていた菊太郎が、古道具屋の木看板をかかげた一軒に目をとめ、染九郎に相談をかけた。

「いかにも。町役にたずねて案内させるより、そのほうがいいかもしれませぬな」

「お岩のおばばは、自分が烏金を貸して暮していると、近所の人々に知らせておらぬかもしれぬ」

「ここの家並みは静かで、さような場合もございましょうな。ぬけぬけと、どこかの楽隠居を装うているのではないかとも思われまする」

染九郎は奇峭《きしょう》な大小の石を並べた近くの石置き場をざっと眺めわたし、菊太郎につぶやいた。

だが石置き場の冬枯れた芒《すすき》のむこうに、何か動くものを認めると、菊太郎の腕をさっとつかみ、古道具屋横の路地にかれを連れこんだ。

「いかがしたのじゃ」

菊太郎は染九郎の不審な行動を咎《とが》めた。

「菊太郎さま、ここからそっとあれをご覧めされませ。あそこにいるのがお岩のおばばでございまする」

路地に身をひそめ、かれは石置き場のむこうを目で示した。

石置き場のすみに、石工《いしく》の仕事場が建っている。そのかたわらに、屋根の傾いた粗末で小さな平屋がみられ、継ぎの当ったきものに袖無し羽織りを着た老女が表に立っていた。

そして二人連れの僧形《そうぎょう》と十歳余りの女の子に、深々と頭を下げていたのである。

二人の僧形は、胸前の頭蛇袋《ずだぶくろ》を大きくふくらませ、女の子はうれしそうな顔で、両手で大きな風呂敷包みをかかえていた。

「いつもいつもお心遣いをいただき、まことにありがたいことでございまする。おばばさまのお心遣いがあればこそ、多くの子供たちが飢えもせずに過せ、この世に巣立っていけまする。ご本山は名のみ、何もいたしてくれませぬ。おばばさまがご壮健ゆえ、拙僧たちも食い物の苦労もなく、子供たちの世話をいたしておられまする」

鴨川から吹きつけてくる風が、一人の僧形の声をかすかに運んできた。

「寂明はんに浄念はん、何を改まって礼などいうてはりますのや。銭の心配はあんた方がせんでもよろし。わしが元気でいるかぎり、銭は全部、わしが都合つけたるさかい、何も案じることはあらへんのや。子供たちに読み書きそろばんと仏の道を、十分に教えたってや。それさえ身につけておけば、親がのうても、世の中に出て立派に生きていけるのやさかいなあ。それだけがわしの頼みや。千寿《ちず》ちゃんも寂明はんからしっかり字を教えてもろうてるわなあ」

お岩のおばばは、千寿と呼んだ女の子に優しく笑いかけた。

「うん、おばばさま、うちこのごろ論語を教えてもろうてんのえ。阿弥陀経なんか、もう全部諳《そら》んじてしもうてんねん」

　ぱっと顔を輝かせ、千寿はお岩の顔を仰いだ。

「ふうん、おまえは賢いなあ。それで小さな子の面倒も、きちんとみてるんやてなあ。わしはおまえみたいな子供が大好きじゃ」

「ほんまをいうたら、小さな子の世話をするのはかなわんけど、うちに甘えてくるさかい、やっぱり可愛らしゅうなって、ついつい手かけてしまうねん」

「この千寿は、本当にしっかり赤ん坊の世話をしてくれまする」

　お岩のおばばから寂明と呼ばれた壮年の僧が、合掌して彼女に告げた。

「そらええこっちゃ。世の中は廻りもち、おまえがええ子にしてたら、大人になったとき、きっと幸せがくるでなあ」

　彼女は表情をくずして、千寿の頭を撫《な》でた。

「おばばさま、みんながおばばさまは、今度いつお寺に来はるのやというてます。近々、一度寄ってくんなはれ。みんなで待ってますさかい——」

「わしも仕事が忙しゅうてなあ。しばらくしたら、土産を仰山持って行ったるわいな。みんなにそう伝えといとくれ。わしも子供たちの顔を見たいさかい」

　おばばと千寿の会話が一段落つくと、二人の僧形はではと墨染の袖をひるがえした。

古びた笠をそれぞれ頭にかぶり、お岩に再び合掌した。

「そしたら気をつけてもどりなはれや。和尚《おしょう》さまによろしゅうにいうといておくれやっしゃ」

「さようにもうし伝えまする」

かれらは塗り笠をかぶったまま、再度、お岩に低頭し、千寿を真ん中にはさみ、土手町通りに出てきた。

お岩が両手を合わせ、その三人連れを見送っている。

「染九郎どの、これはいったいどうなっているのじゃ」

菊太郎は驚きの声をはっきりもらした。

「いかがなっているやら、わ、わたくしにもわかりませぬ。お岩のおばばの住居が、あのように粗末だとは、思いもいたしませなんだ。また二人の僧が頭蛇袋の中にかかえていたのは、おそらく相当な銭に相違ございませぬ」

「わしもさようににらんだ。人に烏金を貸して稼ぐあのおばばが、実は大枚の金子を喜捨《きしゃ》しているとはなあ」

「耳にした話から推察いたしますれば、お岩のおばばは多くの子供をかかえる寺に金子をあたえ、独りで養っていると思われまする。驚いたのなんの、いまわたくしの頭の中はいささか混乱して、何もわからなくなっておりまする」

曲垣染九郎は方広寺脇の長屋で、直接、彼女の悪態ぶりを見ているだけに、なおさらであった。

「わしとて、いささかどころか大いに混乱しておる。ただあのおばばが、並みの女子《おなご》でないことだけは確かじゃ」

「いかにも。目から鱗《うろこ》が落ちる心地とは、これを指してもうすのでございましょう」

「ああ、わしもその心地じゃや。染九郎どの、お岩のおばばの住居はこれにてわかった。おばばの詮索《せんさく》はあとまわしにして、あの僧たちがいずれにもどるか、確かめねばなるまい」

「いかにも、それが大事かと心得まする」

二人は路地に身をひそめ、互いの顔を見合わせ結論を出した。

千寿が胸に風呂敷包みをかかえ、先頭を歩いていき、二人の僧形が並んであとにつづく。

瞬間、菊太郎たちの前を横ぎっていった。

千寿の風呂敷包みの中身は、饅頭《まんじゆう》か煎餅《せんべい》菓子。二人の僧形は重い頭蛇袋を両手でしっかり押えていた。

「舎利弗《しゃりほつ》、於汝意云何《おにょいうんが》。彼佛何故号阿弥陀《ひぶつがこごうあみだ》。舎利弗《しゃりほつ》、彼佛光明無量《ひぶつこうみょうむりょう》、照十方国無所障礙《しょうじつぽうこくむしょしょうげ》。是《ぜ》故号為阿弥陀《こごういあみだ》――」

――舎利弗よ、汝の意《こころ》においていかに。かの仏を、何がゆえに、阿弥陀と号すや。舎利弗よ、かの仏の光明は無量にして、十方の国を照すに障礙するところなし。このゆえに、号して阿弥陀となす。

唱経は『阿弥陀経』。かれらがお岩のおばばを、阿弥陀の化身として暗にたたえているのは明らかであった。

菊太郎は胸をじんとさせ、唱経の声をきいていた。

染九郎も目頭をそっと拭った。

三

雪が霏々《ひひ》と降っている。

菊太郎は鯉屋の離れ座敷に坐り、障子戸を開けたまま、凝然《ぎょうぜん》と雪の降り積む庭を見ていた。

「若旦那、熱燗《あつかん》で雪見酒などいかがどす」

主の源十郎が、自らお盆をもち、離れ座敷にやってきた。

炬燵《こたつ》に入っているだけに、寒さはそれほどではない。猫のお百が菊太郎の膝に乗っていた。

「熱燗で雪見酒か。折角だが、わしはいま酒を飲む気分ではない。やるならおぬし独りでやってくれ」

　かれは源十郎を見上げていった。

「何をいうてはりますねん。若旦那がくよくよ考えたかて、仕方のないことどすがな。驚いてぼんやりしてはるのはようわかりますけど、それはそれ、雪見酒は雪見酒と、分けて考えとくれやす。そうでなければ、息苦しゅうなって生きていかれしまへんえ。お岩のおばばさまの本当の姿が明らかになり、かえってよかったのとちがいますか——」

　かれには、菊太郎が何に衝撃をうけ、雪見酒を飲まないのか、十分にわかっていた。

「それはそなたの分別。わしとて理解できぬでもない。だがなあ源十郎、この雪に降られ、おばばどのが寒さに震えながら、烏金の取り立てに廻っているかと思うと、わしはとても酒など飲んでおられぬ気持になるのじゃ。こうして炬燵に入っているのさえ、もうしわけない思いよ。きのう、あのおばばどのに合掌する僧たちの姿を見たわしが、いま雪見の酒を気儘《きまま》に飲んでいたら、神仏の罰《ばち》が当るわい。おばばどのに代り、わしが烏金の取り立てに廻りたいほどじゃわい」

「若旦那、冗談にもせよ、そんなことわたしにいわんといとくれやす。若旦那がそないに考えはったら、わたしかて気楽にしとられしまへんがな」

　源十郎は銚子にのばしかけた手を引っこめ、渋い顔で菊太郎を非難した。

「いやすまぬ。わしはわしとして、そなたはわしに遠慮なく飲んでくれ。飲んでもらわねば、わしがさらに辛くなる」

「さようどすか。ほんなら独りでやらせていただきますけど、若旦那、あんまり思い詰めたらあきまへんのやで。お岩のおばばどのが、ただのあこぎな金貸しやないとわかり、ともかくうれしいやおへんか」

「いかにも、それは慶《けい》すべきじゃ。人間とは不可解。日常、人に見せる一面だけでは、全く判じられぬものじゃ。弘法大師さまは人間について、こうおおせられた」

「弘法はんがどないにいわれましてん」

「大師が五十七歳のときに書かれた『秘蔵宝鑰《ひぞうほうやく》』ともうす著書の中でなあ、生れ生れ生れ生れて生《せい》の始めに暗く、死に死に死に死んで死の終りに冥《くら》し——ともうされているのじゃ」

「若旦那、もう一度いうとくれやすな」

源十郎の要求にこたえ、菊太郎は再び『秘蔵宝鑰』の一節をなぞった。

かれが口にすると、源十郎は右手と左手で指を折った。

「生れるのが四遍、死ぬのが四遍どすな」

両指を眺め、かれは菊太郎に確かめた。

「大師がもうされたのは四遍じゃが、この数は無限と考えてもよい。要するに人間は、幾度生れ代ってこの世に生きたとて、人間についてのほか生も死もなんであれ、わからないと嘆いておられるのじゃ」

「弘法はんほどの知恵者が、そないに悲観したことをいわはったら、わたしらみたいな俗人は困りますやんか。そやけど、ほんまをいうたらそうどすわなあ」

「わしはいまなにやら絶望もしているが、人間について明るい希望を大いに抱いてもいる。人間や人生とは、良くも悪くも明暗半々、まあそんなものかな。お岩のおばばどのがやっているいることを目のあたりに見て、わしはさように思った」

お岩を呼ぶに際して、菊太郎と源十郎の言葉遣いが前日と変り、二人はどのと敬称をつけていた。

昨日、菊太郎と曲垣染九郎の二人は、二人の僧形のあとをひそかにつけ、京の町を西に横断した。

お岩から千寿とよばれた少女を前に歩かせ、かれらは四条通りを西にすすみ、壬生《みぶ》村をすぎ、西院村の近くまで一気にきた。

そして、まわりを田圃《たんぼ》にかこまれる荒れた一寺の山門をくぐったのである。

直後、寂明、浄念の二僧と千寿を認め、寺の境内からわっと歓声がひびいてきた。

「山門に掲げられる扁額《へんがく》には、浄土宗慈照寺とございますが――」

「宗派は浄土宗、慈照寺ともうすか。それにしても山門は傾き、いまにも崩れそうな寺じゃな」

「子供たちが、二人の僧と千寿を迎え騒いでおります。あの子が胸にかかえてきた風呂敷包みの中身は、やはり煎餅でございました」

本堂の階段に腰を下ろし、千寿が二十人ほどの子供たちを一列に並ばせた。そして広げた紙包みから煎餅を取り出し、何枚かずつ手渡していた。

「これはおばばさまが、みんなにくだされたもんえ。ありがたく食べんと罰が当るんやで。ええなあ」

彼女はませた口調でいいきかせていた。

背中に赤ん坊を背負った女の子もいる。

洟《はなじる》を頬にこすりつけた手で、千寿から煎餅を受け取る男の子も見られた。

「染九郎どの、この寺はいったいなんじゃ」

「はい、わたくしはかねてからきいておりましたが、この慈照寺にまいりましたのは初めてでございます」

「なんときいていたのじゃ。もうせ」

菊太郎は不機嫌な顔になっていた。

「西院村の慈照寺は子育て寺。親に捨てられた子供や、子を養えぬ貧乏人の子供を、預かって育てているともうしまする。京ではこの慈照寺の門前に、赤ん坊を捨てにくる不埒者《ふらち》がいるとか——」

「さすればあの子供たちは、すべて不幸な運命《さだめ》を負うて、ここで暮しているわけじゃな。浄土宗の本山は東山の知恩院。さればとて、本山が子供たちに食い扶持《ぶち》を出しているとも思われぬ。お岩のおばばが、着る物や食べ物のすべてをまかなっているのじゃ。食べ盛りの子供たちが多く見うけられ、それに要する費《つい》えは相当なもの。おばばの真の姿はかくのごとしか。わしらはいまえらいものを見ているのじゃな。いったい全体、所司代や町奉行、京の金持ちたちは何をしているのだと、わしはわめきたい」

菊太郎は憮然《ぶぜん》とした表情で嘆いた。

当日、日暮れになり鯉屋にもどってきた菊太郎は、逐一を源十郎に語ってきかせた。

かれも神妙な顔付きになり、一切に耳を傾けていた。

「あのおばばどのには、それをさせるべき何か深いわけがあるにちがいない。人間が並みでは、ああはできぬ。おばばどのは心の中に由々《ゆゆ》しき大事を抱き、おのれ自身を扱いかねて生きているのであろう」

かれの言葉に、源十郎も同意してうなずいた。

それから今日になり、菊太郎はほとんど一日中、何事かを思いふけっていたのであった。

「若旦那、陽が暮れかけてから、なんや雪が本降りになってきましたやんか。この分なら、今夜は大降りどっせ」

源十郎は暮れなずみはじめた灰色の空を、離れからのぞき上げ、盃に銚子を傾けた。

「いかにもそんな工合《ぐあい》じゃ。ところで源十郎、染九郎がお岩のおばばどのに書き上げさせた日なし金の一件だが、あの三百七十数両にもおよぶ金、借り主から取り立てるすべはあるまいか。染九郎どのがもうすには、すべて返済期限が切れているが、なかには利息だけきっちり入れている借り主もあるともうす。しかし数人、その利息さえ払わぬ不埒者もおるそうじゃ。あれだけの金子の一部でも、返してもらうことができれば、この雪の中、おばばどのも烏金を集めてまわらぬでもすむ」

「そやけど若旦那、お岩のおばばさまは公事宿に頼み、借金の取り立てを奉行所にしてもらうのは、自分の気性に合わんというてはりますのやろ。わたしはおばばさまから正式に頼まれさえすれば、すぐにでも目安を書き、相手をお白洲《しらす》に呼び出してやりますわいな。若旦那、曲垣さまと相談して、そうせなあかんとおばばさまを説き伏せなはれな。そのあとは全部、わたしに委せといとくれやす」

源十郎が銚子の滴を振り、菊太郎にいったとき、鯉屋の表がにわかにあわただしくなった。

「何事や、うるさいなあ。折角の酒がまずうなるがな」

表のあわただしさは、なんの前触れもなく離れの部屋にむかってきた。

「菊太郎さま、一大事にございまする」

騒ぎの主は曲垣染九郎であった。

両肩を喘《あえ》がせて荒い息を吐き、悲痛にゆがんだかれの顔を雪がぬらしていた。

「そなたは染九郎どの、いかがしたのじゃ」

菊太郎は一気に立ち上ってたずねた。

「とんでもないことが出来《しゅったい》いたしました」

「とんでもないことだと――」

「いかにも。お岩のおばばどのが、東山・蓮華王院の脇道で、何者かに襲われて深手を負い、近くの辻番所に運ばれたとの知らせでございまする」

「な、なにっ、おばばどのが何者かに襲われて傷を負われたじゃと。ま、まさか辻斬《つじぎ》りにあわれたのではあるまいな」

「くわしい事情はわかりませぬが、大雪とはもうせ夜中ではなし、辻斬りの仕業《しわざ》とは思われませぬ」

「それで傷のほどは――」

「肩から胸にかけて大きく斬られ、瀕死《ひんし》の重傷とききおよびました」

「そなた、わしを迎えにまいったのじゃな」

「いかにも。ご同道願いまする」

「いわれるまでもないわい」

菊太郎は床の間に置いた差し料をつかみ取った。

「若旦那、足許に気をつけておくれやっしゃ。弁当をあとで辻番所に届けさせますさかい」

「どうせなら、ついでに徳利を一本頼みたい」

かっと頭をほてらせ、菊太郎は源十郎に大声をあびせつけた。

店の表に飛び出し、足袋《たび》をぬぎすて、土間の草履《ぞうり》をひろった。

染九郎につづき雪道を走り、大宮通りを南に下った。

西本願寺の裏まで一気に下り、七条通りに出た。東山が白い雪をかぶり、闇をふくみかけていた。

蓮華王院は俗に三十三間堂といわれている。

お岩のおばばを襲ったのは、まさか貸し本屋の源七ではあるまい。さまざまな思いや疑惑が、菊太郎の胸裏で熱い渦をまいていた。

「蓮華王院近くの辻番所は、そこをまがったところでございますぞ」

鴨川をこえ、蓮華王院の白く長い築地塀《ついじべい》を遠くに見たとき、先を走る菊太郎に、染九郎が後ろから叫びかけた。

雪はやんでいたが、素足の足許がすべった。

「この町辻じゃな――」

かれは染九郎がうなずくのを一瞥して、町角を右に折れた。

家並みがつづく数間先に、辻番所の提灯《ちょうちん》が見えている。

表に六尺棒をもった捕り方が立ち、ものものしい気配が辺りの雰囲気を険《けわ》しくさせている。

辻番所の中をのぞきこもうとする人々が、口汚く追っ払われていた。

「何者や、勝手に近づいたらあかんがな」

捕り方が菊太郎を叱ったとき、染九郎が息を喘がせ追いついてきた。

菊太郎は捕り方をにらみつけ、辻番所の土間に足を踏み入れた。

土間には火が大きく焚《た》かれ、板間にお岩のおばばが横たえられていた。

「こ、これは兄上どの、いかがいたされました」

異腹弟の田村銕蔵《てつぞう》が、おばばの枕許から、十手を腰の帯にもどし立ち上ってきた。

かれは四半刻（三十分）ほど前、町奉行所吟味方同心組頭《くみがしら》として、輩下の岡田仁兵衛や福田林太郎たちをともない、ここに駆けつけてきたのである。

「おお、銕蔵か——」

「銕蔵かではございませぬ。かような所に兄上がおいでめされるとは、いかなるわけでございまする」

「銕蔵、そんなことはどうでもよい。知りたくば、あとで曲垣染九郎どのからきいてくれ。それより、おばばどのの傷の工合はいかがじゃ」

「おばばどの。この烏金のお岩を、おばばどのともうされますのか——」

「わしがおばばどのと呼んで何が悪い。このおばばどのはただのお人ではない。敬して接せねばならぬぞ。烏金のお岩などと呼ぶのはもってのほか。そんなことより、早く傷の工合をもうせ」

菊太郎はいつになく目を怒らせ、銕蔵を叱りつけた。

「はい、左肩から胸部にかけて一太刀をあび、さらに下腹を刺されております。応急の手当てをほどこしましたが、息は辛うじてついてはいるものの、いまもって意識はございませぬ」

銕蔵は板間に横たえられたお岩の姿を、ちらっと見て答えた。

「応急の手当てだと。それではおばばどのの一命が心もとない。銕蔵、わしからだともうし、所司代の酒井さまか町奉行の佐野肥後守さまに使いをやり、なんとしてもしかるべき外科医を急いで派してもらいたい」

兄の菊太郎が、これほど切迫した口調で命じるからには、それなりの事情があるにちがいない。銕蔵は後ろにひかえる福田林太郎に、行けと指図をあたえた。

かれと下っ引き（岡っ引き）の忠助が外に飛び出した。

「兄上どの、使いをやりましたほどに、仔細《しさい》をお話しくださりませ」

「それは後廻しじゃ。染九郎どの、銕蔵から傷の工合をきけば、おばばどのを斬ったのは、どうやら町人ではなさそうじゃ。わしはそなたが鯉屋に届けてきた金の借り主のなかに、襲った下手人がいるのではないかと思うが、そなたはいかが思案いたす」

「おお、これはいいところにお目をつけられました。わたくしもさようではないかと、考えていた矢先でございまする」

「金の借り主とは——」

銕蔵が二人の話に分け入ってきた。

「このおばばどのが大金を貸しながら、元金はもとより、利息すら払わぬ不埒者のことじゃ。いっそおばばどのが死んでくれたら、借金も返さずにすむと思うている奴が、何人かいるにちがいない。おばばどのから厳しく請求いたされれば、自らが刺客となってかどうかはともかく、おばばどのを襲うて殺そうと企《くわだ》てるであろうよ。おばばどのが襲われたとき、蓮華王院辺りの降り工合、雪はいかがであった」

菊太郎の質問をうけ、銕蔵が辻番所の老爺《ろうや》を目でうながした。

「へ、へえ旦那さま。それは一間先も見えないほど、雪が降りまくっておりました。本降りの雪がやみ、人が倒れているときいて、わしは三十三間堂の脇に走りましたが、下手人の足跡なんぞ、雪に埋れてわからんようになってました。へえ——」

「銕蔵、これに目を通して、下手人の探索に当ってくれ。一番怪しいのは、この人物かもしれぬ」

菊太郎は懐から曲垣染九郎に渡された負債者の書きつけを取り出し、指で示してみせた。

——尾張藩京屋敷供応役、堀部正太夫　金百四十両
と書かれていた。

お岩のおばばから金を借りている者の中で、この堀部正太夫が最も高額であった。

「兄上どの、これはこのおばばどのから金を借りて、容易に返済いたさぬ者の名前と金額でございまするな。さればこれを手掛かりといたし、下手人の探索に当りまする」

「染九郎どのは、お岩のおばばどのが意識をとりもどされたとき必要じゃ。ここに残しておいてくれ」

「後ほどゆっくり理由をきくとして、その旨はうけたまわりました。やがて所司代さまか町

奉行さまから、外科医がよこされますほどに、おばばどのには一命をとりとめていただかねばなりませぬ」

「わしとてそのつもりじゃ。どうあってもわしは、このおばばどのにたずねたい仕儀《しぎ》がある」

「たずねたいことでございますと――」

「おぬしには余分なことかもしれん。それより、少しでも早く吟味にまいってくれ。おばばどのの看護は、わしと染九郎どのでいたしておるわい」

菊太郎の声につれ、板間に横たえられていたお岩が、かすかに呻《うめ》いた。

四

雪の夜が更け、朝になった。

昨夜、菊太郎と曲垣染九郎は、交代でお岩の枕許に詰めていた。

京都所司代・酒井讃岐守忠進《ただのぶ》から派せられてきた所司代典医の曲直瀬《まなせ》隆三《りゅうさん》は、銕蔵たちが辻番所から下手人探索に出かけて一刻（二時間）ほどあとに駕籠《かご》で到着し、すぐお岩の手当てをはじめた。

彼女はうなるだけで、意識はもどっていなかった。

「ご典医どの、おばばどののご容体はいかがでございまする」

隆三は彼女の傷口をひと通り改め、塗り薬をほどこし終えた。

それを見定め、後ろにひかえた菊太郎がたずねると、隆三は暗い表情でかれの顔を眺め、重い口を開いた。

「お気の毒に左肩の骨を半ば断たれ、その刀の切っ先が、臓腑の一部を斬っております。下腹の刺し傷はさしたることはございませぬが、臓腑の傷がどうも案じられまする。しかしいま、気付け薬を口にふくませましたほどに、意識はもどるかもしれませぬ。出血は一応止めましたゆえ、あとはともかく当人の体力と気力、それが少しでも復しますれば、斬り傷を改めて縫合して工合をうかがいたいとぞんじます。今宵はわたくしもこの辻番所に詰めますゆえ、ご心配めさるまい」

かれは所司代の酒井忠進から、菊太郎について何事かをいいきかされているとみえ、丁寧な口を利いた。

「ご典医どの、おばばどのに気付け薬をあたえてくだされたとはありがたい。このおばばどのは、体力気力とも人並み以上でございまするほどに、必ず命は助かりましょう。ありがとうございました」

菊太郎は若い医生に運ばせた手洗い桶で、両手をすすぎ、白布で手を拭う隆三に礼をのべた。

「今夜から明日にかけてが峠でございましょうなあ。どうにか持ちこたえていただきたいものでございまする」

「おばばどののことゆえ、おそらく大丈夫でございましょう。それにしても菊太郎さま、ご典医どのにこの辻番所に詰めていただくのは、どうかと思われまするが——」

「いや、わたしは所司代さまからお指図を仰せつかってまいりましたゆえ、何も斟酌《しんしゃく》せんでもらいたい」

曲直瀬隆三は、辻番所の土間で焚かれる火に両手をかざし、染九郎を制した。

「さようにもうされまするが、いざというとき、ご典医どのに十分な手当てをしていただかねばなりませぬ。この辻番所ではゆっくり休んでいただけませぬほどに、何卒《なにとぞ》、隣家でご休息くださりませ」

辻番所の隣りは炭問屋。染九郎は手まわしよく、炭問屋の了解をとりつけていたのであった。

「もうされればその通りでございますなあ。なればお言葉に甘え、隣家にひかえさせていただきまする」

かれは自分を迎えに現われた炭問屋の主にちらっと目をやり、菊太郎と染九郎に一礼した。

ついで若い医生に、そなたはここに残ってもらいたいと命じた。

「はい、かしこまりました」

「患者に何か異変があれば、ただちにわたしを呼び起すのじゃ」

「さようにいたしまするる」

かれは師の隆三が去ると、菊太郎たちに、わたくしは森山雅之助ともうしまするると名乗った。

「わしは田村菊太郎じゃ。お世話になる」

「それがしは東町奉行所同心・曲垣染九郎ともうす」

「お二人とも何卒ご休息くださりませ。患者の容体は、わたくしがうかがっておりまするほどに——」

「お言葉はありがたいが、わしらもここではどうせゆっくり休めまい。辻番所の親父どのにも気の毒じゃ」

菊太郎が辻番所の老爺を眺め、なぐさめ顔でいった。

「旦那さま、うちには気をつかわんといとくれやす。うちなら昼間寝てますさかい。それに夜廻りにも出なないりまへん。仕事が仕事どすさかい、土間の炉端でちょっと寝するのは馴《な》れてますがな」

「では染九郎どの、わしとそなたがおばばどのの枕許に、交代でつくといたそう」

その夜はこうして一晩をすごした。

明け方、曲直瀬隆三がおばばの工合をのぞきに現われ、森山雅之助にあれこれたずね、彼女の脈を数えていった。

お岩のおばばは呻きつづけている。

気付け薬の効果は容易に現われなかった。

こうして朝になり、お岩はやっと意識を少しとりもどし、うっすら目を開けた。

「おお、お岩のおばばどの、気を確かにもつのじゃ。わしが誰かわかるか――」

染九郎の声に気付き、菊太郎は跳ね起きた。

医生の森山雅之助が、炭問屋にむかい走った。

「あ、あんたはんは、東町奉行所の同心、曲垣染九郎はんやおへんか。ど、どうしてこないなところにおいやすのや。わ、わしはなんでここに寝てるんじゃ。ああそうか、雪の中を歩いていたら、誰かがいきなりわしの前に立ちふさがり、刀で斬りつけてきよった。仰山、血が雪の中に流れ出て、わしは気を失うていったんじゃ。そやけど、これでわしもやっとあの世に行けるわい。わしは下手人の奴をちょっとも怨んでへんでえ。おおきにおおきに、お礼をいわせてもらいたいわ」

お岩はかすれた弱々しい声で辛うじていった。

「な、なんじゃと。下手人を怨まずに、かえってありがたいともうすのか」

菊太郎がお岩の顔色をうかがい、詰め寄った。

「このお人、どなたはんか知りまへんけど、わしはそんな気持どすわいな。わしは二十七のときから、人に憎まれたい、人に石でも投げられ罰せられたいと思いながら、い、生きてきましたわい。そうでもせな、とても生きてられしまへんどした」

喉をひゅっと小さく鳴らし、お岩は苦しそうにつづけた。

森山雅之助に呼ばれてきた曲直瀬隆三が、菊太郎たちの反対側にひかえ、彼女の脈をとっていた。

かれはかすかに首を横に振ったが、お岩との話を制止しなかった。

「おばばどの、それはどうしてじゃ。わしたちにだけきかせてくれ。悪いようには計らわぬ。誓ってじゃ」

「こ、今度は奉行所の旦那さまかいな。まあ、わしみたいな悪人が死ぬ間際にいうことを、最後にきいておくれやすか。これでもわしは、自分が仕出かした罪の大きさに恐れおののき、いつも死にたい死にたいと思いながら、生きてきたんどっせ。でも自分からは死にきれまへん。方広寺脇の長屋へ借金の催促に行き、柿の木で首をくろうとしたときも、ほんまにいっそ死んでしまおうとの気持どしたんや。わしみたいな者《もん》は、生きてたらあかん。死なな罪滅しができへんと、ずうっと思うてましたんじゃ」

「人に憎まれながら、死にたい死にたいと生きてきた。それはいかがしてじゃ――」

「はいな、奉行所の旦那。人を殺した人間が、どうして大きな顔をして生きておられますかいな。わしは卑怯な女子どした。二十七のとき、わしは法観寺（八坂塔）脇の料理茶屋で、女中働きをしておりました。そ、そのとき、一人の男衆《おとこし》を朋輩《ほうばい》ととり合い、お民はんを西大谷の山ん中に誘い出し、憎さのあまり絞め殺してしもうたんどすわ。お民はんを絞め殺してからわかりましたけど、お民はんは腹にやや児を宿してはりました。恋敵だけではのうて、罪もないやや児まで殺してしもうた女子が、どうして幸せに生きていかれますかいな。お民はんを殺してまで奪うた男衆には、一年後、流行《はやり》病であっけのう死なれてしまいましてん。わしはお民はんを山ん中にしっかり埋め、その上に目印として、近くに転がっていた大きな赤石を置いときました。赤石はいまでも動いてしまへん。西大谷に生えてる大杉のそばどすわ。お民はん、どうぞわしを堪忍しとくれやす、あのときは、わが身の気持がどうにもなりまへんどしたんやわ」

「お岩のおばばどの、それゆえそなたはその罪をつぐなおうと、烏金で稼いだ金をせっせと西院村の慈照寺に運び、親に捨てられた赤ん坊や子供たちを扶持してきたのじゃな」

菊太郎が切迫した声で問いかけた。

「そ、そんなこと、わ、わしは知りまへんでえ。鳥金で稼いできた鬼ばばのお岩が、そないな善根なんぞほどこしますかいな。阿呆らし。妙ないいがかりをつけんといとくれやす。人を甘く見たらあきまへんでえ。わしは鳥金のお岩どすがな」

「何をもうす。わしとこの染九郎は清水町を訪れ、おばばどの許から慈照寺の僧が金をいただき、寺にもどるのを見ているのじゃ。嘘をついたとて、慈照寺に確かめればわかるのじゃ」

「けったくそ悪う。あんな銭、わしには要《い》らんさかい、唾を吐きかけくれてやっただけどすがな。ああ、もう死ねるのかと思うと、これでやっと気が楽になりますわいな。閻魔さまが火車《かしゃ》を仕度して、わしを迎えにきてはります――」

お岩の声は次第に小さくなり、かすれがひどくなってきた。

「いやちがう。慈照寺の僧が阿弥陀経を唱え、おばばどのこそ十万の国を照らす阿弥陀仏だとたたえておった。迎えの車は火車ではない。極楽にまいる荘厳の鳳輦《ほうれん》じゃ」

「いかにも、荘厳の鳳輦に決っておる」

菊太郎が目をうるませていい、染九郎がお岩の耳に口をよせてささやいた。

「ああ、楽になる。傷も痛まへん――」

お岩は意識を再び混濁《こんだく》させてつぶやいた。

彼女の脈をとっていた曲直瀬隆三が、今度は首をはっきり横に振ってみせ、直後、お岩のおばばはこっくり顎を落した。


西大谷には、雪がまだ残っていた。

お岩がいい残した赤石は、大杉のそばですぐ見つけられた。

「尾張藩京屋敷供応役の堀部正太夫は、吟味方与力組頭・伊波又右衛門さまに、おばばの家から押収した借用証文を突きつけられ、数瞬、黙考したあと、すんなりおばば殺しを白状したそうでございまする」

曲垣染九郎が菊太郎に伝えながら、赤石を取りのぞき、鍬《くわ》を振るって土を掘った。

二日前、お岩の弔《とむら》いは西院村の慈照寺で行なわれた。

子供たちが棺に取りすがって泣き、なかでも千寿の歔欷《きょき》が哀れだった。

菊太郎が、曲直瀬隆三にお岩の告白を堅く口止めしたのはもちろんで、今日も二人は誰にも行く先を明かさず、西大谷にやってきたのである。

「菊太郎さま、おばばどのが最期にもうされた通りでございました」

鍬先が白いものを掘り出したとき、染九郎がぼそっと伝えた。

菊太郎は白いものにむかい、両手を合わせ瞑目《めいもく》した。

このとき、鶯《うぐいす》のさえずりが、かれの耳に明るくきこえてきた。

こんな凶事のなかでも、源十郎だけは元気であった。かれは町奉行所から、お岩の遺言を執行する代行人に任命され、彼女に日なし金を借りていた人々から、金の取り立てをはじめていたからである。

その金はお岩の遺言として慈照寺に寄贈されるはずで、大いに張り切っている源十郎の姿を、菊太郎は鶯のさえずりにさそわれ、また思い浮べた。

かどわかし

一

梅の匂いがただよってくる。

京の町ではどこでも梅の花が目につき、やっと春がきたとの感じを誰にも抱かせた。

時候の挨拶もそれらしくなっている。

「若旦那、今日はどこへ出かけはりますねん」

離れ座敷から田村菊太郎が差し料をつかみ、表の帳場に姿を見せると、「鯉屋《こいや》」の主《あるじ》源十郎がかれにたずねかけた。

「部屋でじっとしているのも所在がない。今朝、下代《げだい》の吉左衛門が、六角堂（頂法寺）の梅が見事に咲いているともうしていたゆえ、ぶらっと見にまいろうと思うているのだが。何かわしに用でもあるのか――」

「いいえ、なんにもありまへん。どうぞ行ってきとくれやす」

源十郎はあっさりいい、机にすぐ顔をもどした。

書きものでもしているようすだった。

菊太郎が肩にかかる中暖簾《のれん》の裾を左手で払い見下ろすと、かれは目安（訴状）の辻褄《つじつま》をととのえているのか、筆を持ったまま、広げた目安にじっと目をこらしている。

そこには十数行がすでに書かれ、中に敷地明け渡しの文字がちらっと見えた。

公事宿《くじやど》が原告の依頼で奉行所に差し出す目安は、どの店でも別漉《す》きの越前紙か美濃紙を使っていた。

「源十郎、今日は忙しいとみえ、わしに対していやにそっけないのじゃな」

かれはきちんと髷《まげ》を結い上げた源十郎に、言葉をかけた。

お多佳が日当りのいい縁側に源十郎を坐らせ、膝をつきかれの髷をととのえているのを見たのは、今朝、手水《ちょうず》に行った折であった。

「いいえ若旦那、わたしはそっけなくなんかしてまへんでえ。どうぞ出かけとくれやす」

かれはまた首をひねって菊太郎を見上げた。

「主のそなたが忙しそうにしているのに、居候《いそうろう》のわしが気楽に梅見など、なにやら気がひけぬでもないのう」

半ば冗談めいた口調で、菊太郎は源十郎に微笑した。

「若旦那、何かあると居候居候いわはりますけど、どこの居候が店の者や人の女房に、酒をもってこいの熱い茶がほしいのといいますねん。自分でもそないに思うてはらしまへんくせに」

「ほう、そうか。わしはこれでも随分、遠慮してすごしているつもりなのじゃが――」

「何をいうてはりますのや。わたしもお多佳の奴も、若旦那を居候やなんて少しも思うてしまへんえ。この鯉屋には大事なお人どすわ。そやそや、気がつきまへんどしたけど、これを持って行っとくれやす」

源十郎は机の左に置いた手文庫の中から、一両の金を取り出し、急いでそれを懐紙につつみ菊太郎に差し出した。

「また一両か――」

かれは憮然《ぶぜん》とした顔でつぶやいた。

「不足どしたらもう一両足しまひょか」

源十郎が菊太郎に問いかけた。

ここ一カ月半ほど前から、かれは菊太郎が外出するたび小金を持たせ、まだ残っていると断われば、邪魔になるものではないと、つつみを懐《ふところ》にねじこんでいたのである。

最初、菊太郎は当然なにゆえかとかれに詰問した。

このとき源十郎は、けろっとした顔で、そんな金、わたしが気を利《き》かせますかいなといい、そこは工合《ぐあい》よう察しとくれやすと真顔になってつづけた。

かれは京都所司代の酒井讃岐守忠進《ただのぶ》と町奉行の佐野肥後守庸貞《つねさだ》から、田村菊太郎に捨て扶《ぶ》持《ち》として毎月、若干の金子《きんす》を預かっていたのだ。

　今年に入って起ったお岩殺しは、下手人が尾張藩京屋敷 供応役《きようおう》・堀部正太夫とわかったが、事件は世間の目をはばかり内々に処理された。

　所司代と町奉行所は、かれに大きな借りをつくった気分になったのと、かれの異腹弟が町奉行所同心組頭を務めているにもせよ、厄介《やつかい》な事件をたびたび解決してくれることへの礼でもあったのだ。

「公事宿鯉屋の居候とか用心棒と称して、町奉行所への登用を断わっておりまするが、毎月、当方から捨て扶持をあたえておけば、そのうち気持を変え、出仕いたす気にもなりましょう。田村菊太郎への扶持は、奉行所の機密費から給しておきまする」

　佐野庸貞の進言に、酒井忠進は厄介な男だと愚痴《ぐち》り、一言の反対もなく承知した。

　席をととのえるゆえ、一献《いつこん》酒を汲《く》まぬかともうし入れさせても、堅苦しい酒は身体に毒、ご辞退いたすと平気で断わってくる。

　酒井忠進は京都所司代だが、若狭小浜《わかさおばま》藩十万三千五百石の領主。十万余石でも徳川幕府の譜代大名だけに、普通の男なら鞠躬如《きつきゆうじよ》として伺候してくる。だがどんな懐柔にも屈しないところが、腹立たしくもまた心憎いと、讃岐守忠進は思っていた。

　忠進には、菊太郎のように一匹狼《おおかみ》として生きる男はうらやましく、反面、苦手でもあった。

以来、菊太郎への捨て扶持が、佐野庸貞から鯉屋に届けられていたのである。

「源十郎、不足ともうしたら、まこともう一両くれるのか」

「へえ、一両どころか、二両でも三両でも出させていただきまっせ」

源十郎は所司代や町奉行所の意向がわかるだけに、平然と答えた。

「この一カ月半のうち、わしがそなたからもろうた金に、その二両三両を合わせれば、ほどの金嵩《かねがさ》になるわなあ。それを持ち、わしがふらっとまた東をむいて旅立てば、そなたいかがいたす」

菊太郎はにやっと顔をゆがめ、源十郎をなぶった。

「わ、若旦那、冗談でも物騒なこといわんといとくれやす。そんなんしてくれはったら、わたしはどこにも顔向けができんようになりますがな。親父《おやじ》には叱られ、田村のご隠居さまにもお目玉をくらい、ここで公事宿の看板も揚《あ》げてられしまへん。滅相もない。ほんまに――」

口を尖《とが》らせ、かれは不機嫌な顔をみせた。

源十郎の父親宗琳は七十一歳。東山・高台寺《こうだいじ》脇に隠居家《いんきょや》を構え、もと鯉屋に女中奉公していたお蝶を妾《めかけ》として暮している。

田村のご隠居さまとは、武市と名のっていた宗琳に、金をあたえて公事宿株を買わせ、店を開かせた菊太郎の父次右衛門だった。

その次右衛門は中風《ちゅうふう》でずっと寝ついていた。

「源十郎、怒るな。いまのはほんの冗談、口からの出まかせじゃ。若い頃とはちがい、今更わしがぶらっと他国へ出かけられるものか。そうできればどれだけよかろうと、ふと思ったまでよ。いまのわしは羽をもがれた小鳥も同然。いつのまにやら足枷《あしかせ》が付き、自分の思うまにできぬぐらい、そなたも承知だろうが」

菊太郎はお信母娘を指していったのである。

「ええ、ほんまにそうどっせ。人の胆を冷やすことを平気でいわはってからに。わたしは若旦那の羽どころか、脚までもいでおきたい気分どすわ」

やっと源十郎は普段のかれになり、机に姿勢をもどした。

自分があたえた金子を、菊太郎がどう使っているか、かれは知っているつもりだった。

菊太郎は宵越しの金を持たない質《たち》の男だ。またそんな金など持たなくても、生活ができるよう計らってあり、金子はすべて「重阿弥《じゅうあみ》」で働くお信に手渡されているにちがいなかった。

「それでは出かけてまいる」

「へえ、わたしに遠慮のう行ってきとくれやす。今夜はお信はんところでお泊りのもんとして、表の錠《じょう》をかけさせてもろうときますさかいなあ」

「勝手にせい。どこぞ知らぬ場所で大いに散財して、付け馬を連れもどってきてやるからなあ」

菊太郎は帳場の源十郎にからみ、「鯉屋」の暖簾をはね上げた。

外は風もなく、おだやかな早春の陽射しが、町辻を照らしていた。

「気をつけて行っといやす」

六角牢屋敷まで牢扶持を届けに出かけていた小僧の佐之助が、かれの姿に気付き、出合い頭《がしら》にいった。

「おお佐之助か、ご苦労じゃ。旦那さまのご機嫌はななめだぞ。用心せい——」

首をすくめ、菊太郎は佐之助にくるりと背をむけた。

「にゃあご、にゃあご——」

かれの後ろでお百の鳴き声がひびいた。

「お百、若旦那さまに付いていったらあかんでえ」

岡持ちを下げたままの佐之助が、お百を抱き上げる気配がとどいてきた。

お百は動物で敏感なだけに、最近、菊太郎が自分につれないのはなぜかよくわかっていた。

それでもかれが鯉屋に帰れば、すぐ足許《あしもと》にまとわりついたが、菊太郎はお百の寂しさに無頓着だった。

大宮通りを南に下り、六角通りを左に折れた。反対に右にまがれば、六角牢屋敷の高い黒板塀がひろがっている。

堀川につづいて西洞院《にしのとういん》川の石橋を渡ると、北側に紀州五十五万石徳川紀伊中納言の京屋敷が、築地塀《ついじべい》を連ねている。

新町、衣棚《ころものたな》、室町と町辻をすぎれば、つぎが烏丸《からすまる》通り。六角形の特異な伽藍《がらん》をみせる六角堂・頂法寺であった。

六角堂の本堂は、名前の通り六角に造られており、立花発祥《りっかはっしょう》の地として諸国に知られ、門人はその弟子をくわえれば、数万人がかぞえられていた。

江戸初期以降、池坊の当主（法院）が頂法寺の住職を務め、池坊と六角堂は、南北が三条通りから六角通り、東西は東洞院通りから烏丸通りまでのほぼ四分の一を占めていたのである。

浄土真宗を開いた親鸞上人は、建仁元年（一二〇一）二十九歳のとき、天台に属していたこの六角堂で、百カ日の参籠《さんろう》を行なった。そして聖徳太子の化身といわれる本尊の如意輪観音に祈念し、結果、叡山を棄《す》て東山の吉水に庵《いおり》をむすぶ法然《ほうねん》に身を托す覚悟をつけたという。

菊太郎は六角通りから、大きな薬医門を構える六角堂を眺め上げた。

薬医門の柱や垂木《たるき》など、思いがけない場所にまで千社札《せんじゃふだ》が貼られている。

梅の香にまじり、本堂前にすえられる畳一枚ほどもある石造りの平香炉から、線香の匂いがかれの鼻孔《びこう》に濃くただよってきた。

広い境内は、参詣かたがた梅見にきた洛中の善男善女でにぎわい、本堂の鈴を鳴らすのも、順番を待たねばならぬほどだった。

――明日は重阿弥の休日。お信とお清の二人を連れ、高台寺辺りへ梅見にでも出かけるとするか。ついでに宗琳の隠居家を訪れ、久しぶりに一献やってまいろう。

菊太郎は胸裏でこんな次第をめぐらし、賽銭《さいせん》箱に小銭を投げる。頭を下げ、手を合わせた。父次右衛門の健康回復と義母政江の無病息災、それに銕蔵《てつぞう》・奈々《なな》夫婦に子宝をお恵みくだされと祈り、つぎにお清の学業成就を祈念した。

そして頭をふと上げ、六角堂のかたわらに立つ中年の男に気付いた。

男はさりげない表情をしながら、それでいて油断のならない目付きで、薬医門の外をうかがっている。

服装《みなり》は中間風《ちゆうげん》、白い太緒の草履《ぞうり》をはいているところから、そこその公家《くげ》か社寺に仕える中間だと察しがつけられた。

地方から上洛してきた侍が、社寺見物に六角堂を訪れた体《てい》を装い、菊太郎は六角堂の建物を眺め上げ、男をじっと観察した。

髭《ひげ》の剃《そ》りあとが青く、眉毛が毛虫を二つ置いたように太く、そのくせ唇が薄かった。

油断のならない目付きが、ときどきさらに鋭くなる。

男は御手洗場《みたらし》に行き、柄杓《ひしゃく》で口をそそぎ、新しい参拝者をよそおった。だがいっそう険《けわ》しくなった目は、依然として薬医門の外に注がれていた。

「あいつ、人と待ち合わせているにしては、物腰が訝《いぶか》しい。いったい何を見張っているのじゃ。一見して尋常《じんじょう》ではない——」

菊太郎は中間の動きに目を配ったまま、思わず低声でもらした。

中間の目は、明らかに門前の畳屋に這《は》わされている。

畳屋は間口が八間ほど、低床の板間で、大勢の職人たちが太い縫い針を用い、麻糸でさかんに畳を縫い上げたり、また幅の広い鋭利な包丁で、その縁《へり》をざくざく切り取っていた。

六角通りの軒先に揚《あ》げられた彫り看板には、頂法寺御用達《ごようたし》「八雲屋」とあった。

畳は坐臥具《ざがぐ》の一種、帖《ちょう》ともいわれた。

藁《わら》を床として堅く縫い締め、その上を藺草《いぐさ》で編んだ畳表（薄縁《うすべり》）でしっかりおおい、縁《ふち》に布縁《ぬのべり》をつける。

往古、部屋には間仕切りがなく広いため、畳は単独で一枚二枚敷いて用いられていた。『春日権現霊験記《かすがごんげんれいげんき》』や『石山寺縁起《いしやまでらえんぎ》』などの絵巻物をみると、それがよくわかる。畳は不用のとき、板間の隅にあげられ、公事や来客の折だけ、坐する場所として敷かれた。

室町時代になると小部屋が増え、畳敷きの部屋が多くなり、江戸時代には庶民の間にも普及した。江戸間、京間、田舎間と違いが生じて、江戸間は五尺八寸、京間は六尺五寸が普通とされた。

京に多い御用達商人は、何商であれ、出入りが許される本山や大きな寺院で法要などがあったりすれば、短期日に注文をこなさなければならない。千枚近くの畳を一晩で取り替える大仕事も珍しくなかった。

——頂法寺で畳替えのようすはないが、あれは大変な仕事だ。どこか大家《たいけ》の畳替えを引きうけての急ぎぶりじゃな。

菊太郎は思わず知らず畳職人たちの仕事ぶりに目を奪われ、自分にいいきかせた。

「お嬢さま、気を付けて行っておいでやす」

店の紺暖簾の間から振り袖姿の娘が現われ、十二、三歳の小僧を供に東に歩き出したのは、そのときであった。

前掛けをかけた店の手代《てだい》が、二人を見送っている。

八雲屋に注意の目を向けていた中間がさっと動き、彼女たちのあとにつづいた。

その行動は不審には相違ないが、白昼でもあり、さしたることではあるまい。あの中間は若い主から、おそらく娘に付け文でも届けよと命じられてきたのだろう。

菊太郎は自分が何に接しても、すぐ事件に結びつけて見るのに嫌気がさし、自嘲《じちょう》気味に考え足をとどめた。

境内に群がっていた鳩がぱっと一斉に飛びたち、冷たく澄んだ天空で大きく輪を描きはじめた。

二

「おじさん、あんまり深酒するさかい、工合悪いのとちがうか。お母はんが心配してはったえ——」

お清が寝床から半身を起した菊太郎に気付くと、かれに一声いい、台所にふっ飛んでいった。

台所から水を汲《く》む音がきこえてくる。

彼女は両手で筒茶碗を持ち、またあわただしく部屋にもどってきた。

「さあ、これをぐっと飲んでみてみ。少しは頭や胸がすっきりするさかい——」

お清のませた言葉にうながされ、菊太郎は彼女の手から筒茶碗を受けとり、一気にそれを飲み乾した。

「お清、ありがとう。どうやら頭の痛みが幾分引いたみたいじゃ」

「もう一杯、汲んできたろか。いつものおじさんとちがい、今日は顔色がようないえ。昨晩《ゆうべ》、うちのお母さんになにやら愚図愚図からんではったけど、それは覚えてへんやろうな。お母はんをあんまり困らせたら、うちが承知せんさかいなあ」

駄々っ子を叱るように、彼女は頰をふくらませ、菊太郎をめっとにらみつけた。

それでも両眼が笑っている。

ふくらんだ両頰がぷっと割れ、わあっと笑い声がはじけた。

「すまぬすまぬ。今後はもう深酒をいたさぬゆえ、許してもらいたい。ここに泊めてもらえぬようになれば、お清の顔もゆっくり見られぬ。それではおじさんも寂しいでなあ」

「うちかておじさんに会えんようになり、寂しいがな——」

「お互いに下手をいたすまい」

「おじさんはうちに、もっと読み書きを勉強せなあかんといいとうおすのやろ」

お清は菊太郎に当てこすった。

かれはお清が寺子屋に通いはじめたころ、しっかり勉強しない子は大嫌い、おじさんを好きなら勉学に励むようにいたせと、いいきかせたからである。

「お清の字はずいぶん上達した。読みもいまの調子でよかろう。あまり一生懸命にやりすぎると、あとが息切れするものじゃ」

菊太郎は古襖《ふるぶすま》に貼りつけた「一寸の光陰軽んずべからず」と書いた習字紙を眺め、お清をねぎらった。

「ところでお母はんはどこじゃ」

お信の姿が見えないのを訝しみ、かれはお清にたずねた。

「お母はんなら木戸口の井戸端で洗濯してはるわ。おじさんが起きはったというてきたろか――」

お清はわけ知り顔でいい、菊太郎をうかがった。

「いや、そうだな。では呼んできてもらうとするか」

菊太郎は一瞬、躊躇《ちゅうちょ》したが、それを強《し》いて振り払い、お清に同調した。

長屋の人々の間で、かれとお信の関係は周知になっている。

誰もが概して二人を好意的に眺め、お清にええお父はんができて良かったなあと、はっきりのべる女房までいるほどだった。

菊太郎を見かければ、長屋の人たちは気楽に挨拶した。

かれもいまでは自分のほうからすすんで声をかけた。

お武家さままでも腰が低く、人柄のええお人やというのが、長屋における菊太郎の評判だった。

「おじさん、ほんならお母はんを呼んでくるさかい――」

声と同時に、お清は土間に下りて草履をつっかけ、表に走り出ていった。

「お母はん――」

彼女がお信に叫んでいる。

長屋の木戸口から複数の人の気配がとどいてきた。

お信がお清にではなく、誰かに返事をしており、彼女や別の足音が入り乱れ、家にむかってくる。

「わたくしどもはこれにて待たせていただきまする」

「うちもどす」

思いがけない声が家の表からきこえ、前掛けに襷《たすき》をむすんだお信が、あわただしく菊太郎の前に現われた。

菊太郎の意表をついた声は、東町奉行所吟味方同心・福田林太郎と、鯉屋の手代喜六のものであった。

「あなたさま――」

お信がいきなり珍客を迎え狼狽《ろうばい》している。

「あれは鋏蔵輩下の福田林太郎と喜六じゃな」

「はい、いかがいたしましょう」

「何もそなたがあわてる必要はない。二人とも何か急用ができ、わしを呼びにきたのであろう。おい、林太郎どのに喜六、ちょっと待ってもらいたい」

菊太郎は二人にむかい大声をかけ、お信に手伝わせ急いできものをまとい、帯を結んだ。

つぎに奥から土間に面した部屋に現われ、後手で襖をぴしゃりと閉めた。

「林太郎どのに喜六、遠慮せずになかに入ってくれ。昨夜深酒をいたし、頭を痛めていたが、おぬしたちの声でそれもさっと失せてしもうたわい」

障子から首だけをのぞかせ、かれは二人を招いた。

奥の部屋でお信が布団を手早く片付けている。

「は、はい――」

福田林太郎が躊躇《ためら》った。

「若旦那さま、店の旦那さまから仰せつかり、福田さまをご案内もうし上げてまいりました」

「さような断わりなどよい。おそらく何か大事が起ったのであろう。なかに入って、わしにそれをきかせい」

菊太郎にうながされ、二人はおずおず家の土間に足を踏み入れてきた。

布団をたたみ終えたお信が、奥の襖を開き、茶を仕度するため台所に消えていった。

「まあ上がらぬか」

「いいえ、折角のお勧《すす》めではございまするが、わたくしどもはここで結構でございまする」

林太郎は菊太郎に一礼し、上り框《かまち》に腰を下ろした。

喜六は土間に立ったまま、二人を見較べていた。

「林太郎どの、そなた銕蔵の奴にもうしつけられ、わしをたずねてきたのじゃな」

「はい、お察しの通りでございます。鯉屋をお訪ねしたところ、こちらさまにお泊りとうけたまわり、喜六がそれがしを案内《あない》してまいりました」

林太郎は茶を運んできたお信に、ちょっと頭を下げて答えた。

「それほどの急用、何事なのじゃ」

「若旦那さま、それが人さらい、かどわかしどすわ。当の娘はいま十八歳、年を考えると気の毒でなりまへん」

「かどわかしじゃと。十八の娘だともうすのか——」

「組頭の兄上どの、しかも並みのかどわかしではございませぬ。相手は親御に千両の身代金を要求しておりまする」

「な、なにっ、千両もの身代金じゃと」

「いかにも千両、なまなかではございませぬ」

「それで事件はいつのことじゃ。奉行所ではすでに探索をはじめているのであろうな」

「犯行はきのうの昼すぎ、されど手掛かりはいまもって何もつかめておりませぬ。ともかくかどわかされた娘の命に関わりますれば、奉行所も下手には動けませぬ。そこで組頭さまがお奉行さまとご相談いたされ、兄上どのにご出馬願いたいと、それがしがお迎えにまいりました次第でございまする」

福田林太郎はにわかに立ち上り、銕蔵からの口上を伝えた。

「銕蔵、いやお奉行どのからのお召しとあれば、行かねばなるまい。なにしろわしは、佐野肥後守どのに無理をもうし上げたでなあ」

かれが無理といったのは、昨年の末、数珠《じゆず》商七兵衛殺しの犯人として捕えられ、その後、冤罪《えんざい》とわかり釈放された吉松を、肥後守の手で正民とさせた件を指していた。

吉松はいまお八重と世帯をもち、独立して店を構え、商いを立派にやっている。

「組頭の兄上どの、さればお出まし願えましょうか」

「ああ、すぐにまいる。それで内密の探索、わしをどこに案内いたす」

菊太郎は片膝を立ててたずねた。

「はい、頂法寺に近い堂之前町《どうのまえ》の旅籠《はたご》十一屋でございまする」

「堂之前町の十一屋だと――」

堂之前町は、寛永十四年（一六三七）の洛中絵図に六角堂前町とあり、頂法寺（六角堂）の門前町として発展した。『京雀跡追』には、「此町にはたぬい有、旅人の一夜の宿かす町也、はたぬいは幡、天蓋《てんがい》の仕立てを指し、頂法寺は西国巡礼十八番札所として知られるだけに、毎年此所へしょこく順礼多くつき集る」と記されている。

近くには巡礼宿が建ち並んでいた。

当時、京の旅宿町として栄えたのはこの堂之前町、三条大橋西詰、五条大橋東詰、西六条などが、洛中最大とされ、十一屋の当主は善右衛門、町役も務めていた。

「堂之前町の十一屋をご存じでございますか」

喜六が驚いた顔で菊太郎にたずねかけた。

「いや、旅籠の十一屋は知らぬが、頂法寺門前の畳屋八雲屋なら存じておる」

「組頭の兄上どのは八雲屋をご存じで――」

「林太郎、さてはかどわかされたのは、その八雲屋の娘か――」

菊太郎の胸裏に、小僧を供にして出かけた振り袖姿の娘が浮び、ついで禍々《まがまが》しい感じの中間の、太い眉を置いた顔がよみがえってきた。

「そういうたら若旦那さまは、昨日、六角堂へ梅見に行かはりましたんや」

喜六が目を剝《む》いてつぶやいた。

お信が奥の部屋から、菊太郎の差し料を両手でかかえてきた。

四半刻（三十分）ほど後、堂之前町の旅籠「十一屋」の二階の一室に、田村銕蔵ほかさまざまな姿に身を変えた同心たちが集まった。

岡田仁兵衛は六部《ろくぶ》（巡礼）、曲垣染九郎は薬の行商人、組頭の銕蔵は大店《おおだな》の手代といった恰好であった。

菊太郎は誰の目にも公家侍か寺侍、町奉行所とは関係なく見えた。

かどわかされた八雲屋の娘はお寿《ひさ》という。

彼女の身代金として千両を要求してきた犯人たちは、奉行所にもし届け出たらお寿をただちに殺害すると、はじめから告げていたのである。

「偶然、わしが店を出るお寿と小僧、ならびに後を追った中間風の男を見かけたのは、いま話した通りじゃが、お寿はいったいどこへまいったのじゃ」

まっ先に菊太郎は、彼女がかどわかされた経過をたずねた。

「兄上どの、お寿は小僧の与吉を供に連れ、舞いの稽古に行ったのでございまする」

「舞いの稽古だと。遠くにか――」

「いいえ、店からさほど離れていない三条東洞院の舞いの女師匠千代菊の許にでございます。だが夕刻になってももどらぬゆえ、店の女中のお良《よし》が、女師匠の家をたずねました。そこで小僧の与吉が玄関の土間で、手足を後ろにして弓なりに縛られ、転がされているのを発見したのでございまする」

「その小僧はすでに訊問いたしたのじゃな」

「仰せられるまでもなく、逐一をたずねました」

銕蔵のあとを、岡田仁兵衛が答えた。

お寿が一年ほど前から舞いを習っている千代菊の家は、三条東洞院を少し下った路地の奥に構えられていた。

瓦葺《かわらぶ》きの小さな門をくぐり、石敷きの路地をたどる。

お寿と与吉はいつも通り格子戸を開け、奥にむかった。

「お師匠さま、ごめんやす。八雲屋のお寿でございます」

家の戸を開け声をかけたが、常ならすぐ迎えに出てくるはずの千代菊のあでやかな姿が、なかなか現われなかった。

「与吉、お師匠はん、今日はどないしはったんやろ」

主従が狭い土間で互いの顔を見合わせたとき、二人の背後に黒い男の影がぬっと立ちはだかった。

男は玄関の植えこみの陰にひそんでいたのである。

「な、なにしはりますねん。や、やめとくれやす」

与吉が驚きの声をあげるのと同時に、奥からもう一人の男が、草履《ぞうり》ばきのまま現われた。

「ど、どなたはんどす。や、やめてくんなはれ」

表から現われた若い男は、与吉が再び叫ぶのを制するため、かれを後ろから羽《は》交《がい》締《じ》めにして、大きな手で口を押えた。つぎに手早く猿轡《さるぐつわ》を噛《か》ませた。

「か、堪忍しとくれやす。うちは何もしてしまへん」

お寿も大声で叫んだが、もう一人の男の手で彼女もすぐ猿轡を噛まされた。

太い眉毛の男であった。

「ち、ちぐしょう」

畜生と叫び、与吉は必死で抵抗した。

だが犯人たちが彼を縛り上げるのに造作はなかった。

同じようにお寿も後手に縛られ、上り框に突き倒され、両脚をくくられた。

「二人ともわしらに世話をやかせるんやねえ。おとなしくしてたら、命まで取るつもりはないいうてるんじゃい。わかったなあ」

どすの利いた声が、主従を震えあがらせた。

「やい、八雲屋のお嬢《じょう》にもう一つ猿轡を噛ませろ。途中で呻《うめ》き声でももらされたら厄介、用心に用心じゃわな。それに目隠しも忘れたらあかん」

若い男が膝でお寿の動きを押え、指図通りにしはじめると、太い眉毛の男が、衝立《ついたて》の後ろから大葛籠《おおつづら》を引きずり出してきた。

そしてお寿を大葛籠の中に押しこめ、与吉の縄目をふたたび改めた。

「やい小僧、八雲屋の旦那に、千両箱を一つ用意しとけというといてんか。この娘の身代金じゃわいさ。役人に届け出よったら、お嬢の命はあらへんでえ。千両箱をどう受けとるかは、あとでまた知らさせてもらうわ。ええなあ」

太い眉毛の男が、与吉を足蹴にしてささやき、かれらは二人掛かりで大葛籠を表に運び出していった。

動転した与吉の耳に、すぐ大八車の音ががらがらとひびいてきた。

犯人たちは巧妙にお寿をかどわかしたのである。

与吉は全身でもがき、表に這い出ようとしたが、縄目や猿轡が堅く、どうにもならなかった。

「ごめんやす、千代菊のお師匠はん――」

そこへ八雲屋のお良が訪れ、土間で呻いている与吉を発見した。

彼女は急いで与吉の猿轡を解いた。

「お、お良はん、千代菊のお師匠はんも奥のほうで、わしのように縛られておいやすみたいどすわ」

荒い息を吐く与吉とお良が、おそるおそる奥の部屋をのぞくと、千代菊がやはり与吉同様にくくられ、畳の上に転がされていた。

お寿を拉致《らち》した賊たちは、先に千代菊の家に侵入して彼女を縛り上げ、八雲屋のお寿が稽古に訪れるのを待っていたのであった。

「お寿をかどわかした連中は、お役人に届け出たらお寿の命はないものと思えと、小僧の与吉にいうたそうどす。けどそんな脅《おど》しにのって黙ってられしまへん。なんとか内々に下手人を突きとめ、お寿を助け出してもらえしまへんやろか」

八雲屋の主彦右衛門は、顔見知りの岡田仁兵衛をひそかに訪れ、直接、頼んだのだという。

八雲屋の奉公人はみんな身許のしっかりした者ばかり、一味の手引きをする者などいないと考えられた。

だが仁兵衛から事件のあらましをきいた田村銕蔵は、八雲屋で働く職人のほか、辞めた者や出入りするすべての人々の動きを、即刻さぐれと輩下に命じた。

八雲屋の彦右衛門とお政の間に子供はなく、お寿は九歳のとき、上京・浄福寺《じょうふくじ》裏に住むお政の遠縁に当る娘をもらったのだと、菊太郎は岡田仁兵衛から最後にきかされた。

「わしが偶然、賊とおぼしい男を見かけたのは幸い。どうしてもあ奴を捕えてくれねばならぬ」

「兄上どの、賊は千両の身代金をいかようにして渡せと、八雲屋にもうしてまいりましょうなあ」

「かどわかしの下手人を捕えるのは、金の受け渡しのときにかぎる。手配りに怠《おこた》りはあるまいな——」

菊太郎は十一屋の二階の障子戸を少し開け、闇につつまれた町筋を見下ろした。

銕蔵輩下の者たちがどこかに身をひそめ、八雲屋をじっとうかがっているはずだった。

三

抹香臭《まっこうくさ》い匂いが、お寿の鼻についた。

目隠しは取られていたが、猿轡は嚙まされたままで、後手に縛られた身体はしっかり何かにくくられ、身動きができなかった。

大きな部屋の中は暗く、がらんとした気配が、お寿を怯《おび》えさせた。

昨日、三条東洞院の千代菊の家で大葛籠に押しこめられ、大八車に乗せられた彼女は、一刻（二時間）ほどあと、目隠しされたまま、いまの場所に運ばれてきた。そして自分と小僧の与吉を襲ったのとは別の男二人の手で、ここに縛られたのであった。

大葛籠を乗せた大八車は、しばらく進んでは休み、たびたびそれをくり返し、やっと最後の場所に到着した。

恐ろしさのため、お寿は何事も正確に覚えていなかったが、大八車は京の市中、特定の一画を時間をかけて廻っているだけで、大葛籠ごと下ろされた場所は、三条東洞院からそれほど離れていないことだけは察せられた。

「ええなあ、二人ともしっかり見張ってるんやぞ。この葛籠は千両物じゃ。娘に逃げられたりしたら、承知せえへんさかいなあ」

自分を襲った男の言葉に、濁《にご》ったのとまだ若い二つの声が、わかったと短く答えた。

「小娘だときいていたが、食い物がよいのかたいした重さじゃのう」

濁った声が文句をいい、大葛籠は半ば引きずられるようにしてここに運びこまれた。

そして葛籠のふたが除かれ、お寿は若い男に抱え上げられ、何かにくくられたのであった。

「目隠しだけ取ってやれ。飯をやってもおそらく口に入るまい。それでいいのじゃ」

薄暗がりの中で、若い男が壮年の男に命じられ、かれはへいとうなずき、お寿の目隠しを解いた。

長い間目隠しされていたのと薄暗がりのため、二人の男の人相や服装ははっきり見えなかった。だが一人はどうやら僧形《そうぎょう》のようであった。

「おい、八雲屋のお嬢さまよ。今夜一晩だけこのままで辛抱するんやな。明日には身代金がとどき、自由になれるわいさ」

若い男が立ち上りざまに捨て科白《ぜりふ》を残し、僧形の男と板襖を開き去っていった。

——ここはどこかのお寺らしい。自分は本堂の柱に縛られているのだ。

かれらの姿が消えてしばらくあと、お寿はまわりの気配から察しをつけた。

板襖の隙間から、かすかに明りがもれてくる。

二人は庫裡《くり》に退《の》き、仲間からの連絡を待ちうけているようすだった。

時間が刻々とすぎていき、二人の男がときどき交替でお寿の工合をのぞきに現われた。

「あれから数刻もたつのに、伊佐次たちからなんの知らせもないのはどうしたことじゃ」

僧形の男は侍のような口を利いた。

声に焦燥《しょうそう》が匂いたっていた。

「伊佐次はんたちのことどす。八雲屋の動きをしばらくうかがい、慎重にやってはりますのやろ。急ぐ必要はちょっともあらへんのとちがいますか——」

これにくらべ、若い男の声は随分のんびりしていた。

「おのれはわしを愚弄《ぐろう》いたすのじゃな」

「いいえとんでもない。うちにそんなつもりは少しもありまへん。道観坊さまは分け前の金をもらわはったら、そのまま江戸にむけて旅立たはりますんやろ」

「それは今度の一件をみんなで決めたときから定めているわい。詮議《せんぎ》の手を避けるためもあるが、冬は寒く夏は蒸し暑い京にも、つくづくあきがきた。所持金も底をついたゆえ、二百五十両の金があれば、江戸で御家人株を買わないまでも、どこでなりと一生安楽に暮せるわい。弥助、わしのことより自分の心配をいたせ。おぬし、あとはいかがいたすつもりじゃ」

僧形の男の前身は、やはり武士とみられた。

「どうするとたずねられても、なんにも勘考《かんこう》はおまへんわいな。伊佐次の兄貴に賭場《とば》での借金があり、ちょっと銭になる仕事だと誘われてみれば、かどわかしの片棒かつぎ。道観坊さままでその一味とは驚きました」

真夜中、道観と弥助は酒を飲み、ちょっと諍《いさか》ったが、そのあと二人でお寿のようすを確かめにきて、すぐまた庫裡にもどっていった。

お寿は一夜、不安と恐怖でまんじりともしなかった。

生命への危機感が、彼女を自ずと経てきた過去へ引きもどさせた。

九歳のときまで育った上京・浄福寺裏の長屋。彼女の父親は義十といい、西陣で機織《はた》職人を務めていた。

お寿には兄と弟が一人ずつおり、義十と八雲屋のお政はいとこであった。

「旦那さまがお寿ちゃんやったら気立てもよくかわいらしい。わが子として育て、ゆくゆくは婿取りして、八雲屋の後継ぎにしてもええというてはります。義十はん、おつねはんが死なはってから、お寿ちゃんを台所仕事に使わはり、なかなか手離せへんやろ。そやけどそこを曲げて考え、お寿ちゃんの将来のため、八雲屋の養女として出しとくれやすな。ご存じのように、旦那さまは自分一代であれだけの店を張らはっただけに、苦労人でそれはやさしいお人どす。下の太吉ちゃんも年頃になったら、八雲屋へ奉公にきてもらったらええというてはりますさかい、心配は一つもあらしまへん」

八雲屋の彦右衛門も妻のお政も、兄妹や親戚の縁に薄かった。

それだけに、彼女の説得には実《じつ》が感じられた。

こうしてお寿は八雲屋の養女となり、二年後、弟の太吉も店へ奉公にきて、いまではほぼ一人前の畳職人になっている。

お寿は貧乏の底から、彦右衛門によってすくい上げられたようなものだった。

彼女には毎日が極楽、十年近く経たいまでは、すっかり八雲屋の娘としての暮しが身につき、彦右衛門が目をかける職人の中から、婿をとの話も起っていた。

――八雲屋に一千両もの大金があるだろうか。もしあるとしても、養父の彦右衛門が自分のために、そんな大金を身代金として払ってくれるだろうか。

不安と恐怖をまぎらわすためにも、お寿は幼い頃のことや、八雲屋へ養女としてもらわれてきてからのあれこれを思い浮べ、どうやら一夜をすごした。

長い夜が明け、戸がしっかり締められたお堂の中にも、ほんのり明りが射しこんできた。

庫裡のほうから足音がひびき、お堂の板襖ががらっと開けられ、一瞬、目がまぶしかった。

現われたのは、弥助と呼ばれていた若い男である。

「どうや、八雲屋のお嬢さま。昨夜は恐《こわ》かったやろう。手荒な真似をしてもうしわけないけど、これもなりゆきでなあ。勘弁せえや。猿轡と手足の縄をちょっとゆるめたるけど、大声を出したりしたらあかんでえ。わしはともかく、仲間の坊主侍が殺気だってるさかいなあ――」

かれは縁の欠けた丼鉢《どんぶりばち》に、水を持っていた。

これを飲ませ、人質の気持を楽にしてやる。

伊佐次と中間仲間の郡八が、昨夜から今日にかけ、八雲屋からうまく身代金をせしめる段取りをつけているはずだった。

伊佐次と郡八は有栖川宮家《ありすがわのみや》に仕える小者。ともに博打《ばくち》仲間として一攫千金《いっかくせんきん》をねらい、八雲屋の娘に目をつけたのであった。

有栖川宮家は禁裏《きんり》の東北に屋敷を構えており、八雲屋は同家の御用達も務めていたのだ。また当人は何も気付かないでいたが、小僧与吉の軽いおしゃべりが、悪事を企《たくら》むかれらに、お寿の行動を明らかにつかませたのである。

「八雲屋なら金がうなるほどあるわい。一人娘のお寿は、蝶よ花よと育てられており、千両ぐらいの身代金、すんなり払うに決ったる。万事、このおれにまかせてくれや」

伊佐次は加茂川《かも》沿い、鞍馬口通りに近い空き寺に、ほかの三人を集めて計画を明かした。

加茂川は、東の大原から流れてくる高野川と、下鴨村の「賀茂御祖《かものみおや》神社」の前で合流して鴨川と名を変え、京の町中を南に流れ下っている。

僧形の道観は、もとは信州松代《まつしろ》十万石真田信濃守の家臣。何かわけがあって脱藩してきた人物であった。

「あの偽《にせ》坊主、きっと仇《かたき》持ちだぜ。しかも討たれるほうやわいさ。あいつの太い錫杖《しゃくじょう》の中には、刃物が仕こまれてるがな」

四十歳をすぎた道観はこう噂《うわさ》されていた。

弥助は遊び人だが、そのかれにも、道観の焦燥は危険なものを感じさせていたのである。

弥助が顔に笑みを浮べ近づいてくる。

お寿は怯えた目でかれを迎え、身をもがいた。

「そないに恐がらんでもええ。わしは悪戯《いたずら》なんかせえへんさかい――」

丼鉢を床におき、かれはお寿の猿轡を解きにかかった。

そして彼女の横顔をまじまじと眺めた。

何か思い当る節でもあるのか、このとき弥助の顔付きが少しずつ改まり、ついで眉がひそめられた。

「お、おまえ、ほんまに八雲屋の娘かいな」

弥助にたずねられ、お寿は警戒した目でかれをみつめ、こくんとうなずいたが、その目がなぜかあっと大きく見開かれた。

「あ、あんた、弥《や》っちゃんやないか――」

「や、やっぱりおまえはお寿ちゃん」

思わず大声でいい、弥助はあわてて自分の口を手で押え、庫裡の気配をうかがった。

二人の顔に驚きがあふれていた。

「お寿ちゃん、どうしておまえが八雲屋の一人娘やねん。わしに、き、きかせてんか」

弥助は狼狽したままたずねた。

かれはお寿より三つ年上になる。

幼いころ、同じ長屋に住み、弥助の父親は鋏研《はさみと》ぎをしていた。

病気がちな母親お種に代り、死んだお寿の母親が、何かとかれの面倒をみていたのだ。

「な、なんでやときかれたかて、弥っちゃんに一口でいわれしまへん」

「そ、そうやわなあ。わしんとこ、わしが十一のとき、長屋から夜逃げしてしもうたさかいなあ。わけはいずれきくとして、わし、えらいことしてしもうたがな。かどわかしてきたのがお寿ちゃんやなんて、これはなんちゅうこっちゃ。ひどいことして、堪忍してんか。この仕事、わしは最初から乗り気やなかったんや。どないしょう」

弥助は頭をかかえてつぶやいた。

「弥っちゃん、ほんまに悪いと思うのやったら、うちをここから逃がしてんか」

お寿は切迫した声でかれにささやいた。

「そ、そんなことしたら、わし、あとが恐いがな。そ、それはできへんわ」

「阿呆《あほ》なこというてたらあかん。弥っちゃん、うちと一緒にここからどないしても逃げよ。気持の真底《しんそこ》から悪いと思い、何もかもお奉行さまに打ち明けたら、お奉行さまかて悪いようにはしはらへん。八雲屋のお父はんかて、きっと弥っちゃんの罪が軽うなるように計ろうてくれはります」

お寿の説得には心がこもっていた。

それしか方法がないと弥助が胸で決め、立ち上ろうとしたとき、不運にもお堂の板襖ががらっと開かれた。

「弥助、どうかしたのか。いまなあ、伊佐次の奴から、身代金がうまく手に入りそうだとの知らせが届いたわい」

道観がずかずかと入ってきたのである。

二百五十両の分け前を確実に得られる安堵《あんど》感が、かれの満面をゆるめさせていた。

八雲屋と交渉する伊佐次と郡八の二人が、千両の金を持ち逃げすれば、かれらの妻子がどうなるか、二人には十分にわかっているはずであった。

四

菊太郎は剃刀《かみそり》を持ち、銕蔵の後ろにひかえた。

銕蔵はすでに髻《もとどり》を切ってざんばら髪になり、月代《さかやき》だけが目立っていた。

福田林太郎や曲垣染九郎、かれの輩下の同心たちが、二人の姿にじっと目を注いでいる。

「兄上どの、お手柔らかに願い上げまする」

銕蔵が幾分、不安そうな顔で、菊太郎をふり返った。

「頭を円《まる》めるに手荒もお手柔らかもないわい。ただ無心に剃刀を当るまでじゃ。下手に身動きいたせば、形のよい頭に傷をつけてしまうぞ。ここにひかえる岡田仁兵衛どののように、きれいな坊主頭にしてつかわす。わしがよいともうすまで、静かにしているのじゃ」

菊太郎は平桶《ひらおけ》から水をすくい、まず銕蔵の頭をぬらした。

曲垣染九郎がごくんと唾をのみこみ、銕蔵に先立ちすでに剃髪《ていはつ》を終えた岡田仁兵衛が、微笑して二人を眺めていた。

鋭利な剃刀が、ぞりっと銕蔵の髪を削《そ》いだ。

つづいてまたぞりっぞりっと、菊太郎の手があとをたどった。

「組頭どの、それがしと染九郎が頭を円め、他の者は供侍の出《い》で立ちで、大徳寺・竜光院にまいればどうでございましょう」

お寿をかどわかした下手人から、八雲屋へ千両受け渡しの連絡がとどいた直後、ただちに大徳寺・竜光院を手配すべしと決められた。そして岡田仁兵衛が率先して自分の剃髪を提言した。

「それはそれで理にかなった考えだが、若い染九郎どのより、いっそ組頭の銕蔵が頭を円めてはいかがじゃ。それくらいの意気ごみでなければ、下手人は捕えられぬ」

堂之前町の旅籠十一屋の二階で、真夜中の鳩首《きゆうしゆ》のあと、菊太郎は仁兵衛の提案を制した。

四つ（午後十時）すぎ、提灯《ちようちん》をゆらして町駕籠《まちかご》が八雲屋に一通の書状をとどけてきた。

書状はすぐさま、手代に変装して八雲屋にひそむ小島左馬之介から、銕蔵の許にもたらされた。

ほかの輩下が町駕籠のあとをつけ、書状を托した人物の割り出しにかかったのは、もちろんだった。

しかし駕籠は祇園の辻駕籠、通りがかった粋な女から、言付《ことづ》かったにすぎないとわかり、菊太郎や銕蔵たちをがっかりさせた。

八雲屋にもたらされた書状には、お寿を預かっている。身代金は一千両、明日の正午《ひる》すぎまでに、大徳寺・竜光院の兜門《かぶと》左脇にある植えこみの中に、畳表でしっかりくるみ置いておけ。持参するのは主の彦右衛門と手代か小僧の二人。承知の返事は、店先に畳を一枚横にし、裏をみせて置くべし。見張りを近くにやっており、奉行所に届け出れば、お寿の命はないものと思え。身代金を無事に受け取ったあと、娘は放してやる——と、金釘《かなくぎ》文字で書かれていた。

「金子は下手人のもうす通りに支度してもらえ。一千両は大金、決して奪われはせぬが、万一を考え、かどわかされた娘の安全を第一に思案せねばならぬ。彦右衛門にしたがい、金子を持参いたすのは、左馬之介どのそなたじゃ。わきまえておろうな」

菊太郎の指図に、町人髷に結い改めた左馬之介は、無言でうなずいた。

「兄上どの、それにしても下手人どもは、どうして大徳寺の竜光院を名指ししてきたのでございましょう」

銕蔵が菊太郎に不審をもらした。

「わしにもそれが解《げ》せぬ。しかも受け渡しは白昼ときておる。一千両もの金子を、いかがして運ぶつもりでいるやら。わしらに追われたら逃げられまいに——」

「組頭の兄上どの、八雲屋をうかがっていた怪しい人物について、兄上どのは確か、中間の風体だったともうされましたな」

岡田仁兵衛が、明日の備えと下手人捕縛について策をめぐらせる途中で質問した。

「ああ、いかにも中間であった。しかも白い太緒の草履——」

「白い太緒の草履は、社寺か公家にしたがう中間しか用いませぬ」

「すると仁兵衛どのは、大徳寺にでも仕える中間が下手人と、考えておられるわけじゃな」

「そうとは決めておりませぬが、それに近い連中ではないかと推察されまする」

そのあとかれは、自らの剃髪をいい出した。

大徳寺の竜光院は、月岑《げつしん》和尚を開山として創建された玉林院の南に構えられている。慶長十一年（一六〇六）、黒田長政が父孝高《よしたか》（如水《じょすい》）の菩提を弔《とむら》うため、春屋宗園を開山として創建した。茶湯者《ちゃのゆしゃ》小堀遠州好みの四畳半台目茶室「密庵《みったん》」があり、境内《けいだい》には黒田長政の遺髪塔や、高宮家累代の墓が林立していた。

岡田仁兵衛は、郷に入っては郷に従え、場所が寺ゆえ法体あるいはそれに関わる者の体で探索すべしと提案したのであった。

「それはもっともな思案じゃ。町奉行所から竜光院へ、かどわかしの事件について殊更《ことさら》もうし入れをいたせば、下手人の耳に筒抜けになるおそれもある。ここは隠密裡《おんみつり》にことを運ぶにかぎる」

「組頭どの、その通りでございまする」

本当の運営は所司代の指図をうけているが、京都町奉行所は職制上、老中に直属している。洛中洛外の市政の監視、治安維持、社寺の監督にも当っていた。

田村銕蔵を中心にしてだいたいの相談をすませるうちに、八雲屋の前を四十人ほどの老若男女が通りすぎた。

夜中にかかわらず通行人が多いのは、六角堂に参籠する者や、夜詣りの人々がいるからであった。

これらの中に、素知らぬ顔で八雲屋の軒先に出された畳の合図を見定める人物がいるはずだが、これには詰問、追跡のいずれもできかねた。

「されば明日に備えて、早々に支度をいたすとするか」

菊太郎にうながされ、十一屋の主善右衛門が、近くの寺へ墨染《すみぞめ》、編笠の拝借に走り、供侍の服装もかれにすべてが托された。

岡田仁兵衛の頭は銕蔵が剃り、銕蔵のそれは、菊太郎が行なうことになったのである。

銕蔵の髪は菊太郎の手際《てぎわ》よい運びで剃られていき、やがてすっかり坊主頭にされた。

「うむ、これでよいこれでよい。銕蔵、なかなか似合うぞ。もし下手人を捕えそこね、八雲屋の娘を死なすことにでもなったら、この坊主頭のまま出家し、廻国でもいたすのじゃな。京の町の治安に当る奉行所の同心組頭として、それくらいの責任をとり、潔《いさぎよ》さをみせねば、人が納得いたすまい」

菊太郎はかれの頭を剃り終え、平桶で手をすすぎながらつぶやいた。

「兄上どのは冗談のおつもりでございましょうが、それがしは真剣でございまする」

銕蔵がむっとした顔で兄をにらみつけた。

「銕蔵、それはわしとて同じだ。なにしろわしが、かどわかしの下手人らしい男のあとを追っていたら、あるいは事件は未然に防げたかもしれぬ。それなりに責任を感じ、わしも一生懸命じゃ。明日、わしは岡田仁兵衛どのの供につく。そなたは曲垣染九郎どの、福田林太郎どのをしたがえ、竜光院におもむくがよかろう。何が出来《しゅったい》するかわからぬゆえ、大徳寺のまわりには、奉行所の手勢を厳重に配しておくのじゃな」

菊太郎の意見にそい、その夜のうちに手配がすまされ、八雲屋のお寿がかどわかされてから二度目の朝がやっと明けた。

旅籠十一屋から、二組の法体が出かけたのは早朝だった。

菊太郎は十一屋を発ち、上京・紫竹《しちく》村の近くに広大な寺地を構える大徳寺にむかう途中、銕蔵に断わり、今宮御旅所《いまみやおたびしょ》の境内で、ひそかに連絡していた鯉屋の源十郎と落ち合った。

そして大徳寺の雲水《うんすい》姿となり、古びた編笠を深々とかぶった。

胸に下げた頭陀袋《ずだぶくろ》には、大徳寺——とあった。

「仁兵衛どの、これでいかがでござる」

「全く板についておりもうす。組頭どのの坊主姿に劣るものではございませぬ」

「わしの口達者を上廻り、仁兵衛どのもお世辞がお上手でございますな」

「組頭の兄上どの、されどやはり気になりますのは、かどわかしの下手人どもが、どうして大徳寺の竜光院を指定してきたかでございます」

「わしも昨夜からずっとそれを考えていたのよ。千両の金を運ぶには人目につきすぎる」

「千両箱を小脇にかかえて走るわけにはまいりませぬ――」

前後して大徳寺にむかう二人の会話は、前方や横道から人がくると止《や》み、遠ざかればまた交された。

いまごろ八雲屋の主彦右衛門が、手代姿の小島左馬之介に千両箱を背負わせ、店を出発しているはずであった。

京の中央を南北に流れる堀川は、上立売《かみだちうり》通りで西にまがり、再び北にまっすぐ遡上《そじよう》し、今宮御旅所でわずかに蛇行、大徳寺の東にのびている。

法体の岡田仁兵衛と雲水姿の菊太郎は、堀川に沿いやがて大徳寺に達した。

いくつかの塔頭《たつちゆう》をすぎ、巨《おお》きな大徳寺の山門を仰いだ。

ここから竜光院は近かった。

竜光院の兜門は江戸時代の門として有名で、いまでは国の重要文化財に指定されている。

「仁兵衛どの――」

竜光院の兜門の前をすぎると、菊太郎は急にかれを追い越し、足を速めた。

「どうかなされましたのか」

岡田仁兵衛が菊太郎に声をかける間もなく、かれは竜光院の北に構えられた玉林院の門に、さっと身をおどらせた。

「いかがされるおつもりで——」

玉林院の門柱の陰にひそみ、仁兵衛は坊主頭に汗をかいて、雲水姿の菊太郎に質問した。

「いかがもなにもない。玉林院と竜光院を隔《へだ》てる築地塀沿いに、大きな椿《つばき》の樹が繁っておる。そこに隠れて、竜光院の境内を見張ればよい。仁兵衛どのは、町奉行所同心の手形をお持ちでござろう。それを玉林院のご院主《いんしゅ》か役僧に示して、役儀にもとづき暫時《ざんじ》、院の隅をお借りしたいともうし出てくだされ」

菊太郎はこともなげにいった。

「それは妙案、椿の樹は目につきませんでした。なれば早速、玉林院の院主か役僧に会うてまいりまする」

「よしなに頼みたい。ついでに平静を装い、わしらがここで見張っていることを、誰にも気付かれぬようにしてもらいたいと、付け加えておいてくだされ」

「いかにも、かしこまりました」

背後に仁兵衛の声をきき、菊太郎は編笠をぬいだ。

そして玉林院と竜光院を隔てる築地塀沿いに、多くの葉を繁らせる椿の樹に取りついた。

樹齢は百数十年以上、白い花をつける品のいい名木であった。

下枝に足をかけ、手でつかんだ枝葉のそよぎに気を配り、竜光院の兜門の中をのぞくと、院内が一望のもとに眺められた。

本堂があり、大きな二棟や書院などが見えた。

その陰から高宮家累代の墓ものぞいた。

身代金を置けと指示された兜門の内側は、なるほど植えこみになっている。その中なら畳表でしっかり包んだ千両箱を置いても、すっぽり隠れて目立たないだろう。

――これははなはだ恰好の見張り場所じゃわい。

菊太郎が胸の中でつぶやいたとき、岡田仁兵衛が足音をしのばせ、そっと近づいてきた。

「組頭の兄上どの、玉林院の院主どのが、承知つかまつりました、ご用があれば何なりとおいいつけくだされと仰せでございました」

「それは重畳《ちょうじょう》。仁兵衛どの、ここに足を掛ければ、竜光院の境内はまる見えじゃ。やがてくる銕蔵たちや、身代金を持参いたす八雲屋の姿もすぐわかろう。ここより交代で見張るといたそう」

八雲屋彦右衛門が、手代姿の小島左馬之介に畳表できっちり包んだ千両箱を背負わせ、竜光院にやってきたのは、二人が見張りを代って間もなくであった。

坊主頭になった銕蔵は、寺侍姿の曲垣染九郎たちをしたがえ、いずこからともなく彦右衛門たちの動きをうかがっているはずだった。

彦右衛門と左馬之介は、竜光院の兜門をくぐると、本堂にまず一礼し、そのあと左馬之介が素速く、背負ってきた千両包みを植えこみの陰に置いた。

そして二人は何事もなかったように、いまきた道をまたもどっていった。

左馬之介はそのまま彦右衛門と引き返し、八雲屋に待機する。

「仁兵衛どの、左馬之介どのが、千両包みを植えこみの陰に置いていったわい。だがいまのところなんの変化もうかがえぬ」

椿の樹の下にひかえる岡田仁兵衛に、菊太郎がひそやかな声で告げた。

玉林院は町奉行所の捕り物と知り、ひそっと静まり、物音一つひびかせなかった。

時が刻々とすぎていた。

各塔頭に面した大徳寺山内の道を、ときおり僧形や出入りの商人たちが歩いていく。そのたびに、菊太郎と仁兵衛は緊張した。

「一千両は奪われてもまた儲《もう》けられるが、かどわかされた娘の命は、一旦身柄を取り返すのに失敗いたせば、後悔の仕儀《しぎ》となる。ここのところが心配じゃ」

菊太郎の言葉に、仁兵衛も無言でうなずいた。

それにしても当の竜光院の院内は、本堂や書院をふくめ、朝からいやに僧たちの姿が目立ち、あわただしかった。

「今日は法要でもあるのかな――」

「この動き、そうとしか考えられませぬ」

「仁兵衛どの、嫌な予感がいたす。玉林院の院主どのか役僧に、竜光院のあわただしさをもうし上げ、何か事情をご存じないか、たずねてきてもらえまいか」

「されば早速に――」

仁兵衛は足音をしのばせ、玉林院の庫裡のほうに走ったが、すぐもどってくると、竜光院に目を配る菊太郎の足許に蹲《うずくま》った。

「どうだった」

「はい、本日竜光院では、有栖川宮織仁《おりひと》親王がご来駕なされ、歴代ご先祖さま方のご供養をいたされ、一夜、お泊りになられるよしでございまする」

「有栖川宮がおいでになるのじゃと」

「玉林院の役僧にいわれ気付きましたが、竜光院には、有栖川宮家の累代墓がございました」

「なるほど、それじゃな――」

菊太郎は白い太緒の草履をはいた不審な男と、有栖川宮家の供養の二つを、ただちに結びつけた。

有栖川宮家は一千石、御所の猿ケ辻の東に屋敷があり、当主や奉公人は今出川《いまでがわ》門や清和院門から出入りしている。菩提所は大徳寺竜光院であった。

同家は世襲親王家の一つで、後陽成《ごようぜい》天皇の皇子好仁《よしひと》親王が寛永二年（一六二五）十月、高松宮の称号をたまわったのにはじまる。そのあと花町宮、桃園宮とも称されたが、寛文十二年（一六七二）、後水尾《ごみずのお》法皇のお言葉にしたがい、有栖川宮と改めた。

近くでは霊元《れいげん》天皇の皇子職仁《よりひと》親王が第五代を相続され、当代は織仁親王。父職仁親王が学芸の造詣《ぞうけい》が深く、とくに和歌、書をたしなまれたため、六代織仁親王もこれらを家学として相伝されているときいていた。

「仁兵衛どの、わしが頂法寺で目にした男は、有栖川宮に仕える中間にちがいない。これは必ずじゃ」

菊太郎は自分の確信を仁兵衛に伝えた。

有栖川宮を乗せた駕籠が、しずしずと竜光院に近づいてきたのは、間もなくであった。

「仁兵衛どの、きたきた、きよったぞ」

かれにも足場をゆずり、二人は竜光院をめざして進む有栖川宮の一行を見守った。

一行は、武家なら家老ともいうべき諸大夫《しょだいぶ》、青侍《あおざむらい》三人、用人《ようにん》、近習《きんじゅ》、中間など数えて十三人。先駆けが竜光院に宮の到着を知らせ、院内から院主や役僧たちが、兜門の内外まで出迎えに参じた。

やがて有栖川宮の一行は竜光院に到着した。

宮を乗せた駕籠は兜門をそのままくぐり、竜光院の玄関式台に横付けされた。

玉林院の椿の繁みから、菊太郎と仁兵衛の二人が、一行の動きをじっとうかがっている。

「いた、いたぞよ。あの太い眉の男。宮のお駕籠をかついできた奴じゃ」

諸大夫や用人たちが平伏するにつれ、近習がお駕籠の戸を開き、白い太緒草履をはいた中間も、後に退《の》いて平伏した。

立烏帽子《たてえぼし》に狩衣《かりぎぬ》姿の有栖川宮が、駕籠から現われ、用人がそろえた木履《きぐつ》をひろった。

竜光院の院主が案内にたち、宮が式台から奥に消えていく。諸大夫や用人、青侍や近習たちもそれにつづいた。

かれらの姿が奥に消えたあと、中間、すなわち伊佐次の動きは速かった。

かれは片棒をかついできた郡八とともに、駕籠を兜門のそばまでもどし、八雲屋彦右衛門が置いていった千両包みを、植えこみの陰から持ち上げ、素速く宮の駕籠の中に隠したのである。

そして郡八とうなずき合い、駕籠をもとの場所に返し、その両脇に神妙な顔でひかえた。

「あの狸ども、いまに化けの皮を剝《は》がされるとも知らずに澄ましていやがる。仁兵衛どの、こっそり外にまいり、銕蔵や大徳寺を堅める奉行所の連中に告げてもらいたい。わしが見た中間は捕えるが、もう一人は逃がせとじゃ。そ奴を逃がせば、必ず人質の許に駆けつけるにちがいない。奴らの仲間はほかにもいるはず。あとを追跡し、かどわかされた娘を助け出さねばならぬ」

菊太郎の指図にしたがい、法体の仁兵衛は、玉林院の門から経を唱えながら出ていった。

しばらくあと、竜光院の奥から、有栖川宮家の用人と青侍一人が現われた。

「待たせたのう。さてお屋敷にもどりまひょ」

用人は袴《はかま》についた塵《ちり》を扇ではたき、伊佐次と郡八に命じた。

「へえ、承知いたしました」

用人と青侍が兜門をくぐって外に出る。

伊佐次たちも、駕籠をかついで二人の供にしたがった。

今夜、有栖川宮は竜光院に宿泊する。かれを迎えにくるのは明日になる。

伊佐次と郡八が肩にした駕籠は、一千両を中に置いてずっしりと重かった。

駕籠はこのまま今出川門から御所の中に入り、猿ケ辻の有栖川宮家にもどればいい。一千両は難なく奪えたも同然、伊佐次は心の中で北叟笑《ほくそえ》んでいた。

――人質はやっぱり、嬲《なぶ》りものにして殺したほうがええなあ。

かれはそれでも油断なくあたりに目を配り、駕籠の後ろをかついでいた。

前方から坊主の法体二人が、寺侍を二人したがえやってくる。

田村銕蔵と同心の岡田仁兵衛たちだった。

ちらっと後ろをうかがうと、網代笠《あじろ》をかぶった僧が、自分たちを追い越すつもりか、足速に進んできた。

――どうやら八雲屋は、娘がかどわかされたと奉行所に届けなかったようすやな。

伊佐次がほっと安堵の息をついたとき、前方の法体が、地を蹴って突進してきた。

後ろからの男は網代笠をかなぐり棄てていた。

「大徳寺の山内で無礼な。坊さまらしゅうもない。な、なにごとどす」

有栖川宮家の用人が、扇をかざし、銕蔵や菊太郎たちを咎《とが》めだてた。

伊佐次と郡八は驚き、駕籠を肩にしたまま立ち竦《すく》んだ。

「わしたちは僧形こそしておるが、大徳寺の僧ではない。町奉行所の者じゃ。その駕籠舁《か》き両人と、駕籠の中身に用がある」

銕蔵が鋭い口調でいい返した。

「な、なんじゃと。駕籠の中身。この駕籠は空なれど、かしこくも有栖川宮さまのお駕籠なるぞ。当家の中間にも用があるとは面妖《めんよう》な——」

用人に代り、青侍が吠《ほ》えたてた。

「面妖とはこちらがいいたいわい。その駕籠舁きどもは、有栖川宮家の中間だが、まことはかどわかしの下手人じゃ。駕籠の中には身代金として一千両が、おぬしたちの知らぬ間に取りこんであるわい」

「な、なんの証拠があってのお咎めどす。ご無体な——」

「無体ではない。改めたうえ、中間二人を召し捕えさせてもらう」

岡田仁兵衛が叫ぶのと同時に、伊佐次と郡八が駕籠を地面に捨て、脱兎の勢いで駆け出した。

曲垣染九郎が伊佐次に追いすがり、横に廻って腰の刀を抜くや、左足の脛《すね》に峰打ちをくらわせた。

伊佐次はもんどりをうち転倒した。

郡八は一散に逃げ、塔頭の辻をまがった。

「待てい、待たぬか——」

菊太郎は銕蔵が駕籠の戸を開け、なかを改めているのをちらっと振りむいて確かめ、染九郎が投げてくれた刀を摑み取る。ついで身に付けていた墨染をかなぐり捨てた。

郡八がどこにむかって逃げるか、慎重にあとを追わねばならない。相手は大徳寺の東門を飛び出し、木立ちをぬけ、田圃《たんぼ》のなかを走っていた。

遠くにその姿を眺め、菊太郎は余裕をもって郡八のあとを追った。

大徳寺が伽藍を構える紫竹村の東は上野村。つぎに小山村の集落があり、同村の東に、加茂川に沿い鞍馬街道がのびている。

郡八は幾度も後ろを振り返ったが、追跡者から逃れきったと思ったのか、急ぐのをやめ、並みの歩調になった。

だが郡八の歩みは目的を持ってのものだと、菊太郎はにらみをつけた。

菊太郎の服装は法体から侍姿に変っている。

その点でも郡八は誤りをおかしていた。

鞍馬口通りを東にたどった郡八は、加茂川の堤をむこうに見て寺町筋に入り、屋根瓦のずれた空き寺の中にふっと消えた。

「ど、道観坊さま、大変じゃ——」

かれは空き寺の庫裡に走りこんで叫んだ。

「郡八ではないか。いったいどうしたのじゃ」

お寿をとじこめたお堂と庫裡を結ぶ歩廊に胡座《あぐら》をかき、あたりをうかがっていた道観が、郡八の声ですくっと立ち上った。

「だ、大徳寺の竜光院に、奉行所の手が廻っておりましたわいな」

郡八は上半身を折り、はあはあ息をついで道観に告げた。

「なにっ、奉行所の手が廻っていただと――」

「へ、へえ。伊佐次の兄貴は引っ捕えられ、わしだけ辛うじて逃げてきましたわいな。こうなったらもうあきまへん。弥助と三人でどこかへ雲隠れしまひょうな」

腹をきめ、かれは切迫した声で道観に迫った。

「ち、畜生、二百五十両がふいになったか。八雲屋がわしたちを欺《あざむ》き、奉行所に訴えたのじゃな。ならばもはやいたしかたがない。八雲屋の娘を引ったてて逃げ、どこかに売り飛ばしてくれる」

道観は血相を変え、錫杖をつかんでお堂の中に踏みこんだ。

猿轡を嚙まされたお寿が、後手のままお堂の柱にまだ縛られており、彼女のかたわらで弥助が、中腰になった姿勢で道観を迎えた。

弥助の目が憎悪をむき出しにしていた。

「弥助、なんじゃその目付きは――」

道観は一瞬足を止め、かれに吠えたてた。

「ど、道観坊はん、もう悪あがきはやめ、八雲屋の人質はここに残して逃げまひょうな」

かれは懐に手を入れ、中腰のまま訴えた。

「道観坊はん、悪《わる》でも引けどきが大事どっせ」

「弥助、痴《し》れた口を利くではない。八雲屋の娘は道連れにいたす」

「やめときやす。わしが承知しまへんでえ」

油断なくかれは身構えた。

「な、なんじゃと」

「弥っちゃん――」

道観が凶悪な形相になったのを眺め、お寿が口をもぐもぐさせた。

「弥っちゃんだと。弥っちゃんとは弥助、おぬしの名前じゃな」

道観が目を大きく見開き、驚いた顔でお寿と弥助を見くらべた。

「道観坊はん、その通りどすわ。この八雲屋の娘とわしは、昔、同じ長屋に住んでた幼馴染《おさななじ》みどしたんやわ。こうなったら相手が道観坊はんでも、指一本触れさせしまへんでえ」

「こ奴、さてはおぬしが裏切ったのじゃな」

かれが一歩、足を退かせ、錫杖を構えたのを見て、弥助は懐から匕首《あいくち》をさっと抜き出した。

「もはや仕方がない。二人をあっさり冥途《めいど》に送ってくれるわ」

道観は錫杖を隆々としごいた。

それにつれ、錫杖を包んでいた鹿皮の円筒が飛び、鋭利な槍《やり》が現われた。

「裏切者、思い知ったか――」

鋭く叫び、かれは槍を突き出した。

錫杖の鐶《かん》が、乾いた音をたてつづけにひびかせ、お堂の中が緊張した。

弥助は最初の一突きを辛うじてかわしたが、つぎつぎと繰り出されてくる必殺の突きをかわしそこね、お堂の床にどっと転倒した。

「見たか、裏切者はこうなるのじゃ」

道観が弥助の上におおいかぶさり、槍の鋭い切っ先が、かれの腹部にぐいっと突き通された。

「ぎゃあー」

悲痛な叫びが、お寿の目を閉じさせた。

それでも弥助は反転して、道観に匕首をかざした。

「おい、仲間割れももうそれくらいにいたせ。みんなでかどわかしてきた娘が、そ奴の幼馴染みとはなあ。哀れな因果じゃわ。それにしても身をもってかばうとは殊勝。さあ今度はわしが相手になってつかわす」

いきなり背後から声をきき、道観は荒々しい顔でふり返った。

「お、おぬしは何者じゃ」

「わしか、わしは何者でもないさ。そこに縛られている八雲屋の娘を助けにきた、ただの男じゃ。槍を錫杖に変え、鹿皮で包むとは無気味な。おぬしは偽坊主じゃな」

「なんとでもほざけ。わしの槍を受けたいのなら見舞うてくれる」

相手が並みの侍でないと看《み》てとり、道観は構えを改め、じりっじりっと間合いを詰めた。

お堂の縁に郡八がうつ伏せに倒れている。

「坊主を相手にやる気か」

「おお、こうなればなりゆきまかせじゃ」

言葉で隙を誘い、道観は錫杖を突き出したが、菊太郎は身をかわしてかれの手許におどりこんだ。

利き腕をとらえて身体を低く落し、腰をひねった。

道観の身体がお堂の隅に飛んでいき、壁板で大きな音を発した。

このとき、必死にもがいたせいか、お寿の猿轡がやっと解けた。

「や、弥っちゃん、死んだらいやや。弥っちゃん、死なんといて――」

弥助はお寿の声をききながら、意識を混濁《こんだく》させていった。

真夜中の口紅

一

生暖かい夜風が頬をなでていった。

菊太郎は三条木屋町（樵木町《こりき》）の料理茶屋「重阿弥《じゅうあみ》」にむかうつもりで、公事宿《くじやど》の「鯉《こい》屋《や》」を出かけた。

だが三条寺町の近くまでくると、ときどき立ち寄る居酒屋「枡善《ますぜん》」の提灯《ちょうちん》を目にして、ふと足を止めた。

縄暖簾《のれん》がかすかにゆれている。

お信の許《もと》に行くまえに、ここで軽く下地をつくっておくのも悪くないと思い付いたのだ。

今宵、重阿弥では大きな宴会があり、お信はもどりが遅くなる。彼女といっしょに法林寺脇の長屋に帰るつもりであった。

「お武家さま、お越しやす。お久しぶりでございますやないか――」

菊太郎が店に入ると、客に銚子を運び、奥の調理場に身をひるがえしかけた主《あるじ》の芳兵衛が、目敏《めざと》くかれの姿を認め、愛想の声をかけてきた。

菊太郎は時おり立ち寄るだけで、馴染《なじ》み客ではない。芳兵衛もかれがどこの誰かまでたずねないまま、ここ一年余りがすぎていた。

だが季節の小鉢物を肴《さかな》にして、物静かに二、三本銚子を空けていく菊太郎に、信頼の気持を抱き、扱いは粗略ではなかった。

「適当に肴を見つくろい、一本もらいたい」

菊太郎は芳兵衛に声をかけ、枡善の店内《みせうち》にちらっと目を這《は》わせた。

「毎度おおきに、若布《わかめ》と竹の子の炊《た》き合わせでも出させてもらいますさかい」

襷《たすき》に前掛けをかけた芳兵衛が奥に消え、代りにいつも店で働いている三十すぎの肥った女が、両手で平盆を持ちのっそり現われた。

ここは酒好きがちょっといっぱい引っかけるところで、色気抜きの店だった。

十五坪ほどの土間に、飯台が四つと小座布団をくくり付けた空樽《あきだる》が並んでおり、土間に面した半座敷は、衝立《ついたて》を二つ置いて仕切られていた。

昼どきには安い一膳飯を食わせ、庶民を相手に上手に商いを続ける堅実さが、店の中に感じられた。客の入りは七分、さまざまな職種の人々が、一見して仲間や同業者とわかる相手と、にぎやかにやっている。

誰もが一日精いっぱい働いてきた。親方や店の主や番頭にがみがみいわれても、文句の一つも吐かずに黙々と働き、気持が鬱《うつ》している。急いで家に帰り、女房や子供の顔を見ても癒《いや》されない孤独を、ここで酒を飲み、みんなが散じさせていくのだろう。

「お武家さま、お待たせいたしました。まあやっとくれやす」

主の芳兵衛が料理と酒を運んできた。

かれは染付けの銚子をひょいと摘《つま》みあげ、菊太郎に盃をすすめ、いっぱいついでいった。燗《かん》付きのいいそれをぐっとあおる。

芳醇《ほうじゅん》な匂いと味が口の中に広がり、菊太郎はごくりと喉《のど》を鳴らし、最初のいっぱいを流しこんだ。なぜかこれで気持が少し落ち着いた。

一つ飯台を隔《へだ》てたむこうに、自然と目が向いた。その飯台には、空いた銚子が五、六本並んでいる。棒縞のきものを着た中年の堅物そうな男が、頭をぐらぐらさせ、左腕を飯台につきぐびぐびやっていた。

「お、おい。もう二、三本付けておくんなはれ」

かれは手に持った銚子を傾け、しきりに滴《しずく》を振っていたが、堪《こら》えかねた顔で奥の調理場に叫んだ。

そのときかれは菊太郎の姿に目を止めた。

一瞬、怪訝《けげん》な表情を浮べたが、酔っているとはいえ、相手が何者かを急に思い出したのか、ぺこりと頭を下げてお世辞笑いを浮べた。

菊太郎も相手にうなずき返し、かれが室町姉小路西の呉服屋「天王寺屋《てんのうじや》」の手代《てだい》だとやっと気付いた。

お信と深い関係になってから、菊太郎は四、五回、お信と娘のお清をともない、天王寺屋へきものを買いに出かけていたのである。その手代は確か幸助と名乗っていた。

丁稚《でっち》から小僧、手代見習いから手代にと堅実に奉公の歳月を小心翼々と重ね、いまや中年。さきの見込みもなく、一生手代か小番頭ですぎてしまう感じの男だった。

菊太郎がうなずき返したのを眺め、幸助はよろよろと立ち上り、かれが腰を下ろす飯台に近づいてきた。

「お武家さま、えらいところでお会いいたしましたけど、どうぞ勘弁しとくれやす。こんな居酒屋でお目にかかるとは、思いもしまへんどした」

それでも幸助は呂律《ろれつ》の回らぬ舌で菊太郎に挨拶をいい、自分の飯台にもどりかけた。

お店者《たなもの》らしい物堅さであった。

「おぬし、確か幸助ともうしたな」

菊太郎はかれに好感を抱いて呼び止めた。

「へえ、天王寺屋の手代幸助どす。よう覚えていてくれはりましたなあ」

「見たところおぬしは独りのようじゃな。わしも独り。もし気兼ねがなければ、こちらにきて飲まぬか」

なりゆきから菊太郎は幸助を誘った。

「お武家さま、おおきに。てまえは大分酔ってますけど、ご無礼ながらそれでもかましまへんか。何かちょっとお気に障《さわ》ることをいうてしまい、お手討ちやとお叱りを受けたらかないまへんさかいなあ。そんなん堪忍しとくれやっしゃ」

幸助は身体をゆらゆらさせ、菊太郎の顔をうかがった。

律儀なところと泥酔者のからみが、明らかに混在していた。

「おぬしがいくら酔って悪態を吐《つ》いたところで、わしがさような乱暴をいたすものか。それほど不粋ではないつもりじゃ」

「そ、そんならよろしゅうおすけど、い、いきなり無礼者といわはったら、そ、それは困りまっせ。よろしゅうおすなあ」

「わかったわかった。それだけは約束いたしてつかわす。まあそこに腰を下ろさぬか」

「そ、そんなら坐らせてもらいますけど、お店への告げ口もいやどっせ。そこんところもわかっておいやすわなあ」

くどくどと幸助は念を押した。

「いちいちいわぬでもわかっておるわい。かような居酒屋で同席したからには、身分も客の隔たりもない。同じ酒飲み仲間じゃ」

「お、お武家さま、話がようおわかりやすやんか。ほ、ほんならお言葉に甘えて、坐らせて頂きまっさ」

幸助はふらふら菊太郎の前に腰を下ろし、奥の暖簾に目を向けた。自分が注文した酒だけは忘れていなかった。

「さ、酒はまだどすかいな。こ、このお武家さまにいっぱい飲んで頂かななりまへん。急いで持ってきてくれやっしゃ」

かれはとろんとした目で催促した。

暖簾をくぐり、主の芳兵衛が、お盆に銚子を載せさっそく現われた。

「天王寺屋の幸助はん、お武家さまに失礼にはなりまへんのか。お武家さま、酔っぱらいのことどすさかい、何卒《なにとぞ》、許してやっとくれやす」

かれは幸助をたしなめ、菊太郎に詫《わ》びた。

「店の主どの、気遣いは無用じゃ。この幸助とわしは顔見知りでなあ。無礼も失礼もないわい」

菊太郎は幸助のために取りなした。

「さようでございますか。それならよろしゅうございますが。せやけど幸助はん、いいとうおへんけど、酒を飲むのもほどほどにせなあきまへんえ。今夜はこれで最後にしときやっしゃ」

「わかりました、へえ、ようわかりました。これを最後にしたらええのどっしゃろ」

幸助は芳兵衛にいい、居酒屋が酒を売らんでどうなりますかいなと、菊太郎につぶやき、かれの盃に銚子を傾けた。

「普段はおとなしい、真面目なお人どすけど、ちょっと余計に酒が入ると、幸助はんはこうならはります。勘弁したっとくれやす」

主の芳兵衛はまた菊太郎に詫び、奥にもどっていった。

「何がちょっと酒が入るとやな。お武家さま、酒は酔うためにありますのやわなあ。昼間はぺこぺこ誰にでも頭を下げ、お家（店）の旦那さまや番頭はんどころか、飼い猫にまでへり下っておりますわいな。どんなにけったくその悪い猫でも、こん畜生と足で蹴ったところを見られたりしたら、うちなんか、それだけでお店から首どすわ。人間でありながら猫一匹にもかないまへん。哀れなもんどすがな。酒など飲まなやり切れまへんえ。お武家さまどしたら、ここのところをおわかりどっしゃろ」

幸助は店の女がむこうから運んできた自分の盃に酒を注ぎ、菊太郎に愚痴《ぐち》った。

「おぬしのいい分、わしにもよくわかる。すまじきものは宮仕《みやづか》えともうすでなあ。おぬしみたいなお店者が、いくら働いてもお裾分けはほんの少し。扶持《ふち》取りとてそれは同じじゃ。大方の人間は、誰であれ、生きるためにおのれの気持を偽って暮しておる。わしに愚痴を吐いてさっぱりするのであれば、どれだけでももうすがよかろう」

菊太郎はいっそうとろんとした目付きになってきた幸助に、温かい言葉をかけた。

「お武家さま、それをよういうとくれやした。ほんまにそうどすがな。人の金儲《もう》けを手伝うて、一生終えてしまうのかと思うと、自分がほんまに情けのうおすわ。もっとも、うちなんぞ気が小そうて、自分独りで商いは出来へんかもしれまへんけど。それにしてもあんまりどっせ」

かれの言葉は次第に泣き言めいてきた。

室町姉小路の西に店を構える天王寺屋は、間口十三間、京では指折りの大店《おおだな》。番頭は大番頭から小番頭まで四人おり、幸助は三十七になりながら、五人もいる手代の中で、まだ中ほどの地位にすぎなかった。

通いの手代で、住居は寺町筋をずっと南に下った高辻の裏長屋。妻のお佳《よし》と一人娘のおみのがいた。

妻は長屋で天王寺屋の縫い仕事をしている。一生、手代のまま終ってしまうのかと思うと、幸助はわれながら情けなかったのだ。

新しい銚子を飲み乾し、かれはぶつぶつ何か不満をつぶやき続け、やがてこっくり飯台に顔を伏せ、すぐ鼾《いびき》をかきはじめ、意地汚く眠りこんだ。

「おい主、幸助の奴はどうやらすっかり眠ってしまったみたいじゃ。奴の勘定もついでにわしが払っておいてつかわす」

菊太郎は自分の銚子と竹の子の若布煮を空にして立ち上った。

「お武家さま、そんなん――」

「いや、かまわずともよい。先ほどもうした通り、この幸助とわしは顔馴染みなのじゃ。いつもきものを見立ててもらっておる。適当な時刻に起し、家に帰してやってくれ」

かれは受け渋る主に、二人分の飲み代を手渡し、わずかな心付けまで置いた。

そのあと幸助が枡善を出たのは、だいぶ夜が更けてからであった。枡善が店仕舞いをしたからで、覚つかない足取りで、かれは寺町を南に歩きはじめた。

かれはすっかり泥酔し、くそっとか、畜生とか独り言をつぶやき、石を蹴とばした。右にゆれ左にゆれ、四条通りまでくると、かれはなぜか道を左にまがり、高瀬川をすぎ、四条大橋を渡った。

そしてなおもふらふら歩き、建仁寺の長い築地塀《ついじべい》に沿って進み、やがて珍皇寺脇の斜面に足を踏み入れた。そして大きく枝を張った榎《えのき》の下にごろんと横たわり、高い鼾をかき寝こんでしまった。

夜の闇の中にかれの寝息がひびいた。うなり呻《うめ》くような寝息だった。

それから刻々と時がすぎ、東山の空が白《しら》み、やがて夜がすっかり明け放たれた。

幸助はまだ眠りこんでいる。

だが泥酔していたかれも、春とはいえ夜明けの冷えにぞくっと背筋を震わせ、やっと深い眠りから覚めた。

蟻《あり》が首筋を這《は》い、胸許をちくりと嚙《か》んだからであった。

「こりゃあ、わしはいったいどうしたんや。頭がずきずき痛むがな。昨夜《ゆうべ》は枡善でだいぶ飲んでしもたんやわ。そんで家にも帰らんと、こんなところで寝てしもたんかいな。ここはどこなんやろ」

顔をしかめ、幸助は半身を起してつぶやいた。

頭ががんがん鳴り、疼《うず》いてならなかった。

視界がぼんやり開け、建仁寺や珍皇寺の伽藍《がらん》がみえた。そして幸助は立ち上ろうとして、はっと気付いた。

自分の目の前に、大きなものがぶら下がっていたからである。

白い二つの足裏が小さくゆれていた。

「ぎゃっ、首吊《つ》り、誰かが首を吊ってるがな——」

かれは浮かしかけた腰をへたらせ、後ずさりして榎の大枝を見上げた。

大きな榎の枝で首を吊っているのは、二十五、六の女子《おなご》。粋なきものを着ていた。黒い髪がほつれ、横になびいている。

幸助の酔いは一度に覚め、顔が真っ青になる。全身が震え、歯ががくがくと鳴った。

――わ、わしはどうしたらええのや。わ、わしやねえ。わしは何も知らんかった。酒に酔うてここで寝こんでいただけや。

かれは胸の中でつぶやき、やっと立ち上った。

自分は若い女が首吊りをしているのも知らずに、ここに寝こんだのであろうか。それとも若い女のほうが、寝こんでいる自分にも気付かずに縊死《いし》を遂げたのか。死人に口なし、いずれともわからなかった。

真っ青な顔をして、幸助は足音をしのばせ、その場から遠ざかった。

片隅に天王寺屋と染め出した手拭いを懐《ふところ》から落したことにも、気付かなかった。

二

「幸助はん、大番頭はんが呼んではります。すぐ行っとくれやす」

奥の部屋で帳面を片手に反物《たんもの》の数を当っていた幸助は、びくっとして後ろを振り返った。胸前掛けをかけた丁稚の亥之吉が立っていた。

「どうしはったんどす——」

亥之吉は幸助が驚いたようすで激しく怯《おび》えたのを見てたずねかけた。

この数日、幸助の工合《ぐあい》がおかしかった。

げっそりやつれ、憔悴《しょうすい》が目立っていた。

「い、いや。わしはどうもしてえへんでえ。大番頭はんがお呼びやいうたなあ」

「へえ——」

「行かせてもらうけど、わしの顔に何か付いてんのか。変な目で見んといてんか」

「いいえ、なんも付いてしまへん。行っとくれやす」

亥之吉は視線を伏せ、身を退《の》けてかれをうながした。何か恐いものから少しでも離れていたい気配すら感じられた。幸助の憔悴はそれほどだったのである。

一旦、店の表に姿をのぞかせた幸助は、帳場に坐る中番頭の徳市に顎《あご》をしゃくられ、大番頭の太兵衛がひかえる帳場の間に急いだ。

「手代の幸助どすけど、なんぞご用どっしゃろか」

帳場の間に掛けられた長暖簾の裾で、片膝と右手をつき、かれは部屋の中に声をかけた。

天王寺屋では、帳場の後ろにつくられたこの部屋に、大番頭が常時ひかえている。機屋《はたや》への注文や、下絵を描く職人と絵柄の打ち合わせなどをするほか、店のようすに監視の目を配っていた。

広い店の床では、多くの客が厚い座布団に坐り、手代たちに反物を広げさせては、品定めに忙しかった。

田村菊太郎もお信母娘をともない天王寺屋へ買い物に来たとき、こうして手代の幸助から、反物を見立ててもらったのである。

「幸助か、そことここではちょっと出来へん話や。急ぎの用がなかったら中にきなはれ」

太兵衛にいわれ、幸助はへいとうなずき、暖簾をかき分け部屋に入った。太兵衛は文机《ふづくえ》の上に、何冊も大福帳を積み重ね、書きものをしていた。

大福帳の間に、紙片をはさんでそれを閉じ、部屋の入り口に坐った幸助に顔をむけた。

「幸助――」

「へえ、大番頭はん、なんどっしゃろ」

かれは太兵衛の顔色をうかがった。

大番頭から問責される覚えが幸助にはあり、早くもかれは気弱な視線を膝に落した。

「幸助、へえ、なんどっしゃろではありまへん。この数日、そのやつれ工合はなんどすな。

自分でもわかってまっしゃろけど、それではお客さまの前に、おまえを出せしまへんがな。わたしはそれでおまえに、反物の品改めをいい付けたんどっせ。浮気もええけど、家の中を揉《も》めさせたらあきまへん。騒ぎが大きゅうなれば、お店の信用にも関わり、やがてはお店の金に手を付けたとでも人に噂《うわさ》されたら、どないしますのや」

大番頭の太兵衛は六十五歳、低い声で幸助を諫《いさ》めにかかった。幸助は両膝に置いた拳《こぶし》を堅く握りしめ、両肩をぶるぶる震わせ、黙り続けていた。

四日前、すなわちかれが長屋に朝帰りした日の夜、妻のお佳はおみのを連れ、下京・鞘町の実家に年甲斐もなく帰ってしまった。

青い顔をして呆然《ぼうぜん》と戻ってきた幸助の左頬に、真紅の口紅がいくつもしっかり付いていたからであった。

「おまえさん、昨夜《ゆうべ》はどこでどうしてはったんえ。腑抜《ふぬ》けみたいな顔してからに——」

お佳は幸助に、頬の口紅についてはすぐいわなかった。意地の悪い目付きで、土間に立つ幸助をじっとみつめ、ふんと鼻を鳴らした。

部屋の隅には、天王寺屋から届けられた安物の反物が、仮り縫いの状態で広げられていた。

「腑抜けみたいな顔してとは、おまえなんの意味やねん」

幸助は辛うじてお佳をなじった。

「そんなん、自分の胸に聞かはったら、すぐにわかるのと違いますか」

「胸に何を聞いたらわかるのや」

「阿呆《あほ》らし。毎晩、毎晩、酒を飲んで夜遅う帰ってきはるのも、店のご用が大変、酒で気持が晴れるものならと、苦情の一つもいいまへんどした。けどそれは、どこかの女子はんと遊んでいはったんどすがな。ええように考えてたうちが、馬鹿どしたんやわ。世帯の苦労も知らんと女遊び、そら結構なことどすなあ」

お佳は憎々しげにいい叩《たた》いた。

「な、なんやて。わしが女遊びをしていたやと――」

妻の言葉を聞き、幸助は呻くようにつぶやいた。

「そうどすがな。何もうちに驚いた顔をみせ誤魔化《ごまか》そうとしはらんかて、うちにはようわかってます。今度、お相手の女子はんにお会いやしたら、仲良うしはった口紅の跡を、綺麗に拭いてもどしてくれやすと、うちがいうてたと伝えとくれやす」

「な、なんやと――」

幸助は胸に覚えのないことをお佳にいい立てられ、声を荒らげた。

頭の芯が熱っぽく混濁していた。

「おまえさんの顔がどうなっているか、ご近所の誰かによう見ておもらいやすな。色っぽい口紅の跡が、いくつもはっきり付いてますわいな。なんなら鏡で確かめておみやす」

お佳の声で、幸助は思わず自分の右頬と左頬を掌《てのひら》でなぞった。すると、左頬の口紅が右手の指にねっとりと付いてきた。

「こ、これはっ――」

幸助の顔が真っ青になる。

両目が怯えてひそめられた。

「何を白ばっくれてはりますねん。その口紅は、おまえさんが女子はんから腑抜けにされた跡どっしゃろ。どこの女子はんか知りまへんけど、人を踏みつけにしてからに、いい加減にしてほしいおすわ」

「わ、わしに、そ、そんな女子なんかいいへんでえ」

幸助は言葉に詰まりながら、お佳に抗弁した。

だが今朝、榎の枝で縊死していた若い女の紫色に変った唇が、紅で赤く塗られていたことを思い出し、背筋をぞくっとさせた。

左頬を拭くため、急いで手拭いを取り出そうと懐に手を突っこんだが、どこに落してきたのか手当りがなかった。

どうして自分の頬に口紅が付いているのだ。自分は泥酔したまま、ひょっとして彼女に取り返しのつかない悪戯《いたずら》でもしたのではなかろうか。深酔いして町辻を歩き、草の中に倒れこみ、そのまま眠りこんだことは、かすかに覚えている。

だがそれは自分の思い違いで、本当は通りかかった若い女子を手籠《てごめ》にでもしたため、彼女が絶望して自分への面当《つらあ》てに、寝こんだ自分の上で縊死したのではないのか。もしそうなら、自分は彼女を殺したことになる。

お佳にじっと見詰められ、幸助は最悪を考えた。日ごろ、天王寺屋の手代として、すました顔で女客に接してはいるものの、目前に坐る若い女を犯したいと狂おしいほど思ったことも、たびたびあったからだった。

泥酔した勢いにまかせ、自分がそれをしなかったといえる確信は、幸助にはなかった。

かれは慄然《りつぜん》として土間に立ちつくしていた。

「おまえさん、そんなところにぼっと立ってはらんと、さっさと顔を拭いて、お店に出かける仕度をせなあかんのと違いますか。疲れてはるのはわかってますけど、夜通し女子はんといちゃいちゃしてはった報《むく》いで、仕方おへんわなあ。いっそ家に帰ってこんと、その女子はんのところから、お店に通わはったらどないどすねん。おまえさんがそないにしはったかて、うちもおみのも一向にかましまへんえ。これからあと、酷《ひど》い泣きをみるくらいなら、なんぼその方がええかわからしまへん」

お佳にずけずけといわれ、幸助は言葉もなく立ちつくしていた。

それでも四半刻（三十分）ほど後《のち》、かれはお佳や娘のおみのの冷たい視線を浴びながら、食事をすませて身仕度を整え、天王寺屋へ出かけたのである。

二日酔いでずきずき痛む頭の中に、榎の枝にぶら下がっていた若い娘の姿が浮び、恐れと惑乱が、一日中幸助を怯えさせていた。

「幸助、今日はどないしたんや。顔色もようないし、はたから見てたらへまばっかりやってるがな。お客はんがけったいな顔して、何も買わんとおもどりやしたえ。そんなことでどうします。店の間にお上りやしたお客さんは、買い物をする気で来てはるんやで。そのお客はんに手ぶらで帰って頂いては、商人としてどないにもなりまへんがな」

中番頭の徳市にいわれ、幸助はうなだれ、額に汗をにじませた。

両膝ががくがく震えている。

わっと叫び声を上げたい気持だった。

「おまえ、どこか身体の工合が悪いのとちがいますか――」

「いいえ、どこも悪くはありまへん」

幸助はできるだけ平静を装い、徳市を安心させて一日の仕事を終えた。

そしてその日は真っすぐ長屋にもどってきたが、家の中はしんと静まりかえって、お佳やおみのの姿はどこにもなかった。

隣りで消息をたずねると、鞘町の実家に帰るといい出ていかはりましたえと、冷たい答えが返ってきた。

「あいつ、わしのいいわけを素直にきかんと、もう勝手にしたらええがな」

幸助は自暴自棄になっていい、その夜、食事もとらずに酒をあおって寝たが、なかなか満足に眠れなかった。

眼裏《まなうら》にどうしても若い娘の縊《くび》れた姿が浮んでくる。わっと叫び声を上げ、浅い眠りからすぐ目覚めた。寝汗をびっしょりかいていた。

――わしの頬にどうして縊死した女の口紅が付いていたのだ。

寝不足と不可解な出来事をあれこれ考えるにつれ、幸助は憔悴を深めていった。

そして事件の日から四日目、ついに大番頭の太兵衛に呼びつけられたのである。

「幸助、黙っていたら何もわかりまへんがな。わたしが今いうた言葉に、やっぱり覚えがありますのやな」

「大番頭はん、やっぱり覚えがあるとは、どないな意味でございまっしゃろ」

幸助は首筋の汗を拭い、たずねた。

「夫婦のことどすさかい、わたしはお佳はんの言い分だけで、おまえに意見をくわえようとは思うてしまへん。天王寺屋の大番頭として、双方から公平に諍《いさか》いの理由をきいておかなりまへん。お佳はんには天王寺屋の仕立て物を頼んでますさかいなあ」

大番頭の太兵衛の声はひんやりしていた。

「うちんとこのお佳が、大番頭はんに何か告げ口をしたんどすか——」

「それは告げ口やない。幸助、了見違いをしたらいけまへん。お佳はんは娘のおみのちゃんを連れて、鞘町の実家に戻ってはりますわなあ。実はきのうの晩、お佳はんがわたしの家に訪ねてきはり、諍いの原因を聞かせてもろうたんどすわ。女遊びがええの悪いのというてるのではありまへん。そやけど女子はんが付けた口紅を、そのまま拭きもせんと家にもどるのは、幸助、あんまりと違いますか。お佳はんによれば、ここ当分の間、毎晩のことやというやないか。おまえが頰っぺたに口紅を付けて朝帰りをして、このお店に出かけたあと、なんでもおよそ堅気には見えん男が、おまえたちが住む高辻の長屋に来たいいますえ。おまえのことをあれこれたずね回っていったと、お佳はんは隣り近所の女子衆《おなごし》から聞かされたそうどすわ。その男が、おまえが深間になってる女子はんに付いてる悪い男どしたらどないします。もしそうやったら、ちょっとやそっとの騒ぎではすまされしまへん」

太兵衛の口調は柔らかだが、主から店の差配をすべてまかされている大番頭だけに、かえって鋭利な刃物をちらつかされる感じがした。

「堅気には見えん男が、うちのことをたずね回っていた——」

「お佳はんはそれを隣り近所の女子衆から聞かされ、実家にもどる気にならはりましたのや。幸助、相手の女子はんに、質《たち》の悪い男が付いているのと違いますか。三十七にもなり、そんな女子に手を出してどないになります。ええ加減にしなはれ。店の暖簾に傷を付けるようなことを仕出かしたら、わたしかておまえを庇《かば》えしまへんえ。相手はどこの女子か、わたしにだけいうてみなはれ。始末がつけられるもんどしたら、わたしが旦那さまに内密でこっそり片付けてあげます。ほんまにしょうもない。どうしても女遊びをしたかったら、その場その場、お金ですませられる女子はんを相手にしなはれ。あとあとまで尾を引かせてどないなります」

太兵衛は緩急を使いわけ、幸助を叱った。

自分が始末をつけるというのは、天王寺屋の暖簾を汚さないためであり、ひいては大番頭としての監視不行届きを、主から咎《とが》められないためであった。

当時、京都の各所では、新地といわれる遊里や茶屋が朝まで客を迎えていた。

上《かみ》のほうでは上七軒、下之森、五番町。鴨川筋では白梅図子、新三本木、先斗町《ぽんとちょう》、宮川町、七条新地。東山では祇園、辰巳新地、下河原、清水——などのほか、「隠売女《かくればいた》」はあちこちに見られた。

古くから京都を代表する遊里の島原は、地理的に町の中心地から離れているせいもあり、次第にさびれていた。

享和二年（一八〇二）秋、来京した滝沢馬琴は『羇旅漫録《きりよまんろく》』の中で、「島原の郭《くるわ》、今は大におとろへて、曲輪《くるわ》の土塀なども壊れ倒れ、揚屋町の外は、家も、ちまたも甚だきたなし。太夫の顔色、万事祇園におとれり。（中略）京都人は島原へゆかず。道遠くして往来のわずらわしきゆえなり」と伝えている。

島原はこうした不人気に対して、幾多の手をうってきた。普通は昼間だけの営業だが、職人や手代層の客を寄せるため、所司代の許可を得て、月の半分を夜見世営業とした。北東隅に一つしかなかった郭門（西門）のほか、東にも大門を設け通行の便をはかった。

さらに女性には、入場料を取って郭内の見物を許したのである。

太兵衛は金ですませられる相手といったが、最初はそのつもりでも、男女の仲では情が重なれば、それですまなくなるものだ。

太兵衛は幸助の返事をきくため、その顔をじっとみつめた。

「お、大番頭はん、お佳がなんというたかは知りまへんけど、う、うちには、そんな女子なんかいてしまへん。ほ、ほんまどす。信じてくんなはれ」

幸助は自分に目を注ぐ太兵衛に、声をふるわせ抗弁した。

「幸助、おまえがいっくら女子がいないと力《りき》んでも、わたしには信じられへんわいな。なにしろ頬っぺたに口紅を付けて朝帰ったそうやさかいなあ」

「そ、それには深いわけがありますのや――」

太兵衛の許に両膝でにじり寄ったが、幸助ははたと当惑した。

三条寺町の居酒屋、枡善で酒を飲み、ふらふらと珍皇寺脇にむかって歩いたことは話ができても、ごろ寝をし、酔いが覚めて起きたら、自分の頭上で若い女が縊死していたところまでは語れない。ましてや頬に付いた口紅の跡は、説明しようがなかった。

深いわけがあるといいながら、幸助はぐっと言葉に窮した。

「それ、みてみなはれ。なんにもいわれしまへんやろ。幸助、往生際《おうじょうぎわ》が悪いのもほどほどにせなあきまへんえ。折角、わたしが始末を付けてやるいうてんのに、なんのつもりでいてんのかいな。ちょっとは頭を冷やして考えなはれ」

太兵衛が少し言葉を荒らげ幸助を諭《さと》したとき、丁稚の亥之吉が幸助を呼びにきた。

「手代はん、妙なお客はんが裏口にきてはりますけど――」

「どんなお人や」

手代として幸助は威厳をととのえ、丁稚にたずねた。

「手代はん、ええんどすか――」

「何がやな」

丁稚は大番頭の顔色をちらっとうかがった。

「亥之吉、どんなお人かいいなはれ」

眉をひそめ、太兵衛がかれをうながした。

「へえ、なんか人相の悪いお人どす」

かれの答えをきき、太兵衛はいよいよきたなと幸助をぐっとにらみつけた。

三

「若旦那さま、お奉行所の銕蔵《てつぞう》さまがおいでどすえ」

手代の喜六が、鯉屋の帳場から姿を見せ、離れ座敷の菊太郎に呼びかけた。

「おお、さっそくきたか。こちらに通ってもらってくれ」

縁側で胡座《あぐら》をかき、お百の頭を撫《な》でていた菊太郎は喜六に答えた。

かれの後ろから、左手に差し料を摑んだ銕蔵がすぐに現われ、足速《あしばや》に長廊をやってきた。

「兄上どの、いかが召されました」

ここしばらく御用繁多のため、菊太郎の顔を見ていなかった鋲蔵は、袴《はかま》をさばいて異腹兄の前に坐り、低頭してたずねた。

四月十五日、酒井忠進《ただのぶ》が京都所司代から退き、翌十六日、大久保加賀守忠真《ただざね》がその任に就いた。

京都両町奉行所でも何かと忙しく、このため田村鋲蔵は鯉屋にも顔をのぞかせられなかったのである。

酒井忠進は、後任の大久保忠真とかれの用人吉野図書《ずしょ》に、田村菊太郎に関してすべてを伝えていた。

大久保忠真は相模《さがみ》国小田原藩主。奏者番《そうしやばん》、大坂城代を経て京都所司代となり、役地一万石を給せられ、官位は侍従、安芸守《あきのかみ》を加賀守に改めた。天保大饑饉《ききん》のときは老中の職にあり、救荒対策として米価調整、土地開発、二毛作を奨励した。

用人の吉野図書はすべてに慎重に当る人物で、所司代として主の職を全うさせるべく、微に入り細をうがち、与力や同心組頭《くみがしら》などから意見を徴した。ゆえに鋲蔵たちもおちおちしておられなかったのだ。

前任者の酒井忠進から田村菊太郎についてきかされたとき、吉野図書は主の忠真に代って、そ奴、所司代並びに町奉行所の隠し目付とでも考えて遇せばよいのでございまするな——とつぶやき、確かにうけたまわりましたと、忠進に言上した。

吉野図書の言葉を鋳蔵はすでにきいていた。

「鋳蔵、新しい所司代さまのご用人は、なかなかの切れ者で、厄介《やっかい》な人物らしいのう。おぬしたちも安閑としておられまい」

「いいえ、万事に慎重ではございまするが、一面、すこぶるお気軽なお人でございましてなあ。町奉行さまに断わり、与力衆に続いて、われら同心組頭をひそかに料亭へお招きになり、一席設けて今後よしなに頼みたいと両手をつかれました」

「なるほど、大久保さまの知恵袋か――」

「それより兄上どの、本日、わたくしをお呼びになりましたのは、何がご用があってでございましょう」

「そう、それじゃ。ちょっと荒《あら》を探し、町奉行所に引っくくってもらいたい男がいるのじゃ」

「その男、いかなる人物でござりまする」

「いやたいした者ではない。一条通智恵光院の裏店《うらだな》に住み、石見《いわみ》銀山鼠取りを売り歩く松蔵ともうす男よ。わしが引っ捕え、何もかも吐かせてしまえばよいのだが、ちょっとわしにも解《げ》しかねる点があってなあ。できればそうしてもらい、わしが吟味をいたしたい」

「吟味のことは吟味方与力組頭伊波又右衛門さまにお許らい頂かねばなりませぬが、その松蔵とやらを引っ捕えるに、面倒はございませぬ」

銕蔵は造作もなく答えたが、菊太郎の目的について、かれのつぎの言葉を待った。

石見銀山は鼠取り薬。行商人は黒地に白く「ねずみとり薬」と染め抜いた布旗をつけた細長い竹竿を持ち、肩から下げた小箱に鼠取り薬を入れ、市中を売り歩いていた。

この鼠取り薬は、最初、石見国の大森銀山で産する砒石《ひせき》から作られたため、こう呼ばれたが、砒石の産地は石見国とはかぎらなかった。

砒石から作られた薬は、江戸時代、毒薬としてさまざまに悪用されていた。

「兄上どの——」

菊太郎があとを続けないため、銕蔵は催足した。

「なんじゃ。引っ捕えるに面倒はないともうしたではないか」

「いいえ、そのことではございませぬ。鼠取り薬を売る松蔵、どんな悪事を働いたのでございます。まさか誰かに石見銀山を飲ませたのではありますまいな」

「それはまず大丈夫じゃ。ただの脅《おど》しよ。わしがちょっと昵懇《じっこん》にするお店者が、どうやら松蔵に強請《ゆす》られているようすなのじゃ。ついでにたずねたいが、十日ほど前、東山の珍皇寺の辺りで、若い女が首吊りをしていたときいたが、それはまことか——」

「兄上どの、いやに細《こま》かいことまでご存じでござりまするなあ」

「いや、それも松蔵の強請《ゆすり》に関わりがあるらしくてなあ」

「なんでございますと――」

珍皇寺の近くで若い女が首を吊った事件は、確かにあり、検死の結果は自殺に相違なかった。だが石見銀山と聞き、銕蔵はその死因にふと不安を覚えたのだ。

検死を誤り、毒殺を見過したとなれば、町奉行所としては大きな失態になるからである。

「銕蔵、何も意気ごまぬでもよい。その女子は確かに縊死していたのじゃな」

「はい、検死の結果に間違いはないと存じまする」

「それはそれでよいとして、若い女子はどこの何者なのじゃ」

「高瀬川の活魚料理屋魚清に奉公するおきぬともうす女中でございました」

「年のほどは」

「二十六歳だとききましたが――」

「まだ二十六、その年で首をくくるとは、よほどのことがあったのじゃな」

「いや、それがわかりかね、去年死んだ母親を慕い、後追いをしたのではないかと、魚清にまいり事情を聴取いたした者がもうしておりました。そのおきぬに松蔵、さらには兄上どのが昵懇にいたされるお店者とは、いかなる関係にあるのでございまする」

鋏蔵は役目柄、兄菊太郎の話を聞き捨てにしておけない気持になってきた。

「三人がどんな関係かは、わしも一口にはいいかねる。だが、幸助ともうす昵懇のお店者が、松蔵におきぬの件で強請られていることだけは確かじゃ。そこのところを、幸助がわしにもはっきりもうさぬゆえ困っておる。幸助は堺町姉小路の呉服商天王寺屋の手代、わしは天王寺屋の客として、奴とは昵懇じゃ」

菊太郎が憔悴した幸助を見たのは、五日前だった。

夜になってお信の長屋にむかうため、三条寺町の居酒屋枡善の近くまできたとき、店の中から幸助が、ぼんやりした顔で出てきたのである。

――おい、天王寺屋の手代。

気軽に声をかけかけた菊太郎は、軒先提灯に映し出された幸助の横顔を見て、思わず声をのみこんだ。

かれの横顔が、別人のようにひどくやつれていたからであった。

みつめる菊太郎に気付きもせず、幸助は力のない足取りで寺町を下《しも》に歩きはじめた。

何かぶつぶつ小声でつぶやいている。

酒に酔っているふうではなかった。

――あいつ、いったいどうしたのじゃ。

菊太郎はかれのあとをつける気になったが、その幸助に一人の男がすっと近づいたのを見て、間合いをあけた。男は四十歳過ぎ。幸助はひえっと小さな悲鳴をあげ、逃げかけた。

しかし相手の手が、幸助のきものの袖をぐっと摑み取った。

「天王寺屋の幸助はん、わしとわかり、逃げんでもええがな。二度も三度もいうたように、端金《はしたがね》で片付けようとしたって、そらあんまりどっせ。わしが、恐れながらと奉行所に本当のことを訴え出たら、おまえさんはおろか、天王寺屋の信用は台無し、商いにも障りが出てきまっしゃろな。いくら酒に酔うていて覚えがない、知らぬ存ぜぬと白を切らはったかて、そうはいきまへんわいな。天王寺屋と染め出した証拠の手拭いを、わしはしっかり持ってるんどすさかいなあ」

男は懐から手拭いをちらっとのぞかせた。

「松蔵はん、わしはほんまに何も知らん。ただ深酒して長屋に帰りそびれ、あそこで眠ってしまっただけどす。朝、起きてみたら、顔を見たこともない女子が、榎の枝で首を吊っていたにすぎまへん」

菊太郎がそっと二人に近づき、いい争っているのをきくと、まずこんなやり取りが耳に届いてきた。

「おまえさん、それを天王寺屋の大番頭はんにもいわはったそうどすなあ。それかて大番頭はんは、さぞかし怪訝な顔してきかはりましたやろ。そんならおまえさんの頬っぺたに、どうして首吊って死んだ女子の口紅が、べったり付いてましたのやな。わしはほんまのところを、この二つの目でしっかり見てましたんやでえ」

松蔵は腰を低め、自分の両目を指差して幸助を脅しつけた。

「や、やめてくれ。わしはほんまに何もしてしまへん。へ、変ないい掛かりを付けるのはやめとくれやす」

「変ないい掛かりとは、何をいうてはりますねん。幸助はん、おまえさんは通りかかった女を手籠にした。その証拠が、頬っぺたの口紅どすわ。女子は高瀬川筋の活魚料理屋の女中、奉行所は自分で首を吊ったのやと判じましたけど、それは本当であって本当ではおまへん。おまえさんに手籠にされたさかい、悲観して首を吊ったのどすがな。わしは逐一《ちくいち》をしっかり見てましたんやで」

「い、いや、そんな覚えはありまへん」

「どれだけいうたらわかりますねん。わしがお奉行所に訴え出たら、何もかもお終《しま》いになってしまいまっせ。朝、酒の酔いから覚め、おまえさんは証拠の手拭いを落したのも知らんと、びっくりして高辻の長屋へ逃げて帰らはりましたわなあ。わしはその後を付けさせてもろうたんどすわ。お奉行所でお調べがはじまれば、おまえさんの頬っぺたに付いていた口紅について、おまえさんの連れ合い、お佳はんもほんとのことをお役人にいわななりまへんやろ。酒に酔うて何も覚えていないといわはりますけど、おまえさんはわしがいまいうた通りの仕打ちを、魚清の女中にしたんどすわ。あんまり酒に酔うてしまうと、人間はついつい度を過ぎたことでもやるもんどすさかいなあ。実直にお店奉公をしてきはった幸助はん。それだけにわしは、この目で見たもんを内密にしてあげまひょと、相談を持ちかけているんどっせ。天王寺屋の大番頭はんも、一両や二両の金で始末を付けようたって、そうはいきまへん。明日、幸助はんからも、しっかりわしのいい分を伝えておかはりますのやなあ」

松蔵は、寺の土塀に背を押し付け、自分の言葉から逃れようとしている幸助に、低い声でまくし立てた。そして返事を愉《たの》しみにしておりまっせと捨て科白《ぜりふ》を残し、幸助の許から遠ざかった。

幸助が荒い息を吐き、土塀の裾にへたりこんだ。

「おい、天王寺屋手代の幸助、いかがいたしたのじゃ」

尋常な問答ではないとにらみ、菊太郎は家並みの天水桶の陰から、幸助に近づいた。

「虚《うつ》ろな顔で、わしを眺めあげる幸助の奴を叱り飛ばし、わしは幸助に一切をきいたが、当人は断じて身に覚えがないというばかりじゃ。わしが見たところ、奴に女子を手籠にするほどの度胸はない。大体あれほど泥酔しておれば、男として用はなすまい」

菊太郎は概略を語り終った。

「兄上どの、それでその松蔵は、天王寺屋や手代の幸助に、いくら出せと強請をかけているのでございまする」

鋏蔵はずばりとたずねた。

「百両、百両出せともうしているそうじゃ。松蔵と会うた天王寺屋の大番頭は、店から縄付きを出さぬため、いよいよとなれば、百両の金を払うだろうよ。無論、幸助は一生天王寺屋でただ働きとなろう」

「しかれば松蔵を引っくくりまするが、幸助はまことに魚清の女中を手籠にしていないのでございまするか——」

「さようにもうしているが、どうして幸助の頰に、女子の口紅が付いていたのか、そこがどうしても解《げ》しかねておる。それゆえ幸助が怯え、松蔵が図に乗っているのだ。これにはもっとわけがあり、隠された事実があるはずじゃ。松蔵を拷問にかけても、そのところを白状させねばなるまい」

両腕を組み、菊太郎は首をひねった。

左の二の腕にある古傷が、ちらっと見えた。

四

「さあ中に入るのじゃ――」

松蔵が両手を後ろにくくられている。

かれは町奉行所吟味方同心が開けた小さなくぐり戸の前で腰を低め、六角牢屋敷の大きな建物から突き出した一棟に押し込まれた。

中は漆喰《しっくい》の土間、厚い板壁の上は格子になっており、土間には荒筵《あらむしろ》が一枚敷かれていた。

「草履《ぞうり》を脱いでその上にひかえよ」

鋭い目付きをした同心にうながされ、松蔵は荒筵の上に坐った。同心が、松蔵を縛っていた縄を手荒く解いた。

眼の高さに厚い縁《えん》があり、黒光りするその縁から、さらに一段高くに床が広がっている。

板壁の横には責め道具が掛けられ、吟味部屋はどこか凄惨《せいさん》な雰囲気をただよわせていた。

ここが六角牢屋敷の中にある吟味部屋で、拷問蔵はまた別に設けられている。町奉行所の吟味役たちは、東西両町奉行所から南に数町離れたここまで、牢屋敷に収監されている被疑者や下手人の取り調べにくるのである。

「お、お役人さま、わしはなんにもしてしまへん。悪いことをした覚えは一つもありまへんがな」

松蔵は今朝ほど、下京の西中筋をたどり、石見銀山鼠取りを売り歩いているところを、田村銕蔵と福田林太郎の手によって捕えられた。

「ええうるさい。もうし開きがあれば奉行所でいたせ。おぬしは鼠取りの薬を売り歩きながら、これで人も殺せるとぐらい、一度はもうしたであろう。いわばそれが召し捕りの嫌疑である。叩けば埃《ほこり》が出るはずじゃ」

「お役人さま、石見銀山を商うている者やったら、そんな言葉を一度や二度、誰でもいうてますがな。それはいい掛かりというもんどすわ」

「何がいい掛かりじゃ。おぬし鼠取りとはもうせ、いやしくも薬を商う者が、理屈と膏薬《こうやく》はどこにでも付くの諺《ことわざ》も知らぬとみえるな」

銕蔵が松蔵をいいくるめている間に、林太郎がかれを後手に縛り、腰縄まで打った。

松蔵はそのまま六角牢屋敷に連行され、雑居牢にほうりこまれたのだ。

銕蔵の命令で、林太郎がすぐ鯉屋に走り、ついでに吟味方与力組頭・伊波又右衛門の許にも、松蔵の逮捕が知らされた。

菊太郎が銕蔵に頼んでいた直接吟味の件は、伊波の口から町奉行の佐野庸貞《つねさだ》にうかがいが立てられ、又右衛門同席の上でなら差し許すとの沙汰を受けていた。

「新しく所司代につかれた大久保加賀守さまの懐刀、ご用人の吉野図書さまは、田村菊太郎の活躍についてもうし上げたとき、隠し目付じゃなと仰せられ、即座に納得された。だが町奉行としては一応、公事宿の鯉屋を通して、幸助なる者から訴えらしいものが出されている形を取ってもらいたいのよ。もっともこれは形式だけでよい」

伊波又右衛門から、松蔵を取り調べる必要の概略をきかされた佐野庸貞は、一応の指図をあたえた。

「兄上どの、伊波さまがお待ちかねでございまする」

菊太郎が源十郎を供に連れ、さっそく六角牢屋敷に姿を見せると、銕蔵がかれを迎え、役部屋の控えの間に案内した。そこには小紋の裃《かみしも》ときものにくわえ、骨太の扇子が用意されていた。

「窮屈ではございましょうが、何卒、お召し替えをして頂きとうございまする」

「わしに召し替えよだと。こんなものを着て、松蔵を吟味いたさねばならぬのか。わしはこのままのほうが気楽でよいのじゃが」

「兄上どの、それはなりませぬ。着流しのままでは、奉行所の威厳が保たれませぬ。悪事を行ないました人間は、威厳に恐れをなし、吟味に対して正直に答える弱さをそなえてもおりまする。兄上どのはお奉行さまの特別なお計らいで、本日だけ吟味役筆頭、窮屈でもさようにしてくだされ」

　一日一晩のうちに、ここまで段取りをととのえてきた銕蔵は、菊太郎に強く迫った。

「菊太郎の若旦那さま、折角銕蔵さまが運んでくだはったんどす。つべこべ文句をいわんとそうしなはれ。わたしかて若旦那さまの晴れ姿を見せてほしいおすわ」

　源十郎からもしきりに勧《すす》められ、菊太郎は渋々着替えにかかった。吟味部屋に小者が呼ばれ、かれの着替えを手伝った。

「役部屋で又右衛門さまがお待ちになり、松蔵は既に吟味部屋に控えさせておりまする」

「ではさっそく参るといたす。銕蔵、わしを案内《あない》いたせ」

　菊太郎は脇差を腰に帯び、きりっと立ち上った。

　銕蔵と源十郎が惚《ほ》れ惚《ぼ》れとした目付きで、かれの姿を眺め上げた。伊波又右衛門が待つ役部屋にただちにむかい、かれが目を和《なご》ませて菊太郎を迎えた。

「田村菊太郎どの、今日の吟味は、それがしには詳細がわかりかねますゆえ、そなたさまにすべてを委せ、それがしはお側《そば》に控えさせて頂きまする。松蔵の吟味、存分にいたされませ」

　裃を付けた又右衛門は、袴の裾をさばいて坐った菊太郎にいった。

「それがし、山田重兵衛ともうしまする。このたび組頭さまのご下命により、恐れながらご吟味の相役を務めさせて頂くことに相成りました」

又右衛門に顎をしゃくられ、かれの後ろに控えていた四十年輩の人物が、菊太郎に頭を下げた。

「では吟味部屋においで願いまする」

書き役とおぼしい人物が、みんなをうながした。

又右衛門の後ろにつづき、菊太郎は長廊を歩み、吟味部屋にむかった。

大きな板戸を、重々しく山田重兵衛が開いた。

目前に広い床と、一段下った場所に漆喰の土間が広がり、吟味方同心に見張られ、二日前の夜、寺町筋の薄明りの中で見た松蔵が、殊勝な顔で坐っていた。

菊太郎は又右衛門に合図され、松蔵の目の前に、威儀を正して着座した。

書き役は隅の文机の前、山田重兵衛は菊太郎の右脇に一席退いて坐り、又右衛門と銕蔵は、かれの右横に控えた。

「ご吟味役さまのご出座である」

牢内から松蔵を連行してきた同心が重々しい声でいうと、松蔵は顔を伏せていた頭《ず》をさらに低くさせた。

「石見銀山鼠取り売りの松蔵、頭を上げい」

菊太郎はかれを注視したまま命じた。

「へ、へい――」

松蔵は二、三度、頭を上下にゆらし、恐る恐る顔を上げた。

「わしはおぬしの吟味を特別に命ぜられた田村菊太郎ともうす者じゃ」

「わしは吟味方与力組頭・伊波又右衛門」

「おれは山田重兵衛、このお方さまには何事も正直にもうし上げるのじゃ。少しでも隠し立てをいたせば、おれが承知いたさぬ、わかったな」

山田重兵衛が松蔵をまず恫喝《どうかつ》した。

「さて、松蔵、くだいてもうせばな、おぬしが石見銀山を売るに際して、人でも殺せるとほざいたことをまことに咎め立て、おぬしを引っくくったわけではないのじゃ」

「そ、それではいかなるわけで、わ、わたくしをお召し捕りになられたのでございまする」

松蔵は恐れた顔をしながら、それでも少しふてぶてしい表情になってたずねた。

「松蔵、お上《かみ》ともうすものはなあ、人間一人を引っくくるにも殺すにもせよ、いざとなれば、どんな理由でも付けて行なうのじゃ。おぬしにこう訊問をいたしておるわしでさえ、その存在が不都合となれば、あらぬ疑いを自在にきせ、世の中から抹殺してしまうものなのじゃぞ。

そこをよくわきまえ、詰まらぬ質問をいたすではない。わしはそなたの吟味を、特別に命じられた者じゃともうしたはず。並みの吟味役ではないぞよ」

菊太郎は決して厳《いか》めしくいわなかった。

微笑してやんわりと説いたが、ときどき言葉を止め、鋭い目でじっと松蔵をにらんだ。

かれの態度は、およそ役人臭《くさ》さがないだけに、松蔵は一筋縄ではいかぬものをかれに感じた。

「へい、ご無礼をつかまつりました」

「わしへの無礼などはどうでもよい。松蔵、おぬしは平隠に暮している者に対して、実はとんでもない無礼をなしておらぬか。奉行所の吟味役に引っくくられ、もし自分の所業を本当に後悔いたしているのであれば、それをいま正直に白状いたし、始末をつけたらいかがじゃ。お上にもお慈悲はある。そこのところをよく心におさめ、ありのままを正直にもうすのじゃな。おぬしにはここに引き据えられたわけについて、人には容易にもうせぬ何かの覚えがあろう」

「人には容易にもうせぬ何かの覚え――」

やはり松蔵は、菊太郎が予想していた通り、空とぼけてみせた。

「松蔵、おぬしがさようにとぼけるのなら、わしにも覚悟があるぞよ。詮議《せんぎ》や吟味に当るものが、吟味部屋に相手を引き据えたからには、相当の確信を抱いてだと承知いたすがよい。下手な抗弁や嘘《うそ》は、かえって奉行所の心証を悪くいたし、結果によれば、厳罰を仰せ付けられることに相成る。そこをとくと考え、わしの質問に返答いたせ。わしを甘く見てはならぬ」

菊太郎は一気にいい、驚いたことに姿勢を正座から胡座に変えた。

「ご吟味役さま——」

松蔵が口をあんぐりさせ、菊太郎を見上げた。

「松蔵、ご吟味役さまがご慈悲をもうされておいでになる。お手間を取らせては、かえってためにならぬぞ」

山田重兵衛が松蔵に一言つけくわえると、かれは急にうなだれた。

十数拍の時間が、沈黙のうちに流れた。

「ご吟味役さま——」

「松蔵、天王寺屋の手代幸助や大番頭の太兵衛から、百両を脅し取るつもりらしいが、手代の幸助は身に覚えがないとして、おぬしの無体ないい掛かりに困惑しておる。おぬし、なんのつもりじゃ。さらにおぬし、出水《でみず》通りの織屋鳴海屋の若旦那からも、ちょいちょい金をせびっておるようだのう。辰巳新地の女子はどうじゃ」

菊太郎は間髪を入れず、松蔵に質問を浴びせた。

「げぇっ、そ、それまですでにお調べを――」

「相当の確信がなければ、奉行所は人を引っくくったりせぬわい」

「恐れ入りました」

かれは堅い緊張をこれでぐっと崩した。

「松蔵、わしはこの年でまだ独身《ひとりみ》だがな、好きな女子が一人いてなあ。天王寺屋でちょいちょいきものを買ってやるのよ。女子へのご機嫌取りじゃ。そこで手代の幸助と知り合った。鳴海屋の件はともかく、その幸助が、おぬしに脅しをかけられていると知れば、ほっておくわけにもまいるまい。おぬしとわしがもし懇意にいたしておれば、わしは幸助同様、おぬしの相談にも乗ってやり、おぬしを楽にしてつかわすつもりじゃ。今更もうすまでもなく、幸助が首を吊った女子を手籠にするはずはない。おぬしは幸助の頬に付いた女子の口紅を証拠に、あらぬいい掛かりを付けているそうだが、本当はどうなのじゃ。ありのままをもうせ。実はその点がわしたちにも解しかねておるのよ」

菊太郎の吟味は、町奉行所始まって以来の破天荒《はてんこう》なものであった。

伊波又右衛門をはじめ銕蔵も冷やひやして、かれの吟味の推移を見守っていた。

だが大きな叱咤《しった》の声も飛ばさず、なだめたりすかしたりして、被疑者を懐柔《かいじゅう》していく心得は相当なものだった。

「お武家さまみたいなご吟味役さまにかかったら、わしももう仕方がございまへん。すべてを正直に白状してしまいますさかい、どうぞ堪忍してくんなはれ。銭欲しさにわしが何もかも悪うございましたんや。すんまへん」

かれは事件があった当夜、天王寺屋手代の幸助が、ふらふら四条大橋を渡り、建仁寺のほうに歩いていくのを見かけたのである。

呉服店の手代だけに、服装《みなり》はさして悪くない。相手が相当に泥酔しているとにらんだかれは、幸助のあとを付けはじめた。

時刻は真夜中、介抱する素振りで、懐中から財布でも抜きとろうとしたのであった。

幸助はぶつぶつつぶやき、建仁寺から珍皇寺のほうに進み、人家から離れた斜面でごろんと横になった。松蔵は草の中に身をひそめ、幸助の姿をじっとうかがっていた。

すっかり寝入るのを待っていたのだ。

だがしばらくあと、そこに邪魔が入った。

一人の女が思い詰めたようすで現われ、幸助が寝こんでいる榎の下に立ち、大きく横に張った枝を眺め上げたのである。

——あの女子、首でもくくるつもりなんやな。

松蔵が予想した通り、その女は用意してきた紐を、大枝にむかってひょいと投げた。そして草履を脱ぎ、榎に登りかけたが、樹の下に幸助が酔っ払って寝ているのを見付け、はっと身構えた。

だが相手がすっかり眠りこんでいるのを知ると、ほっと安心の色を顔に浮べ、今度は幸助のそばに蹲《うずくま》り、やがて添い寝の恰好になった。

「ご吟味役さま、それを近くからそっと眺めながら、ほんまのところわしはぞっとしました。たったいま首を吊ろうとしていた女子が、酔っ払ってごろ寝をしている男のそばに、添い寝をしたんどっせ。そして幸助の奴に頬ずりして、さもいとしそうに幾度も頬っぺたに口付けをしたのでございますがな。やがてそれをした女子は木の上に登り、紐を結んで自分の首に掛け、木の枝を摑んで、それから紐にぶら下がりました。それを止めもせんとただ黙って見ていたわしは、だいそれた悪人どすわ。そのあとも震えながら首を吊った女子の姿を見ていたどころか、腹の中でこれを種にして幸助はんを強請ってやろうと考え、朝になってから、あとを付けたんどすさかい。ご吟味役さま、でも死を前にした女子が、どうして見も知らぬ男がそこに酔って寝ているのを見付けると、添い寝をして、いとしそうに頬っぺたに口付けなんかしましたんやろ。わしはそれを見て背筋が寒うなりました」

松蔵は万事あきらめきった顔付きで、菊太郎を見上げた。

「松蔵、まことはさようであったのか。首を吊ったのは、高瀬川筋の活魚料理屋魚清の女中でおきぬともうす女子だが、本当のわけは当人にしかわかるまい。じゃがおよそ憶測だけはできる。それは女子ともうすか、人間の業《ごう》みたいなもので、死ぬと決めた間際にでも、男ともうすものに愛着を抱いていたのであろうよ。男ともうしたが、それを生きるという言葉にいい改めてもよかろう。頬に口付けされたとき、もし幸助が目覚めていたら、おきぬは死ぬのを思いとどまっていたかもしれぬなあ」

「人間、男でも女子でもそんなもんでございまっしゃろか――」

松蔵は思い当る顔でしみじみとつぶやいた。

「鋲蔵、魚清のおきぬは、死んだ母親を慕い、後追い自殺をしたのだとの調べがついているともうしたな」

「はい、いかにもさようでございまする」

「その詮議、わしは少し浅いのではないかと思うがいかがじゃ。もう少し魚清に探りを入れてはどうじゃ」

「探りをともうされまするとーー」

「おきぬがまことはどんな事情で首を吊ったのか、もっと深く穿鑿《せんさく》いたすのじゃ」

あとになって判明したが、おきぬは魚清の若旦那清太郎に夫婦になるといわれ、数年も身体を弄《もてあそ》ばれたすえ、この春、かれが妻を迎えたため、首を吊る気になったのであった。

「松蔵、よくぞ正直にすべてを白状してくれた。天王寺屋と幸助を強請った悪事、また鳴海屋の一件、人間は往々にしてやりかねぬ。されど、けじめだけはつけておかねばならぬ。さもなければ、おぬしも気味が悪かろうでなあ。おぬしへの沙汰は追っていたす。わしが吟味いたしたからには、決して悪くは計らわぬぞ。それだけは堅く約束してつかわす。松蔵、立って退《さ》がるがよい」

菊太郎の言葉にしたがい、松蔵は深々と一礼し、荒筵から立ち上って草履をはいた。

吟味部屋の重い戸が、きしみをたてて開かれ、かれの姿が消えていった。

「又右衛門どの、あの松蔵ともうす薬売り、鍛え方次第では、下っ引きとして使えぬでもありませぬな。妻子もございますほどに、百叩きのうえ、わたくしは今日にでも放免してやりたいと思いますが、いかがでございましょう」

かれの言葉に、又右衛門は造作なくうなずいた。

中秋十五夜

一

朝から法林寺の境内《けいだい》でやかましく蟬《せみ》が鳴いている。今日の暑さが早くも思いやられた。

「これから鯉屋《こいや》に出かけてまいる」

田村菊太郎はお信にいい、立ち上った。

お清は一足先に寺子屋へ行っていた。

——今度はいつおもどりになられまする。

かれが法林寺脇の裏長屋を後にするたび、お信は菊太郎にたずねたい言葉を、いつもぐっと喉《のど》の奥に飲みこんだ。

二人の関係は周囲の人々も承知でありながら、きわめて曖昧《あいまい》だけに、かれもお信から改めてそれをたずねられたら、答えに窮するだろう。この人は自分の期待に背くはずはない。自分はいまさら菊太郎と正式に世帯を持とうと欲張っているわけではない。だがそう考えてもこんな場面になると、お信はやはりいつも一抹《いちまつ》の寂しさを感じるのである。

お信が縫い上げた飛び絣《がすり》のきものを着た菊太郎は、差し料をつかみ土間に下りた。

「お信、ここしばらく、どうやら暑い日が続きそうじゃ、お清に決して生水を飲ませてはならぬぞ。そなたも同様にいたせ」

かれはお信に笑いかけ念を押した。

「はい、確かにうけたまわりました」

お信は菊太郎のあとにしたがい、かれを見送るため、裏店《うらだな》の敷居をまたいだ。

熱気がむっと頬を包み、蟬の鳴き声が一段とかしましくきこえた。

「お信、わしがそなたに初めて会うたのは、二年前のこんな夏の日の夜であったなあ。あれは送り火の当日。銕蔵《てつぞう》の妻奈々どのの父、中京・錦小路の播磨屋助左衛門どのに招待され、重阿弥《じゅうあみ》におもむいたおりじゃ。わしはそなたとまさかこんな間柄になろうとは、あのとき、考えもしなかったわい。明日はその送り火。何もなければ、今度はお清と三人で静かに送り火見物をいたしたいものじゃが——」

何を思いついていい出したやら、別れ話でも出るのではないかと、途中まで心中不安な思いできいていたお信は、菊太郎の最後の提案で、ほっと胸の緊張をゆるめた。

彼の人柄に安心はしているものの、ここ数カ月の間に、彼女は菊太郎から相当の金子《きんす》を渡されていた。それはすでに十数両にもなり、いずれこれが手切金になるのではないかと、危《き》惧《ぐ》する思いもあったからである。

三条木屋町（樵木町《こりき》）の料理茶屋重阿弥の仲居とはいえ、店の顧客播磨屋助左衛門から一層の口利《くちき》きをもらい、お信はいまでは店が忙しい夕刻、ほんの一時調理場を手伝うだけとなっている。客席には顔を出さないように計らわれていた。

「では改めてまいる。心配いたすな」

菊太郎は自分でお信に不安をあたえたと思ったのか、彼女のほつれた襟足の髪をそっと撫《な》で上げてやり、裏長屋の木戸門にむかった。

直接、隣り近所の目がないとはいえ、相当大胆な愛情の表現を受け、お信はぽっと顔を赤らめた。

「お気を付けてまいられませ――」

お信は菊太郎にだけきこえる声でいい、涼しい目を熱くうるませた。

菊太郎が木戸門を出かかると、左端の裏店から、張りをすませた番傘を背負子《しょいこ》に背負い、傘張り職人の小兵衛が、不意に表に現われた。これまで二人は、互いに一言も口を利いたことがなかった。

小兵衛は五十歳をだいぶすぎている。

この法林寺脇の長屋に引っ越してきたのは五年ほど前。老《お》いが髷《まげ》を白く小さくさせていたが、眼付きが鋭く、いまでもどこかに、数々の修羅場をくぐってきた片鱗を菊太郎に感じさせる男であった。

だがそれは、菊太郎の一方的な思いすごしだと取れなくもない。普段の小兵衛は、家の中で傘問屋から運ばれてくる傘骨に、丁寧に刷毛《はけ》で糊を塗り、こつこつ朝から晩遅くまで働いている。

天気の良い日は、木戸門脇の空き地に筵《むしろ》を敷き、仕事に熱中して酒も博打《ばくち》にも手を出さない。かれは無口で、菊太郎にだけではなく、長屋の連中ともあまり無駄口を利かなかった。

「小兵衛はんところのおかみはんはお市はんといい、お二人のお年は親子ほど離れてはります。五つになる正吉ちゃんはお清に懐《なつ》いて、ひと頃はお清のあとについてばかりいました。せやけど近頃では遊び友達もできて、工合《ぐあい》ようやってはります」

お信からきいた話であった。

お市は色白で小柄、いつ見ても襷《たすき》に前掛けをつけ、かいがいしく夫の小兵衛の仕事を手伝っている。よそから貰い物があると、長屋の一軒一軒にお裾分けを怠《おこた》らなかった。

「夫婦ともおとなしくて人柄がええうえに、実直な働き者ときている。ええ職人はんが住み付いてくれはって、結構なこっちゃがな。みんなで仲良うせなあかん」

長屋の誰もが同じようにいっていた。

だが小兵衛とお市夫婦を、誰もが一面、興味の目で見ていた。

夫婦の年があまりにも離れているのと、傘張り職人とはいえ、小兵衛の物腰には、どこか根っからの職人ではないところがうかがわれたからだった。

お市にも粋な雰囲気が匂っていた。

「おお、これは傘屋の小兵衛どの——」

菊太郎は出合い頭《がしら》だけに、咄嗟《とっさ》に挨拶の言葉をかけた。

「これはお信はんところの旦那さま」

背負子をゆすり上げ、小兵衛は驚いた表情で答えを返した。

「今日も暑い日になりそうじゃな。これから傘問屋にお出かけか」

「へえ、さようでございます。かんかん照りの中を、傘を背負うて歩くのもけったいどすけど、仕事どすさかい仕方ありまへん」

「いやいや、それでよいのじゃ。ところでいつもわが家に到来物を届けて頂きもうしわけない。一度お礼をと思いながら、失礼したままで相すまなんだ」

「いいえ、何をいわはりますやら。お信はんはじめ、長屋の衆には何かと親切にして頂き、わしもお市の奴もよろこんでおります」

小兵衛はにこやかにいった。

「小兵衛どの、これから傘問屋に品物を届けられるのじゃな」

「へい、仰せの通りどすわ」

「ではどうせ鴨川の西にまいられるのじゃ。川むこうまでご一緒いたそうではないか」

菊太郎にはなんの他意もなかったが、一瞬、小兵衛が迷惑げな表情を浮べたのを、かれは見逃さなかった。

しかし小兵衛はすぐ、お供させていただきますと承知した。

二人は肩を並べて、長屋の木戸門をあとにした。

「今日は蟬の声が特にやかましい」

菊太郎が塗り笠をかぶったのにつづき、小兵衛も笠の紐を結んだ。

鴨川に沿った町辻に出ると、旧暦七月上旬、京の町は雲一つない空から照り付けてくる真夏の陽にいられれ、ひところに比べ、鴨川の水量も少なかった。

この年の五月、肥後国では阿蘇山が噴火を繰り返し、七月になってから、畿内や東海道では一時豪雨が降りつづいた。

「小兵衛どの、いつも傘問屋にまいられるとき、お子の正吉どのをお連れだが、今日、お子はどうされたのじゃ」

鴨川で子供たちが水遊びをしている。

かれらの歓声が橋裏に谺《こだま》していた。

三条大橋を西に渡りながら、菊太郎は小兵衛にたずねかけた。

「正吉の奴は、きのうからあまり暑がるもんどすさかい、鷹ヶ峰村に住んでいるお市の身寄りの許《もと》にやっております」

小兵衛は正吉の話になると表情を崩した。

目に入れても痛くない子《こ》煩悩《ぼんのう》ぶりがうかがわれた。

馬齢《ばれい》を重ねた自分と年若い妻、その間に生れた一粒種の幼いわが子だけに、小兵衛が相好《そうごう》を崩すのも無理はなかった。

かれが酒も飲まないばかりか、夜遊びにも出かけずせっせと働いているのは、自分の年齢を考え、わが子と年若い妻に、少しでも多く貯えを残して置いてやりたい気持からにちがいなかった。

「おお、それは結構じゃなあ。京の町中と比べ、鷹ヶ峰の辺りは、昼間でも大分涼しいからのう。あの辺りの谷筋ともなれば、夜には掛布が要るほどだときいておる。涼しい鷹ヶ峰の身寄りの家で暑気を避け、甲虫《かぶとむし》や谷川の魚を追って過すのも、悪くないなあ。この間正吉どのに会うたとき、随分と汗疹《あせも》をこしらえておった。それも鷹ヶ峰で四、五日すごせば、すっかり退《ひ》いてしまうわい」

「旦那さま、それどすねん。あいつのひどい汗疹を見ると、わしは可哀相《かわいそう》でかないまへんのや。毎日、正吉がおらな寂しくてなりまへんけど、それは仕方がありまへん」

「だがな小兵衛どの、当分、夫婦水入らずですごすのも、たまにはいいものじゃぞ」

「そんなんわかってますけど、わしにはやっぱり親子三人がよろしゅうおすわ。女房に代りはあっても、正吉には代りはありまへんさかいなあ」

無口で無愛想だと思っていた小兵衛は、いざとなれば、意外に饒舌《じょうぜつ》だった。

すでに菊太郎の人柄を長屋の人々からきいており、言葉を交して、かれは一度に菊太郎の気心をのみこんだ調子だった。

「あのように若くて美しい女房を持ちながら、女房に代りがあるとは、ずうずうしくももうしたものじゃ。こうきいたからには、口止め料としてわしはそなたに、一献《いっこん》、酒でも馳走してもらわねばならぬな」

「旦那さまもよういわはりますわ。それは言葉の綾《あや》で、女房の奴も正吉も、わしには大切な宝物どす」

「それはそうだろう。それに代る宝物は、そこここにあるものではない。正吉どのは小さいながら聡《さと》いところが感じられる。行く末が楽しみじゃな」

「旦那さまのとこのお清はん、近ごろ、寺子屋に行ってはりますそうやけど、来年になったら、正吉の奴にもふさわしい寺子屋を紹介して頂けしまへんか。人間、なんの商いをするにしても、読み書きそろばんだけは、身に付けておかないけまへん。この年になって、わしはつくづくそれが身に染《し》みてわかりました。年を取ってからの子供やからいうわけではおへんが、将来、正吉だけは傘張り職人になんかしとうおまへん」

三条大橋から高瀬川をすぎ、二人は富小路にさしかかっていた。

「ここでわしは下《しも》に去《い》なさせてもらいます。ごめんなはれ」

小兵衛は富小路の手前までくると、急に足を止め、菊太郎にひょいと頭を下げた。

真新しい番傘の渋の匂いが、あたりにただよった。

「されば失礼いたす。正吉どののためとはもうせ、この暑いおりからでもあり、身体をこわさぬようにな」

「へえ、おおきに」

かれは再び一礼して、富小路を南に下っていった。

――正吉は鷹ヶ峰村に暑気を避けにまいったか。

菊太郎は幼いかれが山の中で虫を追ったり、谷川で鮎や岩魚《いわな》を釣っている姿をふと想像した。

京に田舎《いなか》あり――というが、京都は周囲を山に囲まれ、狭い盆地をなしている。東を鴨川、西を堀川としていずれの東西もすぐ村となり、それは南北においても変りがなかった。

鷹ヶ峰村は金閣寺の北に位置し、葛野《かどの》郡との郡境にひろがっている。古代には遊猟の地とされた、伝承では毎年、鷹が来て雛《ひな》を産んだため、その山を鷹ヶ峰と称したという。

同地を有名にしているのは光悦寺。元和元年（一六一五）、鷹ヶ峰の地は徳川家康によって、本阿弥《ほんあみ》光悦《こうえつ》に与えられた。その後光悦はここに屋敷をもうけ、本阿弥一族が移り住んだほか、蒔絵師《まきえし》・土田《つちだ》了左衛門《りょうざえもん》、筆屋《ふでや》妙喜《みょうき》、尾形《おがた》宗柏《そうはく》、茶屋《ちゃや》四郎次郎《しろうじろう》など、当時一流の芸術家や豪商たちが屋敷を構えた。

このため光悦村と呼ばれた同地は、昭和初年ごろからごく近年まで、一種の「芸術村」ではなかったかと考証されていた。だが光悦村に住んだ人々は、すべて熱烈な法華宗の信者。かれらは信仰を強い絆《きずな》にして集住したのであり、光悦村を芸術村――とするのには無理がある。

この鷹ヶ峰から北の杉坂にいたる一里の山道は、長坂越《ながさかごえ》と称され、同坂は大徳寺北を通り、蓮台野村で京都七口の一つ「長坂口」をなしていた。

「おもどりなされませ」

菊太郎が三条を西にたどり、大宮通り姉小路上るの公事宿《くじやど》「鯉屋」に着くと、手代の喜六がかれを出迎えた。

「若旦那、いまお帰りどすか」

帳場に坐っていた主《あるじ》の源十郎が、筆を持ったまま顔を上げた。

「源十郎、そうじゃが――」

「へえっ、えらい長うむこうに居続けはりましたんやなあ」

「むこうに長く居続けとは、人聞きの悪いことをもうすな。まるで遊里に居たように受けとれるわ。川むこうのお信は、わしがこの鯉屋からもどると、長く居続けていたともうしたいかもしれぬぞ」

「若旦那、そんなんどっちでもよろしいがな。むこうに居続けるなら、いっそずっと居続けなはれ。それともうちのほうに、母娘の付け馬を連れてきはったかて、一向にかましまへんで」

裏庭に蟬がきたのか、鳴き声がじいっとわいた。

このとき源十郎の脇から猫のお百がのっそり現われ、急に四足を狭くそろえ、背中の毛を逆立てた。そして荒い息を吐き、ふうっとうなった。

「お百、いつになくおまえ、なんのつもりじゃ」

彼女は菊太郎の声で、すぐ平静にもどったが、鋭い動物的な勘で、何か不吉なものを感じたようすであった。

二

その日、気温は今年最高と感じられるほどに上った。

「とにかく暑い。この暑さでは、熱射のため病人も出るだろうよ。外で仕事をいたす者は大変じゃ。わしは暑さに弱く、今日はなまけてごろっと横になってすごさせてもらう」

菊太郎は鯉屋の台所で源十郎とむかい合わせ、塗り桶《おけ》にひたした素麺《そうめん》をすすり終えると、ゆっくり煙草をくゆらせる源十郎につぶやいた。

煙を吸うそんなもののどこが旨いかと、いいたげな顔付きであった。

「若旦那、そうしなはれ。暑い時には昼寝が一番どすわ。夜になったら、久しぶりに鴨川の川床にでも出かけまひょうな。きっと川風が吹いて涼しおまっしゃろ。七月八月、まだまだ暑さが大変どすわ。なんとか身体をうまい工合に整え、秋まで持ちこたえさせなあきまへん」

源十郎は煙草盆の灰落しに、キセルの雁首《がんくび》を叩いて同調した。

「されば怠けさせてもらうといたすか――」

菊太郎は離れ座敷にもどり、部屋の床に積まれた書物の中から、大枚の金子をはたいて買った杉田《すぎた》玄白《げんぱく》の『蘭学事始《らんがくことはじめ》』を手に取った。

そして木枕を置き、ごろっと横になった。同書はこの四月に刊行されたものだった。

目的を持って読むわけではなく、蘭学という言葉の響きに新しいものを感じ、物珍しさから買い求めたのである。

生半可《なまはんか》な知識でも得ておけば、火急の場合役に立つものだ。

「昼寝してはると思いましたら、書見どすかいな。何を読んではりますねん」

冷えた麦茶を盆に載せ、ようすをうかがいにきた小女のお杉が、菊太郎の横に膝を付き、書物をのぞきこんだ。

ぱたっと菊太郎は本を閉じた。

「そなたなどに見せられぬ下卑《げび》た絵草紙じゃ。えらいところを見られてしまい汗顔《かんがん》のいたり。人にもうすではないぞ。わしの沽券《こけん》にかかわる」

「阿呆《あほ》らし。何が下卑た絵草紙どすいな。うちはちらっと中身を見てしまいましたえ。第一、本の表に『蘭学事始』とありますがな。うちでもそれくらいの文字やったら読めます。それでのうては、公事宿に奉公できますかいな。ばかにせんといとくれやす」

お杉はぷっと頬をふくらませ、菊太郎を打《ぶ》つまねをしてみせた。

「お杉、すまぬ、そなたを侮《あなど》って嘘《うそ》をついたわけではない。ちょっとふざけてもうしたまでじゃ」

菊太郎は半身を起して向き直り、お杉に笑って頭を下げた。

「そうどしたら勘弁してあげまひょ。何かご用があったら呼んどくれやす。ご書見の邪魔をしてすんまへんどした」

お杉が退《の》いていってから、菊太郎はしばらく『蘭学事始』に目を通していたが、書かれている内容の大体は理解できても、専門的分野になると皆目わからなかった。

ここには自分が生きているのとは全く別な世界が記されている。世の中が少しずつ変りかけていることが、かれにもおよそ推察できた。

『蘭学事始』は、蘭方医杉田玄白が、蘭学創始の事情と蘭学発達の歴史をまとめた回想録。上下二巻からなり、上巻ではヨーロッパ人の渡来とオランダ医学の伝来、オランダ語学の勃《ぼっ》興《こう》と玄白自身の開眼。『ターヘル・アナトミア』の入手、千住《せんじゅ》・小塚原《こづかっぱら》刑場での腑《ふ》分《わ》けの実地見学、同書翻訳の苦心談と、『解体新書』を出版するまでの経過などが記されている。

専門外のことながら、玄白の苦心には胸を打たれ、心を躍《おど》らせるものがあった。

読んでいるうちに、菊太郎はうとうと眠りについた。

一刻（二時間）ほどあと、その眠りは手代の喜六のどら声で覚まされた。

まわりは夏の日暮れになっていた。

「わ、若旦那さま、お信さまがおいでどす。すぐ起きとくれやす」

お信がきたときき、かれははね起きた。

何か急なことが突発したにちがいないと思ったからである。

かれはこの座敷にお信を通してくれとはいわなかった。きものの乱れをととのえ、帯を結び直しながら、鯉屋の表に急いだ。

店の表の土間で、お信が息を切らせ立っている。

黒光りする上床では、源十郎と妻のお多佳が、彼女を気遣わしげな目で眺めていた。

「お信、いきなりいかがしたのじゃ。あれほどお清に生水を飲ませてはならぬともうし付けておいたに。さては腹でもこわしたのじゃな」

菊太郎はお信が鯉屋に駆《か》け付けたときき、咄嗟にお清に異変が起きたと独り決めにしていた。『蘭学事始』を読んでいたせいかもしれなかった。

「あ、あなたさま、そうではござりませぬ。お清に変りはございませぬが、小兵衛はんところの正吉ちゃんが、えらいことでございます」

お信は顔を蒼白にして菊太郎に告げた。

「傘張り職人の小兵衛とは、この鯉屋にまいる途中まで一緒だったが、小兵衛の息子がいかがしたのじゃ。息子の正吉は暑さをしのぐため、確か鷹ヶ峰村の身寄りの許にまいってるともうしていたが――」

「そ、それでございます。正吉ちゃんが鷹ヶ峰村の長坂で、氷室《ひむろ》村から氷を運んでいた御所さまの口向《くちむけ》役人に、斬《き》られたのでございまする」

「なにっ、あの正吉が御所の口向役人に斬られたのだと――」

「はい、急ぎ運びを邪魔したとして、一刀のもとに斬り捨てられたそうでございます」

お信の声は震え、切迫していた。

「そ、それはいつのことじゃ」

菊太郎はお信に目をすえた。

「今日の昼前、あなたさまがわたくしの許からお出かけになったしばらく後《のち》だそうにございまする」

「それで正吉の怪我《けが》のほどはどうだ」

「斬られどころが悪く、正吉ちゃんはほどなく死なはったそうどす。鷹ヶ峰村から急ぎの使いがきて、お市はんが町駕籠《まちかご》を雇い飛んでいかはりました。傘屋から長屋にもどってきはった小兵衛はんは、家にじっと閉じ籠《こも》ったままで、長屋の女子衆《おなごし》ではどないもならしまへん」

「斬られどころが悪いとは、正吉の死は即死に近いのじゃな。いくら御所に氷を運ぶため急いでおり、邪魔をしたとしても、相手は五歳の子供ではないか。くそっ、御所の口向役人の奴、天皇《みかど》のご威光を笠にきて、いたすことが禍々《まがまが》しい。正吉を目に入れても痛くないほどかわいがっていた小兵衛の落胆と怒り、さぞかしであろう」

「どうしてよいやらわかりませぬゆえ、あなたさまをお迎えにまいりました」

お信はすがり付く目で菊太郎を見上げた。

「わかった。ただちにまいる。ついては源十郎、御所の口向役人とは相手が難物じゃ。銕蔵にこの旨を伝え、あわせて禁裏《きんり》御付同心の赤松綱どのにも、知らせてもらえまいか。小兵衛の嘆きを考えれば、相手が口向役人とはもうせ、泣き寝入りはできかねる」

「かしこまりました。喜六をすぐ町奉行所へ走らせます」

「急いでくれ。今日、わしがここにもどったとき、お百のようすがなにやら変であったが、あの時刻、正吉に異変が起ったとみえる」

菊太郎はそれからお信にちょっと待てと断わり、差し料を取りに離れ座敷に引き返した。

再び店の表に現われたかれは、お信が源十郎やお多佳に詫びる言葉を遮《さえぎ》り、外にせかした。

正吉を溺愛《できあい》してきた小兵衛の悲嘆の深さが思いやられる。

年老いてからの子供だけに、それはなおさらのはずであった。

御所の口向役人とは、一般にはきき馴れない言葉だろう。

御所（天皇家）の職制は、江戸時代後期になっても、外形は大宝令に基づいたままで、平安朝の八省百官の制度を形骸化しながらも残していた。

だが御所にはご当今《とうぎん》の光格《こうかく》天皇をはじめとして、千人近い人々が実際に住んでおり、食事や建物の管理営繕、奉公人の人事や給与などは、形骸化した官人に委せられない。常勤の実職に当る役所を「口向役所」といい、かれらは毎日御所に出仕して実務に当っていた。

詳しく記せば煩雑《はんざつ》になるが、主だった仕事は、天皇家をはじめとして後宮の食事の調達管理、庶務会計、営繕などの一切で、表と奥向きの連絡に要約できる。職制は執次《とりつぎ》、賄頭《まかないがしら》、勘使《かんづかい》兼御買物方、御膳番《おぜんばん》、中詰《なかづめ》。つぎに修理職《すりしき》、賄方、板元《いたもと》、板元吟味役、板元表掛《おもてがけ》、板元見習、鍵番、奏者番、使番番頭、小間使、使番——となっている。

初役は中詰と使番。定員は合わせて三十人。実収入は年十石四斗。執次は定員四人、幕府から朝廷を監視するために派せられている。禁裏御付武士を補佐して、口向役所のすべてを統括する。賄頭は幕府から御家人で算に明るい人物が派遣されてきて、金銭の出納に当り、在職中は旗本格の扱いをうけた。勘使兼御買物方は、賄方の下役で定員は四人。二人は幕府から派遣された御家人。御膳番は定員五人。料理役人のつくった天皇の食事を、板元吟味役立ち会いの許で盛りつける。

修理職以下は省略するが、いずれも天皇家に仕えるだけに、なにかと役得があり、口向役所の役人たちは裕福であった。

かれらは執次や修理職以下を含めてすべて士分。平日は羽織袴《はかま》か裃《かみしも》をつけ、外出の時は大小を帯びていた。

「正吉を斬り捨てたのは、口向役所の誰じゃ」

菊太郎は法林寺脇の長屋に小駆《こがけ》する途中、お信にたずねた。

「はい、確かなことはわかりまへんけど、なんでも使番の森田重兼《しげかね》とかもうす有位の官人だそうでございます」

「使番の森田重兼——」

有位の官人森田重兼が、袴の股立《ももだち》を取り、氷室村から御所に運ぶ氷の輿《こし》の先頭を走っている。そのかれが小さな正吉にむかい、腰の刀を閃《ひらめ》かせる姿が、菊太郎の胸裏を横切った。

使番は使番番頭本役三人、加勢一人の支配をうけ、御所には常時百人ほどが詰めており、各種の任務についていた。

かれらの間には、「生火《いけび》の剣法」といわれる殺法が、ひそかに伝えられているという。だが、それがどんな剣法なのか、また事実としてそんな剣法があるのか、実際のところは禁裏の監視に当る禁裏御付武士にもわからなかった。

もっとも朝廷が、政治の実権を徳川幕府に奪われていることを考えれば、政権奪取のため、ひそかに独特な剣法が温存されているとしても、訝《いぶか》しくはなかろう。

因《ちなみ》に明治の元勲岩倉具視《いわくらともみ》は、吉岡流小太刀の名手、博徒《ばくと》らに屋敷の一部を貸し、寺銭《てらせん》（場所代）を稼いでいた。

かれらが仕える天皇家は、特権として京に近い各地に「供御地《くごち》」を持っており、そこから季節に応じ、さまざまな品の献上を受けていた。

たとえをあげれば、右京の梅ヶ畑は菖蒲役として、毎年五月の節句前に御所へ菖蒲を献じていた。

これを運ぶとき、梅ヶ畑の人々は、菊の紋を染め出した供御の衣装を着て、供御提灯《ちょうちん》を掲げ、裃帯刀のうえ禁裏や仙洞《せんとう》御所にむかった。

かれらは特権意識を持ち、供御人が御所に急ぐ姿を見ると、一般の庶民は道を開け、かれらの通行を優先させた。

夏の鮎、秋の松茸、柴、炭、茶など、それは「供御地」のすべてに及んでいた。

正吉を斬った御所の使番たちは、氷室村の村人たちが供御役として氷室から掘り出し、白木造りの輿に乗せた氷を、村人に担《かつ》がせ、御所に急行していたのである。

氷室——とは文字通り、氷の室《むろ》、部屋の意であり、氷室村は西賀茂村の枝村。鷹ヶ峰村から北西約一里ほどの山間部にあり、『延喜式《えんぎしき》』には「栗栖野《くるすの》氷室一所」と記されている。村人は古くから禁裏に献上する蔵氷《ぞうひょう》にたずさわってきた。

真冬、かれらは一番冷えのきつい日に、村中で山林の暗部や底地に広く深い穴を掘り、浄白の雪を運び、杵《きね》で突き固めた。

そして熱気が射さぬように、杉の葉や檜皮《ひわだ》で重ねて覆い、真夏を迎える。

夏季、二回に分けて氷室を開け、氷と化した雪塊を取り出し、檜造りの平桶に入れ、輿で御所に献上するのであった。

氷室村から京の御所まで約二里、いくら急いでも、輿が御所に到着するまでには、約半分の氷が水になる。

それだけに御所から執次の指図で氷室村まで輿を迎えに出かけた口向役所の使番は、いつも血相を変え、山道を急ぐ村の供御役たちに叱咤《しった》を飛ばしつけた。

こうして御所に運ばれた氷は、料理役人の板元の手で細《こま》かく割られ、板元吟味役によって器に入れられる。そして天皇をはじめ皇后宮に届けられるほか、量が多い時には、長橋局《ながはしのつぼね》などの女官衆にも振る舞われた。

「親指の先ほどなれど、今年も氷室の氷を頂戴《ちょうだい》できるとはありがたや——」

真夏の暑い日、冷たい氷を食するのは、最高の贅沢《ぜいたく》であった。

この一時《ひととき》、御所の中はにわかににぎやかになるのである。

いうまでもなくこの氷は、役得として口向役人が、町の有徳者（金持ち）に一部横流しして、余得にありついていた。

だがいくら溶けるのが早い氷を、御所に急いで運んでいたとはいえ、五歳の幼童がちょっと通路を塞《ふさ》いだからといい、いきなり斬って通るとは非道な行為である。

菊太郎は使番森田重兼の名前を胸に刻み、法林寺脇の木戸門を走りくぐった。

小兵衛の家の前には、人集《だか》りができていた。

みんなは息を切らし駆け付けてきた菊太郎の姿を一瞥《いちべつ》し、さっと囲みの輪を開いた。

「小兵衛、小兵衛どの――」

菊太郎は大声をかけ、家の中を眺めた。

そこでは骨だけの番傘を広げ、小兵衛が黙然とうなだれていた。

「小兵衛どの、このたびはとんでもないことが出来《しゅったい》したものじゃ。さぞかし気落ちいたされただろう。わしにはそなたを慰める言葉もない。ただただお悔《くや》みもうし上げる」

土間に立ち、菊太郎は小兵衛に声をかけた。

自分でもこんな空虚な言葉しか、かれにのべられないかと、白《しら》けた気持だった。

それでも小兵衛は、黙ったまま虚《うつ》ろな目で膝許を見つめている。

「小兵衛はん、小兵衛はん――」

虚脱したかれが呆《ほう》けてしまうのではないかと、長屋の人々が、菊太郎についでかれに呼びかけた。

そのあと、一瞬の静寂が長屋にたゆたった。

「ああ、お信はんところの旦那さまかいな。わしはどうかしてたんどっしゃろか。正吉の奴が、御所の侍に斬られて死んでしもうたそうどすがな。お市は鷹ヶ峰村まで正吉の死骸を引き取りにまいりましたが、死んだ者を手許に返してもろうたかて、もうどうにもなりまへんわい。そんなもん、わしは見とうもおまへん。身体の中に魂や気が生きていてこそ、正吉どすがな。死んだ者は、この骨だけの番傘と同じどっせ」

かれの声はにわかに老い、嗄《しわが》れていた。

「だがなあ小兵衛どの、死んだとはもうせ、正吉は正吉じゃ。あまり呆けたことをもうすものではない」

「旦那さま、わしは御所の使番・森田重兼という侍が、正吉を斬ったんやとききましたで」

このときだけ小兵衛の目がきらっと光った。

「うむ、わしもお信から使番・森田重兼の名前を知らされた」

「正吉は長坂道の脇で、村の子供たちと山で捕ってきた甲虫を、分けてもろうていたんやそうですわ。もろうた甲虫が道を這うて逃げましたんや。それを追うてつかまえかけたとき、わっさわっさと氷の輿が山道をやってきたそうどす。先駆けしていた使番の奴が、ご当今さまに献上もうし上げる御氷をなんと心得るとかいうて、いきなり、正吉に一太刀浴びせかけたのやといいますがな」

小兵衛は菊太郎の顔を見て落ち着いたのか、口を滑《なめ》らかに開いたが、坐った場所から立とうとはしなかった。

当今さまとは天皇の呼称、今上陛下の意味をこめ、皇后は皇后様《こうぐうさん》、皇太子は東宮様《とうぐうさん》と呼ばれていた。

「その一太刀、正吉が甲虫を捕えるのをどうして、待てなかったのじゃ」

「そんなもん悠長に待ってもらえますかいな。ご当今さまのご威光を振りかざして生きてる連中には、正吉なんぞ甲虫と同じどしたんやろ。森田重兼の奴、正吉を斬ったあと、袴の股立を取った草鞋《わらじ》の足で、甲虫まで踏みにじったそうどすわ。お市の身寄りの者が、わしにきかせんでもええことまで、きっちり伝えてくれて、わしはどうにもならしまへん」

小兵衛は腑抜けた声で愚痴《ぐち》った。

長屋の女たちの嗚咽《おえつ》がきこえ、それがふと調子を変え、わあっと泣き声になった。

正吉を乗せた戸板が、母親のお市に付き添われ、長屋の木戸門をくぐってきたのである。

小兵衛の家の前から、人々がさっと退《の》いた。

「正吉、正吉、家に帰ってきましたんやで。やっと汗疹が引いたのになあ。お母はんが悪かった。鷹ヶ峰村におまえをやって悪かった。どうぞ許してなあ。痛かったやろう。すぐ傷薬を塗ったるさかいなあ」

両眼を泣き腫《は》らしたお市が、奥の部屋に運ばれた正吉に、また取り縋《すが》って泣きはじめた。

だが小兵衛は背を向けたまま、振り向きもしなかった。

それどころか、急に喚《わめ》き散らした。

「お市、死んだ者に未練たらしい泣きごとをいいないな。わしにそんな声をきかせんといてくれや」

かれは両腕を組み、虚空にじっと眼をすえた。

長屋の周《まわ》りが薄暮に包まれ、稼ぎからもどってきた男たちの姿が増えていた。

長屋の木戸門から、また数人が入ってきた。

「銕蔵に、これは赤松綱どの。一別以来でござった。わざわざお呼び立ていたしてもうしわけござらぬ。口向役所の使番が、幼童を手にかけたとき、頼みといたすは赤松どのだけと思い、おいで頂いた」

菊太郎はかれに慇懃《いんぎん》に頭を下げた。

「全く一別以来でござりまする。田村菊太郎どのにはお変りないごようす。なによりでござる」

以前に比べ、やや小肥りになっていたが、禁裏御付同心の赤松綱は、精悍《せいかん》な顔で菊太郎に挨拶した。

かれは徳川幕府が禁裏を守る名目で朝廷に配した、禁裏御付武士の一人。二年ほどまえ、幕府や京都所司代の介入さえはばかる大本山青山寺の寺侍影山大炊《おおい》を抹殺するとき、銕蔵と菊太郎は、かれの力を借りたことがあった。

「銕蔵、赤松どのに詳細をもうし上げてくれたか」

「はい、もうし上げ、すぐさまお調べを頂きましたが——」

「菊太郎どの、幼童の正吉を斬り捨てたのは、確かに森田重兼、三十六歳の使番でございました。ただちに禁裏付組頭の榊原左右衛門《さえもん》どのの許に、口向役所から使番番頭と当人を伺候之間に呼び寄せ、それがし立ち会いの許で詰問いたしました。だが使番番頭の伊藤中務少輔《なかつかさのすけ》、使番の森田重兼は、言を左右にして一向に非を認めませぬ。ご当今さまは昨夜から発熱、氷室の氷を急がれていた。ご当今さまのおつむり（頭）と、童《わっぱ》一人の命のどちらが大事か、江戸表のご老中方にお諮《はか》りして頂くまでもござるまいと、まるで受け付けませぬ。榊原左右衛門どのも、最後にはそれがしにむかい、首を横に振られました。使番の森田重兼、それがしが見たところ、なかなか腕には覚えのあるようす、一筋縄ではまいりませぬ。長いものには巻かれろともうしまするが、されどこのままではそれがしとてすまされませぬ」

赤松綱は沈痛な顔で伝えた。

「さようでございましたか。ついては銕蔵、町奉行所として森田重兼を懲《こら》しめる手段はないのか。そこはどうじゃ」

菊太郎は矛先《ほこさき》を銕蔵に向けた。

「兄上どの、無念ながらご当今さまを盾《たて》にいたされれば、町奉行も所司代も、取るべき手段はございませぬ。口向役所の連中は、朝幕の間に波風が立つのをわれわれが恐れていることを、よく心得ておりまする」

「されば、口向役所の連中は、弱い者に何をいたしてもよいともうすのか」

かれは銕蔵に詰問した。

「菊太郎どの、銕蔵どのもそれがしも、決してそれですませるとはもうしておりませぬぞ」

赤松綱が菊太郎を制した。

「お信はんところの旦那にお役人さま方、まあそないに諍《いさか》わんでもよろしいおすがな。大きな声を出さんと、もっと静かにしとくれやす。それにしても、口向役所に文句を付けてくれはった旦那さま、よく斬れそうな刀をお持ちでございますなあ。腕前のほうもさぞかしでございまっしゃろ。わしにそんな刀と腕前がおましたら、正吉を斬った奴を、ほっておきまへんのやけどなあ。老いぼれたしがない傘張り職人では、残念ながらどないにもなりまへんわ」

かれの声をきき、奥の部屋でお市がまたわっと大声で泣いた。

「非業に子供を殺された母親いうもんは、だいたいあんなもんどすわ。わしはどなたはんにもご迷惑をかけたくありまへん。さあ、日も暮れましたさかい、それぞれ家にもどっておくれやす。正吉のお通夜なんかご免どっせ。坊《ぼん》さんにお経を唱えてもろうたとて、なんになりますかいな。気随者やと笑い、今夜はどうぞ女房の奴と二人だけにしといとくれやす。お市、さあ、みなさまがお帰りや。きっちりご挨拶して、引き取ってもらいなはれ。早くせんかい——」

鋭い最後の一言が、菊太郎たちの背筋をぴくんとさせた。

「あの男、たいした変り者でございますなあ」

木戸門で見送る菊太郎に、小声で銕蔵がもらした。

「五十、六十にもなれば、普通の男でも変り者となるわい。しかしながら、年老いてからもうけた一人っ子を死なせたにしては、小兵衛はできすぎている」

「いずれ明日、お目にかかりもうす」

赤松綱が意味深い目を菊太郎に向けた。

三

その夜は常にもましてむし暑かった。

「大変じゃ、長屋の衆、みんなきてくれっ」

菊太郎もお信も、突然響いてきた大声で目を覚ました。

「おじさん、誰かが何かいうてはるえ」

お清が眠たそうに目をこすり、自分の右に臥《ふせ》る菊太郎に呼びかけた。

「あれは誰の声じゃ」

「むかいに住む雪駄《せった》直しの常三はんどすわ」

雪駄は竹皮の裏に皮革《ひかく》を張った草履、千利休が考案したと伝えられている。

京・大坂の雪駄直しは、天秤棒で仕事箱を担《にな》い、「直し直し」と声をあげて歩き、どこの町辻ででも店をひろげた。

「お信、帯じゃ――」

菊太郎は素速くはね起き、きものをまとった。

長屋の表に飛び出してみると、小兵衛の家の前に、また人集りができていた。

大八車が一台止まり、小兵衛とお市の夫婦が、少ない家財道具を積み終えたところだった。

「小兵衛はん――」

「お市はん、急にどうしはりましたん」

長屋の住民たちが二人に問いかけている。

「小兵衛どの、にわかにいかがされたのじゃ」

菊太郎は一歩前に進み、小兵衛にたずねた。

「これは旦那さま、朝っぱらからみなさんをお騒がせしてすんまへん。きのうはみなさまにご迷惑をおかけいたしました。昨晩、お市の奴と相談して決めたんどすが、正吉の思い出が残っている長屋に、このまま住んでいたら、気持のほうがどうにもこうにもならしまへん。そやさかい、昨晩《ゆうべ》おそく町役と大家はんにも断わり、わしの村里のほうに帰って暮すことにしましたのやがな。急ですんまへん」

小兵衛とお市は腰を折った。

「急も急、小兵衛どの、きいたほうがあきれかえる。それでわしの村里とはいずれかな」

「へえ、摂津国《せっつ》の広瀬どすわ」

摂津国の広瀬は、いまの大阪府三島郡島本町。山崎の合戦で名高い大山崎の西、京都から小一日ほどの距離であった。

「それはそなたのもうす通りであろうが、なにもきのうの今日に、引っ越さぬでもよいではないか。さらにきくが、正吉の亡骸《なきがら》はいかがいたしたのじゃ」

菊太郎は小兵衛の素早い覚悟に驚き、重ねてたずねた。

「正吉の亡骸は、車の先に積んだ長葛籠《ながつづら》の中に納めてます。摂津の広瀬にもどってから、茶《だ》毘《び》に付してやりますのや」

「長屋のみんなが、正吉に別れを告げたい気持でいるのが、そなたにはわからぬのか」

昨夜、お清は正吉ちゃんがかわいそうだといつまでも泣きつづけ、容易に眠らなかった。

「お気持はありがとうおすけど、死んだ者はどうにもならしまへん。わしの気持を哀れやとお思いやすなら、みなさん、黙ってわしらをここから去《い》なしてくんなはれ。何卒《なにとぞ》、お願いしますわ」

小兵衛は鼻をすすりあげた。

かれの言葉をきき、長屋の住民たちは粛然《しゅくぜん》となった。

「お市はん、あんたそれでもええのんか」

常三の女房のお竹が彼女にきいた。

「お竹はん、うちの人が決めはったことどすさかい、うちにはなんの文句もあらしまへん」

「そらそうやけど——」

「常三はんにお竹はん、それにお信はんところの旦那さまや長屋のみなさん、もうこれくらいで勘弁してくんなはれな。後ろ髪を引かれる思いで、ここから去りとうおへんさかい。摂津の広瀬に落ち着いたら、また一度、寄せさせてもらいますさかい」

小兵衛に哀願されれば、もう誰も止められなかった。

長屋の住民たちは、木戸門をくぐって行く大八車を、黙って見送った。

赤い目をしたお市が、大八車の後を押していた。

「思い切った男ともうすか、変った男ともうせばよいか、小兵衛はとにかく一味違っておる」

これは当日の夕刻、鯉屋に姿を見せた菊太郎が、かれを待ち受けていた赤松綱と銕蔵に、最初にもらした言葉であった。

「朝廷と江戸幕府の関係を考えれば、禁裏付とはもうせ、何も処置がかないませぬ。もうしわけござらぬ」

赤松綱は小兵衛が褒《ほ》めた刀を左脇に置き、菊太郎に低頭した。

「赤松どの、そなたが何も詫《わ》びられることはござるまい。世の中は理不尽だらけ。所司代や町奉行といえども、仕置きをいたしかねることがあると、つくづくわからされたまでじゃ。綱どのの昨夜の目付き、わしは伊達には受け取っておりもうさぬ」

「お察しくだされたか。さて銕蔵どの、これから菊太郎どのとそれがし、内々の密談がござれば、先にお引き取り頂けまいか」

赤松綱がいい、菊太郎が銕蔵に顎をしゃくった。

「内々の密談とあればいたしかたございませぬ。なればわたくしはこの場から辞させていただきまする。ただし、何かご用がございますれば、それもまた内々でおいい付けくだされ」

以心伝心、二人は口向役所使番の森田重兼を討つ相談をはじめようとしたのである。

鋏蔵は役職柄、わざと退けたのであった。

「赤松どの、すでにお調べに相成りましたな」

菊太郎は鋏蔵の姿が鯉屋の表に消えるのを見届け、かれに問いかけた。

「いかにも、森田重兼は清和院門の北、聖護院さまの里坊《さとぼう》のお長屋に住んでおりまする」

清和院門は御所の東になり、南が仙洞御所に接している。御所はこの門の中に構えられ、南が建札門、北が朔平門《さくへいもん》。御所を取り囲み、宮家や公家、宮門跡などの屋敷や里坊が構えられていた。

「使番の森田重兼が、聖護院さまの里坊とは妙でございますなあ」

「いささかも妙ではありませぬ。奴の兄が宮門跡の諸大夫を務めておりますれば、その縁でございましょう。御所に仕えるとはもうせ、使番は各宮門跡や五摂家にも雇われ、警護をもって稼いでおりまする」

かれが聖護院里坊の長屋に住んでいるとは幸いだった。

正確にいえば、御所の清和院門外は町屋にひとしく、聖護院里坊は二階町に構えられていた。

里坊とは、仏に仕え謹厳に暮す宮門跡たちがくつろぐ場所。並みの人間にもどる屋敷といえないでもなかった。

「さすが禁裏御付同心でございますなあ」

菊太郎は綱に感嘆の声をもらした。

前にも記したが、禁裏御付武士について『浄観筆記《じょうかんひつき》』は、幕府の職制に禁裏付武士あり。月番は禁裏伺候之間、与力、同心は各門に詰め、京都所司代并《ならび》に町奉行と謀《はか》らい、朝廷の動きをうかがい、事件の探索に当る。多く伊賀、根来衆《ねごろ》をもってつかう——と記している。

江戸幕府は、御所の動きを少しでも正確に察知するため、御所の各職に御付武士を配していたのであった。

「二階町の聖護院里坊にあ奴が住んでおり、討つのは容易。しかしながらいますぐとはまいりませぬ」

「きのうの今日、それではいかにも工合が悪うございます。ところで綱どの、今宵は七月十六日、五山の送り火でございますれば、三条木屋町の馴染みの料理茶屋で、送り火を眺めながら相談いたそうではございませぬか」

お信に対してかれは、すでに母娘三人での送り火見物の中止を詫びていた。

「それは重畳《ちょうじょう》、馴染みの料理茶屋とは、確か重阿弥とかもうされましたな」

赤松綱の言葉に、菊太郎は黙ってうなずいた。

旧暦の七月、京はお盆を中心にして行事が多かった。

多くの大店《おおだな》は二日店卸《たなおろ》し、五、六日は井戸替えを行なった。井筒は転落死を防ぐため高さを三尺以上と決められていた。

井戸は家庭用水としてのほか、防火用水としても重要視された。火付盗賊は犯行のまえ、まず井戸の釣瓶の綱を切ったという。元文二年（一七三七）、町奉行所は、井戸の近くに怪しい者がいたら、人違いでも苦しからず、捕えて役人に引き渡せと、町触れを出している。

九日には、東山珍皇寺の六道参りがはじまり、十四日に上半期の支払いをすませる。十五日は中元礼といい、町内、親類、縁者への挨拶を行ない、十六日は五山の送り火が点《とも》されるのである。

「なかなかよい店でございまするなあ」

お信に導かれ、眺望のきく二階の座敷に案内された赤松綱は、開け放たれた障子窓に近寄り、東山についで北山に目を向け、満足を顔に現わした。低い町屋のむこうに、五山の山々が一望に眺められたからだ。

五山の送り火は盂蘭盆会《うらぼんえ》の行事。精霊の送り火として、京の東から北にかけての山々に、「大」から順番に「妙」「法」の文字と「左大文字」「船形」「鳥居」をかたどった火が点じられる。

各火は火床を設け、松割木を井桁《いげた》に組んで点火され、「鳥居」は松明《たいまつ》を火皿にのせる方法で火が点された。いずれも起源は明らかでないが、室町時代以降に起ったとみられている。『諸国年中行事』には市原、鳴滝、西山、北嵯峨などにも火を点して精霊を送る風習があったと記されている。

送り火の中心をなす如意ヶ岳の「大」文字は、往古、山麓にあった浄土寺が炎上したとき、本尊の阿弥陀仏が、峰に飛び移った光明をかたどったものだと伝えられる。

だが銀閣寺に蔵される『大文字記』は、足利義尚《よしひさ》の死を悼《いた》んだ義政が、芳賀掃部頭《かもんのかみ》に命じて、横川景三《おうせんけいさん》の字形に火床を並べたのが起源だと記している。しかし、いずれも信憑《しんぴょう》性に欠けて説得力がなく、現在でも起源には諸説があり、謎とされている。

陽が次第に昏《く》れ、京の町は闇に閉ざされてきた。重阿弥の東、鴨川の広い河原には、夕涼みかたがた送り火を見物するため、町中から老若男女が集まりはじめた。

二階の座敷から外をのぞくと、物干場に人が上り、五山の点火を待つ姿があちこちに見られた。

お信が懐石料理を運んできた。

「特別なお人に仕える者が、そのお人のご威光を笠にきて、何をいたしてもよかろうはずがない。この世の中は理不尽なことばかりじゃ」

菊太郎は綱から盃を受けたが、最初からあまり機嫌がよくなかった。

「それがしもそれは同じ思いでござる。森田重兼をいかに誅《ちゅう》するか。奴とその周りに思い知らせてやらねばなりませぬ」

「綱どの、せかれては無理が生じる、当分、噂が静まるまで、手出しはできかねましょう」

「ひと月も経《た》てばよろしゅうござるな。二階町の里坊の長屋に忍びこみ、それがしが襲うてもかまいませぬ。また帰りを狙い斬り捨ててもよい。これは禁裏御付同心の隠れた役目の一つでもござる」

二人はやがて機が熟する時期について語り合った。二人が五本ほど銚子を空けたとき、河原の人波がわっとわいた。

如意ヶ岳に「大」の送り火が点されたのである。

それははじめは小さな火だったが、数瞬あとには、炎をふるい立たせ闇の空に大きくひろがった。

「菊太郎どの、いつ見ても見事な眺めでございますなあ」

十年前、江戸から禁裏御付として京に派せられてきた赤松綱は、盃を持つ手を止め、送り火の明りに見入った。

「さようにもうされると、ここにお誘いした甲斐があり、京の者として喜ばしく思いまする」

「京は古い都、五山の送り火についてもむつかしい故事来歴をきかされ、江戸に生れたそれがしは驚くばかりでござる」

「綱どの、さようなものはわたしにいわせれば、どれもこれも眉唾《まゆつば》もの。あれこれに惑わされてはなりませぬぞ。五山の送り火は確かに盂蘭盆会の行事に違いありませぬが、どうして大、左大文字、妙、法、船形、鳥居なのかよくよく考えれば、世間に伝わっている故事とは、全く別なものが見えてまいる」

「それをおきかせくだされ――」

赤松綱は森田重兼への仕置きを一時忘れ、菊太郎にせがんだ。

「大文字と左大文字は大乗仏教と小乗仏教をかたどり、妙と法は法華信仰に基づくもの。船形は七福神が船に乗って現わされることから七福神、または異国から到来した雑信仰を意味し、鳥居はもうすまでもなく神道をかたどったと考えたらいかがでござろう。足利将軍義政公のころ、わが国は応仁の乱によって多くの人命が失われもうした。京は死の町となった中から復興をとげました。それぞれ違った信仰をもつ人々が集《つど》い、合議のすえ、かような行事を興したのではないかと、わたしは考えております」

杉田玄白の『蘭学事始』を気楽に読むほどの人物だけに、菊太郎の意見は一般とは違い、強い説得力をそなえていた。

「珍奇な故事を聞かされるより、菊太郎どののお話は、なるほど腑に落ちまする」

綱がかれに笑いかけたとき、階下からお信が上ってきた。

「赤松さまに、火急お目にかかりたいと、お使いがまいられておりまするが――」

お信は廊下に両手をついて告げた。

「ここに通してもらいたい」

綱は菊太郎に断わりもせずに伝えた。

それから察すれば、森田重兼の一件についてなのだろう。

伊賀袴をはいた若い男が、敷居際に手をつき、赤松綱がかれの許に立ち上っていった。

若い男が綱の耳許で何かささやいた。

「ご苦労であったな」

綱にねぎらいの声をかけられ、当の男は一礼して階下に消えた。

「菊太郎どの、驚くことが判明いたしました。銕蔵どのから、小兵衛は摂津国広瀬にもどったときもうしたゆえ、念のため若い者をやり、広瀬を当らせました。ところが、さような人物はどこにもおらぬとの報告でございましたのじゃ」

「なにっ、あの男、摂津の広瀬にもどると確かにもうしていたが。するとそれは真っ赤な嘘、小兵衛は何かやらかす気なのじゃな」

「嘘をつき居所を晦《くら》ませて、微力ながらわが子の復讐《ふくしゅう》を果すつもりではござるまいか。年老いた職人の力で、何ができましょう。かえって返り討ちにあうのがせいぜい。困りましたなあ」

しかし菊太郎は、正吉の死を前にしたかれの態度を思い出すにつけ、綱とは全く別な小兵衛を、ちらっと思い描いた。

――あの小兵衛、ただの老いぼれた傘張り職人ではないのかもしれぬ。

胸裏のつぶやきだけに、かれの言葉は綱にはきこえなかった。

四

送り火がすむと、京の町は一段と暑くなった。

菊太郎は鯉屋の離れ座敷で仰向けになり、『蘭学事始』の下巻を読んでいた。

「にゃあ、にゃあご」

ひそかな足音を立て、座敷に入ってきた猫のお百が、菊太郎の枕許で鳴き声を上げた。

続いて妙な匂いがぷんと鼻についた。

「お百、なんじゃ。どうしたのじゃ」

かれは枕から頭をもたげ、お百が運んできたものを一見してぎょっとした。

死んだ大鼠が一匹、枕許に置かれていたからだ。

猫は人に褒められたいとき、鼠を獲ってくる。人は鼠の跳梁《ちょうりょう》を防ぐ目的で猫を飼い、鼠を獲る猫はいい猫とされる。ゆえに知恵をもつ猫は、人間の機嫌をとるため、懸命に鼠を獲ってくるものなのである。

「お百、おお鼠を獲ってきたのか。ご苦労さまじゃ。おまえは賢い猫じゃのう」

ふと猫の習性を思い出し、菊太郎は自分が近ごろ、お信母娘にかまけすぎ、お百につれなかったことにまた反省させられた。

最近かれは決って夜、出かけるが、昼間、鯉屋に居るときは、なるべくお百を膝に乗せた。食事の折には食べ余りをあたえ、彼女の機嫌をとり結んでいた。

夜になるたび、かれが鯉屋から出かけるのは、寺町筋の清和院門界隈から今出川通りの辺りを、徘徊《はいかい》するためであった。

「小兵衛が森田重兼を狙い、もし返り討ちにでもあえば、余りにも不憫《ふびん》。こうなれば噂が消えるのを待ち、奴を討ち果せばよいなどと、悠長をもうしておられませぬ。まずもって小兵衛を守ってやらねばなりますまい」

それが赤松綱や鋏蔵の意見であった。

鋏蔵は小兵衛が嘘をついて所在を晦ませたと知るや、ただちに輩下の岡田仁兵衛と曲垣《まがき》染九郎を鷹ヶ峰村にむかわせ、お市の身寄りを探し出し、小兵衛夫婦の消息をたずねさせた。

だが、二人は鷹ヶ峰村の身寄りの許にもきていなかった。

かれら夫婦は忽然《こつぜん》と消え失せたのだ。

「余分な詮索《せんさく》だと存じましたが、お市について当りましたところ、お市の家は貧しく、あの女子は十六のとき、島原へ身売り奉公に出たことがわかりました」

岡田仁兵衛が意外な事実を小声でもらした。

「そのお市を、小兵衛が見初《みそ》めて身請《みう》けいたしたのじゃな」

「いかにも、身請けの金子は二百二十両、傘張り職人の稼ぎで、かなえられるものではござりませぬ」

「しかれば小兵衛なる男を、なんと推察いたされる」

菊太郎は鯉屋の離れ座敷で、眉をひそめてかれに迫った。

「なんと推察されるとお訊《たず》ねなら、答えは一つか二つ。一つは良く、他方は小兵衛には悪い答えに相成りまする」

「その二つ、およその察しは付けられるが、わしに遠慮なくきかせてもらいたい」

「さればもうし上げまするが、良い一つは、かつて小兵衛はしかるべきお店持ちの商人。思う仔細《しさい》があって店を畳み、お市を身請けいたして、法林寺脇の長屋でひっそり暮しはじめたと考えられまする。お店を持ち実直に働いてきた人物なれば、大金とはもうせ、二百二十両の金子の都合もかないましょう。もう一方の答えは、小兵衛は暗い過去のある人物ではないかと、思わねばなりませぬ」

「なるほど、大枚二百二十両の金子の出所を考えれば、そうなるわなあ」

菊太郎は髭《ひげ》のない顎《あご》を左の指でひねった。

「小兵衛は五十三歳のとき、お市に出会い、お市を身請けいたしたことになりますれば、それまで悪《あ》しき稼ぎをいたしており、その足を洗った。そして堅気の傘張り職人になったのではないかと考えられまする。なにしろ二百二十両の大金、並みの仕事では稼がれませぬ。荒稼ぎをしてきた男が、年老いて惚《ほ》れた女子を身請けいたし、落ち着いた暮しを望んだとしても、無理ではありますまい。強いてもうせば、このほうが自然。しかし、老いてから生れたわが子が非業に殺され、血なまぐさい修羅場をくぐってきた男、相手に何を仕出かすかわかりませぬ」

「すると仁兵衛どのは、小兵衛が盗み稼ぎでもやってきた人物だともうされるのじゃな」

菊太郎は胸の中に何か感じるものを抱いて、かれの顔を注視した。

「いかにも。小兵衛の年齢、お市を身請けいたした二百二十両の金子、跡形もない身の消しぶりなどから推察いたしますれば、こうとしか結論づけられませぬ」

岡田仁兵衛は顔に確信をあふれさせていった。

いま菊太郎はかれの顔付きと言葉をうっすら思い出した。

かれはやはり銕蔵輩下の腕利きの同心。小兵衛について最も核心をついていそうであった。

——仁兵衛が見こんだ通りに相違なかろう。それにしても長年、盗賊だった男が、年を取ったとはもうせ、足を洗いまっとうに世間を渡ろうと、女房と子供までなした。あげくそのいたいけなわが子を、無残に殺されたとは、まことに痛ましい。小兵衛はおそらく世間から隠していた禍々しい正体をはっきり現わし、相手を八つ裂きにするため、なんらかの手を打つだろうよ。わしでも血の繋《つな》がりがないとはもうせ、お清がわけもなく無残に殺され、司直が裁きに当らねば、相手に復讐の刃《やいば》を向けてやる。

「にゃあご、にゃあご——」

菊太郎に褒められたお百が、再び鼠をくわえ、離れから出ていくのを見送り、かれは両眼をいつになくきっとさせた。

銕蔵輩下の同心たちは、忽然と消えた小兵衛とお市夫婦の行方を、ひそかに探っている。

禁裏御付同心の赤松綱は、菊太郎の口からきかされた岡田仁兵衛の見解に同意をみせ、禁裏の口向役所に警戒の目を配り、森田重兼の動きに監視を怠らなかった。

御所の口向役所は、宜秋門《ぎしゅうもん》の近くにあった。

北に女孺《にょうじゅ》の長棟、すぐに東に三間御殿と御学問所、小御所が建ち、南に紫宸殿《ししんでん》が厳《おごそ》かに大きな屋根を聳《そび》えさせている。

「森田重兼は勤めをすませ、二階町の聖護院里坊のお長屋にもどるとき、宜秋門を出て南の建礼門の前を通り、清和院門から外に出ておりまする。もし小兵衛が重兼を狙うといたせば、清和院門から聖護院里坊までのわずか二町余りの距離のうちでございましょう。ここが肝心でござる」

御所の清和院門を出ると、北角に勧修寺《かじゅうじ》家十三家の一つ葉室《はむろ》大納言の屋敷、つぎは三条転法輪家、一つおいてその北隣りが聖護院里坊であった。

「菊太郎どの、今後、われらの手で森田重兼を討つのか、それとも小兵衛を探し出してどうにかいたすおつもりか、そこのところをお訊ねもうしたい」

赤松綱は自分たちの去就についてたずねた。

「銕蔵の意見としてではなく、お奉行は暗黙のうちに、小兵衛を探し出し、もし小兵衛が見かけ通り胆《きも》の小さい男なれば、代りに正吉の恨みを同心一同が内密に晴らすべしとの態度を、みせておられるそうな。わしもその気でおり、おてまえもそこのところをご承知くだされたい。さらに小兵衛が腕に覚えがないまま、森田重兼を討とうといたせば、それに助勢をつかまつる。よろしいかな」

菊太郎の言葉に綱も否《いな》やはなかった。

ゆえにかれら二人は時刻を示し合わせ、清和院門から二階町界隈をぶらついた。

どこかから、小兵衛が自分たちの姿をうかがっているかもしれない。またこれは、自分たちのとんでもない思いすごしで、かれは女房のお市とともに、わが子正吉の思い出を本当に忘れようと、知辺《しるべ》を頼り京から遠くに去ったこともありうる。

いずれも雲を摑むに似た話だった。

しかしいたいけな正吉が、氷室村から御所に氷を運ぶ輿をほんの少しだけ遅らせたため、無慈悲にも命を奪われた事実だけは、厳然として残されていた。

——朝暮がどうあれ、この非理は糺《ただ》さねばならぬ。これを断行せぬかぎり、無辜《むこ》の民は、今後もまた泣きをみることになる。

菊太郎と銕蔵の兄弟、同心一同、さらには赤松綱も、次第に決意を固めていた。

「昨夜、聖護院里坊の前を、うかがうように往き来している不審な奴がございました」

綱が鯉屋を訪れ、菊太郎に告げたのは、八月十日であった。

「その者、いかなる風体《ふうてい》の者でございました」

「そこもとさまにきかされた小兵衛、当人に違いございますまい。背中に小さな荷をくくり付けておりましたが、それがしの見たところ、足の運びといい、周囲に配る目付きといい、ただ者ではございませなんだ。驚いたことにそ奴、それがしに気付いたのか、見事に姿を晦ませました」

「なるほど、小兵衛はいよいよ正体を現わし、重兼を狙いにかかりましたのじゃ」

岡田仁兵衛の目に狂いはなかった。

小兵衛がかつて凶賊なら、所持する金をはたいてでも森田重兼の動きを探り、万全を期したうえで、かれを討つに決っている。

その実行が刻々と迫っているのを、菊太郎も綱もひそかに感じた。

八月十五日、中秋名月の当日になった。

「田村菊太郎どのはご在宅でございましょうな」

夕刻前、赤松綱が伊賀袴《ばかま》姿で鯉屋を訪れた。

小僧の佐之助に呼ばれ店の表に現われた菊太郎は、かれの恰好や顔付きを一見して、無言で離れ座敷に引き返した。

「その出で立ちただごとではござるまい。いよいよじゃな。仔細にもうされよ」

菊太郎はかれが姉小路を東に進み、堀川沿いの道を上るのに続いて問いかけた。

「いかにも。実は今宵、聖護院宮さまが、宮御所をお出ましになり、鴨川の河原にもうけた桟敷で、中秋の名月を愛《め》でる宴を内々に催されまする。ついては森田重兼のほか十数人の口向役所の使番が、ご警護に召され、河原にまいるとわかったのでござる。それがしなら油断が生じるそこを狙う。小兵衛も必ずそういたすに相違ござらぬ」

綱ははっきり決めこんで答えた。

「なるほど、小兵衛がかつて凶賊なら、どのような手段を使ってでも、重兼の動きをはっきりつかんでいると考えられる。綱どののご推察にちがいはござるまい」

二人は堀川を上り、丸太町を東に折れた。

中町を通り、土手町をすぎる。

鴨川がひろがり、幅の狭い「流れ橋」がそこに架《かか》っていた。

聖護院宮が月見の宴を催す場所は、土手町東の河原だった。

はるかむこうに聖護院の建物が見えている。

この聖護院から鴨川の河原までは、わずかな距離。聖護院宮は、宮御所に仕える諸大夫、近習、青侍に護られて、河原に来られるのだろう。

「われらは河原のいずれに控えればよかろう」

「草むらの中はいかがでござろう」

綱の言葉にしたがい、やがて菊太郎は鴨川の河原に下り、芒《すすき》の中に身をひそめた。

「宮のお月見はおしのびで内々。されど河原には、関わりのない人々も月見にまいりましょうほどに、われらもここにいたとて訝しがられますまい」

河原はすでに夕闇に包まれかけ、あちこちで筵を広げ、月見の仕度をはじめる人々が見られた。

鴨川の水の匂いが涼しく鼻についた。

どこからか笛の音が響いてきた。

如意ヶ岳を正面に眺める見晴らしのいい場所に、桟敷がもうけられ、その一画だけがどこか厳《いか》めしかった。

「聖護院宮さまがお月見をいたされる場所は、あれでござるな」

桟敷の一部に張りめぐらされた幔幕《まんまく》の菊のご紋を遠くに眺め、綱が菊太郎に伝えた。

「われらも徳利ぐらいさげてまいればよかった」

「菊太郎どの、おたわむれをもうされますまい」

かれに窘《たしな》められ、菊太郎が苦笑したとき、鴨川の流れ橋を、東から一人の小者が、馬を曳《ひ》いてやってきた。

馬は栗毛の駿馬、鞍の左右に黒塗りの荷筥《にばこ》がすえられ、小者は短い脇差を帯びていた。

「あ、あれは小兵衛じゃ――」

「聖護院宮の里坊を徘徊していたのは、あの者でござった」

「小兵衛の奴、いかがするつもりでいるやら」

芒の中から菊太郎たちに見守られた小兵衛は、流れ橋を渡り切ると、なんのためらいもなく聖護院宮のために設けられたお月見の桟敷に、馬を曳いたまま近づいた。

「おぬし、何者じゃ」

桟敷の周りに控える口向役所使番が、小兵衛を誰何《すいか》した。

「へえ、わしは聖護院村から、宮さまお付きの方々に馳走をお届けに参上いたしました者でございます。口向役所使番の森田重兼さまは、いてはりまっしろか」

小兵衛はとぼけた顔で、自分を誰何した使番にたずねた。

「森田重兼はわしじゃが、そなたわしに馳走を渡せと、誰にもうしつかってきたのじゃ」

直垂《ひたたれ》姿の重兼がぬっと現われ、小兵衛に対した。

「へえ、村長《むらおさ》からいい付けられてまいりました。へえ――」

重兼がそうかとうなずくのに一礼して、小兵衛は駿馬の鞍から黒塗りの荷筥を下ろした。

聖護院村の村長なら、重兼もよく知っている。

「では確かに受け取ったぞ。村長によろしく伝えておくがよい」

えらそうな態度の重兼に、この時、両手に麻縄をにぎった小兵衛が敏捷《びんしょう》に動いた。麻縄を素速くかれの首に巻き付け、駿馬の背にひらりと飛び乗ったのだ。輪につくった麻縄の先はすぐ馬の鞍にひっかけられ、馬腹が激しく蹴られた。

栗毛の馬が一声嘶《いなな》き、黄昏《たそがれ》の河原に戛然《かつぜん》と蹄《ひづめ》の音をひびかせた。

「おぬし、な、何を、いたすのじゃ――」

森田重兼の声は、首に食いこんだ麻縄と、いったい自分が何をされたのかわからない狼狽《ろうばい》とで、満足な言葉になっていなかった。

「菊太郎どの、小兵衛の奴、いよいよやりましたな」

赤松綱が芒の中から立ち上った。

駿馬が鬣《たてがみ》を振り、たくましい森田重兼をずずっと引き摺《ず》った。

かれの身体は奇妙な苦悶《くもん》の声を発して、水際ではずんだ。

「狼藉《ろうぜき》者、何をいたすのじゃ――」

重兼とともに召されてきた口向役所の使番たちが、抜刀して小兵衛の馬を取り囲んだ。

「ばか者、わしはこの森田重兼が鷹ヶ峰村の長坂で斬り殺しおった子供の親父じゃ。昔、わしは木曾の盗賊、ただの傘張りの年寄りと侮ったのがこいつのあやまちよ。どうせおぬしたちもその場にいたのじゃろうが」

小兵衛は馬を水の中で巧みに乗りこなし、口向役所の使番たちに叫んだ。

「お、おのれ、おのれは鼠賊《そぞく》か——」

「鼠賊で何が悪い。わしは前非を悔《く》い、京にまいり、真っ正直に暮していたわい」

駿馬が、首を締められた重兼の身体を右に左に跳ねさせている。水飛沫《しぶき》が薄闇の中に白く飛び散った。

栈橋の辺りは騒然となり、口向役所の使番たちが、膝まで水につかりながら、刀を振るい、小兵衛に斬りかかった。

だがかれから馬首を向けられると、怖《おじ》けて後ろに退き、水中に転倒する者もいた。

全身ずぶ濡れになった森田重兼は、もはや完全に悶死しているはずだった。

「ええい、怯《ひる》むまいぞ。宮さまの桟敷を汚す狼藉者、討ち取って重兼どのを助けるのじゃ——」

腕に覚えを持つ使番の一人が、大声をあげ、小兵衛に迫り、駿馬にむかって刀を振った。

小兵衛はよほど馬を御するのが巧みとみえ、かれの一閃《いっせん》を上手にかわした。

だが態勢を立て直した使番たちに囲まれ、重兼を引き摺ったまま、退路を絶たれた感じであった。

「綱どの——」

一瞬に起った騒ぎを眺め、聖護院宮の桟敷近くまで走り寄っていた菊太郎たちは、そばに繋がれた口向役所の馬に目をやった。

赤松綱は顔を布で包み、菊太郎は手早く河原の泥砂を顔に塗りつけた。

そして二人は桟敷脇に繋がれた馬に近づき、一斉に飛び乗り、鴨川の水面にむかい馬を跳躍させた。

「小兵衛、わしじゃ、わかるか——」

菊太郎はかれにむかって叫び、驚いて身を退ける使番の一人に、刀を鞘走らせた。

「おお、これは旦那さま——」

「小兵衛、そなたがかつて木曾の盗賊だとは知らなんだ。人はみかけによらぬものじゃが、ともかく助太刀をいたしてくれるぞ」

「すんまへん。真人間になったつもりでおりましたが、やっぱり駄目どしたわ」

二人が短い会話を交すうちに、赤松綱が馬から身を横に乗り出し、使番の一人を斬り捨てた。

「ところで小兵衛、お市どのはいかがいたされた。それだけをきかせておけ」

「へえ、尼になるといい、わしのいうことをききよりまへん」

小兵衛は横から近づいてきた使番を、刀で脅し付け、菊太郎に叫び返した。

「おぬしならまだ子供の一人や二人、十分に産ませられる。わしがさようにもうしていたと、お市どのに伝えるのじゃ」

「旦那、ご助勢ありがたい――」

「正吉を斬ったそ奴は、もはや首を絞められて死んでおる。存分にいたせ」

菊太郎は水を蹴立てて近づいてきた一人の顔面に、小柄《こづか》を叩き付け、小兵衛に哄笑《こうしょう》した。

右目に小柄を突き立てられた使番が、刀を放り出し、悲鳴を上げ両手で顔をおおった。

「腑抜けめ、この男はおぬしたちの朋輩《ほうばい》、森田重兼の奴を引きずり、京の町中を走るつもりでいるわい。されば小兵衛、囲みを走り抜けるぞ」

菊太郎は赤松綱にもきこえよと叫び、手綱でたくましい馬の尻をびしっと叩いた。

鴨川の浅瀬を三頭の馬が、水飛沫をあげ、三条大橋にむかって狂奔《きょうほん》していった。

解説

藤田昌司

この小説の主人公・田村菊太郎《きくたろう》ほど魅力ある男は稀《まれ》だろう。京都、東西両町奉行所に近い大宮通り姉小路に店を構える公事宿《くじやど》・鯉屋《こいや》の居候《いそうろう》で、暇なときは老猫のお百とたわむれたりしているが、容姿はすらりとして鞭《むち》や竹のようなしなやかさの中に強靭なものを秘め、剣技抜群、頭脳明晢《めいせき》、博覧強記、おまけに若いころ放蕩していたため世情に通じ人間の裏表を知っている。

居候ではあるが、公事宿（弁護士事務所を兼ねた旅籠）鯉屋の用心棒であり、しかしそこの主《あるじ》・源十郎のまたとない相談相手だ。京都東町奉行所同心組頭の田村銕蔵《てつぞう》は異母弟で、何かとその相談にも乗り、難事件を解決してみせる。

そんな菊太郎を主人公にした「公事宿事件書留帳」第三弾の本書には、表題作など六篇の時代ミステリー小説が収められており、初冬から翌年の中秋まで、一年間の季節を追って、スリルとサスペンスをはらんで展開されていく。時は文化十一年（一八一四）から翌十二年。折りから各地は大旱魃《だいかんばつ》に襲われ、米価はじめ諸式《しょしき》高騰、物情騒然としていた時代だ。

表題作「拷問蔵」は、人殺しの疑いをかけられて処刑されようとしている許婚者の無実を訴えて、鯉屋に助けを求めてきた若い女の話を聞いた菊太郎が、見事真犯人をあばき出して、その冤罪《えんざい》を晴らしてやる話だ。六角牢屋敷での拷問の描写が凄い。〈徳川幕府の御定書百箇条では、罪状が明白でも当人の自白がなければ、処刑はすべきでない。どんなに酷《むご》い拷問によってでも自白を引き出し、処刑すべきと規定されていた〉ので、笞《むち》打ち、石抱き、海老《えび》責め、釣責めなどが行われた。たとえば石抱きは、〈三角形をした算木《さんぎ》の上に、被疑者を後手に縛ったまま、背中を後ろの柱にくくりつけ正座させる。そして縦四尺、横一尺、厚さ三寸、重さ十二貫（約四十五キロ）の平らな石を、その膝に乗せるのである〉。石を一枚二枚と重ねていって、自白を迫る。その激痛たるや想像を絶するであろう。

「愛する神は細部《ディテール》に宿りたまう」（ワイマール・ドイツの美術史家アビ・ワールブルクの言葉）というとおり、小説も細部が大事だ。澤田氏の作品は、この拷問の例を見てもわかるように、じつに細部がすぐれているのである。

「京の女狐」は、俗塵《ぞくじん》から離れて優雅に暮らしているように見える老艶をただよわせた女と二十歳前後の美貌のその娘二人をめぐる事件。老女はさる五摂家のお方の思い人だったとの噂もあるほどだが、そこへ目をつけたヤクザな若者がこの老女にとり入って身代をそっくり騙《だま》し取ろうと画策する。だが相手はしたたかな女狐。騙すつもりが騙される顚末だ。

「お岩の最期」は、お岩という高利貸しの業つく婆をめぐって惹き起こされる事件。お岩が扱うのは主として〝烏金《からすがね》〟といい、夜明けに烏が鳴くのを合図に前日に借りた金を返さなければならないという一昼夜を期限とした貸借だ。その取り立ての阿漕《あこぎ》なことで鳴り響いているお岩だが、じつは彼女は粗末で小さな家に住み、大枚の金子《きんす》を恵まれない子供たちに喜捨しているというもう一つの顔をもっていた。お岩のダブルフェイスは何に由来しているのだろうか。その心の闇に迫る。

「かどわかし」。梅の季節である。畳屋の大店《おおだな》の十八歳になる養女がさらわれ、千両の身代金をゆすられるという事件が発生。賊は奉行所に届け出たら養女を殺すと脅す。千両受け渡しの指定場所は大徳寺竜光院の境内の植え込み。有栖川宮織仁親王の参拝の折りにまぎれて首尾を果たそうとの賊の魂胆だった。賊は親王の駕籠《かご》かきになりすましていたのだ。法体に変装していた菊太郎が賊を追い詰める……。

「真夜中の口紅」は、呉服屋のうだつの上がらない手代が陥った事件だ。わが身の不運を歎きながら深酒をしてしまった手代は帰路、泥酔して珍皇寺わきの木の下で寝てしまうが、目がさめると目の前に二本の足がぶらさがっている。若い女の首吊り死体だった。ギャッと驚いた手代は、蒼惶《そうこう》として逃げ出すが、その時、懐から店の手拭いを落としたことに気づかなかった。その上朝帰りすると、妻はなぜかカンカンで、娘を連れて実家に戻ってしまった。手代の左頰に色あざやかに真紅の口紅のあとがついていたためだった。酔った揚げ句、通りかかった女を手ごめにし、そのため女は首を縊《くく》って死んだ……という事件をでっち上げられ、手代はゆすられることになるが、菊太郎が見事その謎を解く。

「中秋十五夜」。菊太郎はかねて料理茶屋「重阿弥《じゅうあみ》」の仲居、お信と深い仲になっており、しばしばお信の長屋で夜を過ごすが、この作品はその長屋に住む傘張り職人夫婦が巻き込まれた事件の顚末を描く。夫婦には一粒ダネの五歳の男の子がいたが、その子が近郷の身寄りの家に遊びに行っていた際、遊びに夢中になり、氷室《ひむろ》村から御所へ氷を運ぶ途中の口向《くちむけ》役人の行列の邪魔をしてしまったとして斬り捨てられる。斬ったのは使番の有位の官人。いくら急いでいる時とはいえ、幼童がちょっと通路を塞いだからといって斬り捨てるとはあまりに非道だ。夫婦は悲しみの末、子供の思い出のにじむ長屋にはもういられないと言って、郷里に引き揚げる。だがこの傘張り職人は村里には帰っていないことが判明する。菊太郎はかねてより、この傘張り職人がただの老いぼれではないと感じていた。その予感のとおり、凄絶な復讐が、八月十五日、中秋名月の夜、展開される。菊太郎はそれを助太刀するのだ。

すぐれた洞察力で難事件を次つぎに解決する菊太郎は、もともと世襲の京都東町奉行所同心組頭の長男で、わけあって公事宿の居候をきめ込んでいるのだから、奉行所に出仕してほしいとの申し出はしばしば繰り返されている。だが菊太郎はかたくなに登用に応じようとしない。このため奉行所は機密費から菊太郎に捨て扶持《ぶち》を与えているほどだ。

作者はなぜ、菊太郎に出仕を断わらせているのだろうか。たんに菊太郎を自由人としておきたいというだけの理由だろうか。そうではなさそうだ。どんなに賢い人間でも、一度権力を握ってしまうと、愚者になる、という考えが、作者には根強くあるからのようだ。それは昨今の警察の不祥事を見てもわかることだ。犯人逮捕、事件解決よりも、出世栄達を狙う官僚主義的な雰囲気が、警察機構の中に蔓延して腐敗堕落を招いている、と指摘する声が多い。猟官運動こそ諸悪の根源――菊太郎のさわやかな生き方に、心底から共鳴させられるのは、私だけだろうか。

――文芸評論家

この作品は一九九三年十二月に廣済堂より刊行され、
九六年五月に廣済堂文庫に収録されたものです。

幻冬舎文庫

●好評既刊
公事宿事件書留帳一
闇の掟
澤田ふじ子

京都東町奉行所同心組頭の家の長男に生まれながら訳あって公事宿（訴訟人専用旅籠）「鯉屋」に居候する田村菊太郎。怪事件を解決する菊太郎の活躍を描く連作時代小説シリーズ第一作。

●好評既刊
公事宿事件書留帳二
木戸の椿
澤田ふじ子

母と二人貧しく暮らす幼女がかどわかされた。下手人の目的は何なのか。公事宿（訴訟人専用旅籠）「鯉屋」の居候・田村菊太郎が数々の難事件を解決していく好評時代小説シリーズ第二作。

●好評既刊
木戸のむこうに
澤田ふじ子

命をかけて磨き上げた腕だけを頼りに、不器用に生きる匠の男。その影に野の花のようにひっそりと寄り添う女――。職人たちの葛藤と恋を描いた、単行本未収録作品二編を含む傑作時代小説集。

●好評既刊
長谷川平蔵事件控 神稲《しんとう》小僧
宮城賢秀

家斉の治世。関八州の治安は乱れていた。冷酷きわまりない手口で知られる神稲《しんとう》小僧の強盗団と火付並盗賊改、長谷川平蔵の凄惨な戦い。武断派・鬼平を描いた新シリーズ・書き下ろし時代小説。

●好評既刊
謎の伝馬船 長谷川平蔵事件控
宮城賢秀

江戸・深川。火付並盗賊改・長谷川平蔵の役宅近くの大店での押し込み。やがて奇妙な事実がわかる。盗品の争奪戦。犯行現場に姿を現す謎の船。鬼平の力の推理が冴える。書き下ろし時代小説第二弾。

公事宿《くじやど》事件《じけん》書留帳《かきとめちょう》三

拷問蔵《ごうもんぐら》

澤田《さわだ》ふじ子《こ》

平成13年2月25日　初版発行
平成26年11月30日　18版発行

発行人――石原正康
編集人――菊地朱雅子
発行所――株式会社幻冬舎
〒151-0051東京都渋谷区千駄ヶ谷4-9-7
電話　03(5411)6222(営業)
　　　03(5411)6211(編集)
振替00120-8-767643

印刷・製本―図書印刷株式会社
装丁者――高橋雅之

幻冬舎時代小説文庫

ISBN4-344-40069-0　C0193　さ-5-4